Tina Voß

Kein MOPS ist auch keine LÖSUNG

Tina Voß

Kein MOPS ist auch keine LÖSUNG

DRYAS

Das für dieses Buch eingesetzte Papier ist ein Produkt
aus nachhaltiger Forstwirtschaft.

1. Auflage 2015

Herausgeber: Dryas Verlag, Frankfurt am Main,
gegr. in Mannheim.

Herstellung: Dryas Verlag, Frankfurt am Main
Lektorat: Kathrin Lange, Söhlde
Korrektorat: Birgit Rentz, Itzehoe
Umschlaggestaltung: © Guter Punkt, München (www.guter-punkt.de),
Julia Jonas unter Verwendung von Motiven von Shutterstock und
privaten Bildern der Autorin
Zeichnungen „Le Mops": © Kathrin Wessel, Hamburg
Satz: Dryas Verlag, Frankfurt am Main
Gesetzt aus der Palatino Linotype
Druck: GGP Media GmbH, Pößneck

Bibliografische Information der Deutschen Bibliothek:
Die Deutsche Bibliothek verzeichnet diese Publikation in der Deutschen Nationalbibliografie, detaillierte bibliografische Daten sind im Internet über http://dnb.ddb.de abrufbar

ISBN 978-3-940855-62-6
www.dryas.de

Mit kräftigen Armschlägen schwamm ich immer weiter in die Tiefe. Der Widerstand des Wassers gab mir das Gefühl, durch Honig zu pflügen. Meine Lungen wollten platzen. Meter für Meter kämpfte ich mich voran. Ein Hustenreiz, den ich kaum noch unterdrücken konnte, stieg mir die Kehle hoch. Ich musste auftauchen. Ich brauchte Luft! Wo war der Ausgang? Mein Orientierungssinn wurde hysterisch, und ich gleich mit.

Die Augenlider zusammengepresst schoss ich wie ein Torpedo in die Höhe. Nach Atem ringend durchstieß ich die Wasseroberfläche und blinzelte desorientiert. War ich weit genug getaucht? Oder sogar schon über die verlangte Marke hinaus? Dann wären die anderen Teilnehmer bestimmt sprachlos am Beckenrand neben mir hergeeilt.

Oh! Sie hatten tatsächlich an Land meinen Tauchweg verfolgt. Ich sah eine Gruppe Beine und ein Mopsgesicht, das mich anbellte. Auf den Fliesen stand allerdings das gesamte Equipment des Tauchkurses. Dort, wo es eben auch gestanden hatte. War ich im Kreis geschwommen? Mein Blick wanderte von den Füßen der Gruppe die Beine hinauf nach oben. Ich schaute in lachende Gesichter. Genauer gesagt in Gesichter von Menschen, die sich krümmten vor Lachen.

„Mensch, Kay. Das war ja eine Leistung! Du bist die erste Teilnehmerin, die beim Langstreckentauchen keinen einzigen Meter geschafft hat", rief mir Nick, der Tauchlehrer, zu. Während er sprach, tanzten seine Grübchen über die Wangen. Er sah aus wie ein erfolgreicher Heiratsschwindler, aber er war wohl früher ein bekannter Extremtaucher gewesen. Eigentlich hieß er Rainer, wurde aber von allen Nick genannt – nach Nick Nolte, dem Hauptdarsteller des

Taucherfilms „Die Tiefe". Am ersten Tag hatte er mit einem Blick auf meine Figur angemerkt, dass ich nur noch sehr knapp in Größe M passen würde. Da hätte ich gehen sollen. Tauchkurs und Golfkurs standen nicht in meinem Lebensbuch.

Ich wischte mir das Wasser aus dem Gesicht, um Zeit für eine Antwort zu finden. Keinen Meter? Ich war doch geschwommen wie eine Nixe! Leider konnte ich unter Wasser die Augen nicht aufmachen. Schon in der Schule war ich im Schwimmen eine Niete gewesen. Den Freischwimmer hatte ich nur erworben, weil ich sonst nicht in die nächste Klasse versetzt worden wäre. Dabei hätte mir persönlich das Seepferdchen-Abzeichen völlig ausgereicht. Zumal ich die Ringe, die ich bei der Seepferdchen-Prüfung vom Boden des Schwimmbeckens hochholen sollte, nur durch Tasten gefunden hatte. Nun klammerte ich mich an den Rand eines riesigen Olympia-Beckens und alle lachten. Sogar Bernd, mein Leih-Mops, bellte mit. Der hätte eigentlich meine Ausrede sein sollen, dass ich auf keinen Fall diesen Kurs antreten wollte. Hunde durften niemals in Schwimmanlagen. Das galt als unhygienisch. Sascha hatte leider an alles gedacht. Das Schwimmbad war in privater Trägerschaft und die Saison vorbei. Es würde nur noch der Tauchkurs stattfinden, und dann sollte es renoviert werden. Da hatte der Betreiber sich breitschlagen lassen, und der Hund durfte am Rand warten. Ausrede, lebe wohl.

„Das verstehe ich nicht. Ich bin doch ohne Ende geschwommen."

„Ja, nach unten. Was wir hier machen, ist Streckentauchen, kein Bohren nach Öl. In einer Notsituation musst du gut genug tauchen und schwimmen können, um dich an Land oder ins Boot zu retten."

Gottogott. Notsituation? Ins Boot retten? Was für ein

Boot? Was tat ich hier? Sascha hatte mir den Tauchkurs zum halbjährigen Bestehen unserer Beziehung geschenkt. Das sollte doch aber wohl nicht heißen, dass ich in Zukunft draußen tauchen musste? Oder doch? Hier im gekachelten Schwimmbad erschien mir das alles machbar. Wenn ich die Flasche nicht ausreichend aufgedreht hatte, tauchte ich auf. Wenn ich Wasser in der Maske hatte, ebenfalls. Überhaupt war ich andauernd aufgetaucht, wenn Ungemach drohte. Beim Berechnen der Dekompressionszeit, ein Wort, das ich nicht fehlerfrei aufsagen konnte und daher zu Übungszwecken immer vor mich hinmurmelte, hatte ich mich schon zweimal umgebracht.

Leider befanden wir uns noch ziemlich am Anfang des Lehrgangs, und die meisten Übungen fanden im Nichtschwimmerbecken statt. Im Theorieteil am ersten Abend hatte ich zwar versagt, aber immerhin konnte dabei der Mops zu meinen Füßen an Leckerlis nagen. Dem Hund war es total egal, wo wir rumlungerten, Hauptsache, er war dabei.

Warum sollte ich tauchen? Aktuell war ich die Hüterin eines Leihmopses. Ich sollte mir Hobbys suchen, an denen wir beide Freude hatten. Tauchen lernen gehörte nicht dazu. Das schien eindeutig. Während der ersten Übungen war Bernd bellend am Beckenrand auf und ab gerannt. Dass mein Kopf körperlos wie eine Bowlingkugel übers Wasser eierte oder komplett verschwand, hatte ihn sichtlich aus der Fassung gebracht. Er kannte mich nur mit Füßen und dem anderen Zeugs.

Vor allem Füße waren ihm wichtig! Der Mops beanspruchte den Raum dazwischen als Zweitwohnsitz. Kaum saß ich irgendwo, ließ er sich vor mir auf den Hintern fallen und schaute mich an. Er erwartete einen Kauknochen. Und ich erfüllte die Erwartung. Immer. Mit dem

Knochen parkte er rückwärts in seiner portablen Mopsgarage ein und fing an zu nagen. Es könnte alles so schön sein. Warum klammerte ich mich also an den Rand eines Schwimmbeckens?

Noch immer glotzten die Teilnehmer mich an und gluckste. Ich war endgültig zur Kursbremse mutiert.

„Darf ich es nachher noch mal versuchen? Wenn die anderen ihre Strecke getaucht sind?"

„Okay. Komm erst mal raus, damit dieses hysterische Marzipanschwein aufhört zu bellen."

Wie gut, dass Sascha nicht da war. Vermutlich wäre ich ihm peinlich. In einem früheren Leben hatte Sascha als Hundeausbilder bei der Bundeswehr gedient. Er tauchte längere Strecken, als ich joggen konnte. Triefend hievte ich mich aus dem Becken und hüllte mich in ein Badetuch. Bernd wollte sich zwischen meine Füße zwängen und sprang angewidert zurück, als er feststellte, dass die nass waren. Wassersport mochte der Mops in keiner Form. Wenn es regnete, drehte er schon in der Haustür um. Wasser war nur im Napf akzeptabel.

Während ich zitternd am Rand stand, tauchte ein anderer Teilnehmer wie eine Mensch gewordene Robbe durch das Becken. Dabei schob er an Land schwerfällig eine stattliche Kugel vor sich her. Verhielt sich das Körperfett wie eine Art Boje oder Surfbrett? Glitt er auf seinem Bauch durch das Becken? Musste ich auf dem Rücken schwimmen, weil mein Po mehr Bojen-Charakter hatte als der Rest vornerum?

„Sehr gut, Walter!"

Der Tauchlehrer klemmte sich das Klemmbrett – daher wohl auch der Name – unter den Arm und applaudierte. Konnten Mensch-Robben etwa unter Wasser hören? Oder war das ein Ansporn an uns Beckenrand-Bewohner?

Die nächste Teilnehmerin, eine Arielle-Meerjungfrau, die

nicht knapp in M passte, hechtete mit einem gestreckten Kopfsprung ins Wasser.

„Hey, ist das erlaubt?“, rief ich dem Klemmbrett-Grübchen zu.

„Was?“

„Na, so ein Köpper! Damit sind ja schon die ersten Meter überbrückt. Das ist doch hier der Tauchkurs und nicht das Weitsprungtraining?“

„In welcher Disziplin springt man denn mit dem Kopf voran in den Sandkasten?“, fragte Rainer-Nick.

Die Tauchgruppe kicherte. Walter, der nach seiner Ozeandurchquerung prustend aus dem Wasser gestiegen war, schlug mir seine nasse Pranke auf die Schulter.

„Wenn du so gut tauchen könntest, wie du Sprüche klopfst, hättest du Kiemen und Schwimmhäute!“

„Das sieht mit Riemchenschuhen doof aus.“

Walter prustete erneut. „Siehste, Mädchen. Das meine ich. Dich nehme ich mal mit auf'n Bock zu den Jungs. Wir würden unseren Spaß haben.“

Auf einen Bock? Zu den Jungs? Sodomie? Orgie? Bot mir der Lustgreis da etwa eine sexuelle Zusammenkunft an?

„Helm und Handschuhe habe ich noch, und der Sattel der Harley ist breit genug für deinen Prachthintern.“

Entweder gingen wir also behelmt Ziegen reiten, oder er bot mir eine Fahrt auf seinem Motorrad an. Walter schien mit verschiedenen Stilmitteln gegen eine Midlife-Crisis anzuarbeiten. Motorrad, Sportkurse, Männergruppen ...

Meist verhielt sich unsere Tauchgruppe – bis auf Walter und mich – wie ein Organismus. Das Wort „Schwarmintelligenz“ wäre aber zu hoch gegriffen. Entweder kicherten sie gleichzeitig oder glotzten mich an. Ich war nicht nur Bremse, sondern auch für das Unterhaltungsprogramm zuständig. Bravo, Kay!

„Ich überleg's mir die Tage", murmelte ich und beobachtete angestrengt den aktuellen Streckentauchgang. Auch Arielle versuchte nicht, nach Öl zu bohren. Sie schwamm wie Walter dicht unter der Oberfläche. Ich schaute genau hin. War das der Trick? Das konnte ja nicht so schwer sein.

„Na, bereit für den zweiten Versuch?" Der Tauchlehrer blinzelte mir zu.

Mein Herz trommelte los. Ich nickte. Jetzt nicht ablenken lassen. Tief durchatmen! Wie ein Boxer vor der ersten Runde ließ ich das Handtuch auf die Erde fallen. Es landete direkt auf dem Mops und lief dann mit einer Ausbuchtung davon. Ich kletterte über die Leiter ins Wasser, hangelte mich am Rand entlang und umklammerte einen Startblock in der Mitte des Beckens.

„Wieso springst du nicht? Dann machst du doch viel mehr Tempo auf den ersten Metern."

„Brauche ich nicht. Hab jetzt kapiert, wie es geht."

Ich konnte ja schlecht sagen, dass ich vom Einer springen in etwa so mutig fand wie ein Basejump vom Rockefeller Center. Das hätte meinem Ansehen in der Gruppe geschadet. Auch hatte ich nicht erwähnt, dass ich unter Wasser die Augen nicht aufmachen konnte. Wenn mir niemand eine Maske gab, guckte ich so gut wie ein Maulwurf. Und ein springender Maulwurf war des Guten zu viel.

Ich versuchte, mich an einen anderen Taucherfilm zu erinnern, in dem zwei Irre sich einen Wettstreit lieferten, wer mit Luftanhalten am tiefsten kam. Einer blieb im Showdown gleich unten und ließ oben ein verliebtes Topmodel trauern. Total realistisch. Aber die abnormalen Taucher, oder wie diese Technik auch immer hieß, atmeten vorher mehrfach tief ein und pumpten Luft in jede ihrer Poren. Das probierte ich jetzt auch. Bei mir sah es wohl aus, als hätte ich eine Gräte verschluckt und versuchte, sie loszuwerden. Zumindest guckten der Schwarm und Walter mich so an. Ich konzentrierte mich auf das Wasser, damit ich wusste, wo ich hinschwimmen musste, stieß mich an den Kacheln ab und tauchte los. Der Wasserwiderstand streichelte meinen Körper. Ich fühlte mich wie ein Delfin und schwamm mit kräftigen Brustzügen. Das Wasser freute sich mit mir und lachte. Lachte? Ja, tatsächlich. Ich hörte Lachen. Und mein Hintern wurde kalt. Egal, erst mal diese Strecke tauchen, und dann würde ich mich um das lachende Wasser kümmern. Nach wenigen Zügen wurde mir die Luft knapp. Ich unterdrückte den Atemreiz und schwamm weiter. Mein feines Haar umwaberte mich wie Algen. Sollte das bei dem Tempo nicht hinter mir herwehen wie ein Wasserskifahrer hinter einem Motorboot?

Aus, Kopf. Aus! Lag das schon am Sauerstoffmangel, dass mein Gehirn nur Unsinn produzierte? Luft! Ich musste hier raus! Sofort! Ich hob den Kopf, um zur Wasseroberfläche zu schwimmen, da atmete ich schon frische Luft.

Das Wasser lachte immer noch. Nein, es war der gesamte Schwarm samt Klemmbrett, der sich vor Lachen auf die Schenkel schlug.

„Der Hintern! Hast das gesehen? Wie ein Korken schwamm ihr Po auf dem Wasser."

„Viel besser fand ich, dass sie in zwei Zentimetern Tiefe nahezu auf der Stelle gepaddelt ist. So was habe ich ja noch nie gesehen. Hat das Schwimmbad eine Gegenstromanlage?"

Walter wischte sich die Lachtränen aus den Augenwinkeln, kam zu mir und bot mir seine Hand an. Ich war insgesamt stolze drei bis vier Meter haarscharf in einer Bogenlampe unter der Oberfläche geschwommen und paddelte nur Zentimeter vom Seitenrand entfernt.

„Kay, danke für die Slapstick-Einlage. Damit die anderen

nicht länger frieren müssen, erkläre ich diesen Teil auch bei dir als bestanden." Nick wandte sich an die Gruppe. „Wir sehen uns morgen um neun Uhr zu einem weiteren Theorieteil. Da mache ich euch mit der Ausrüstung vertraut. Freut euch auf Maskentausch unter Wasser und auf ein paar Bahnen durchs Becken kraulen."

Mein Gehirn verarbeitete nur eine Botschaft: bestanden. Nie wieder Streckentauchen! Walter zog mich aus dem Wasser. Ich schnappte mir das Handtuch. Nanu? Wo steckte der Mops? Ich schaute in die Runde. Bernd ließ sich von einer der Meerjungfrauen kraulen, auf deren Hals ein chinesisches Schriftzeichen prangte. Ob sich Chinesen auch deutsche Wörter in den Nacken tätowieren ließen?

„Der ist so süß!", quietschte sie.

Bernds Mopskringel rotierte wie ein Knethaken auf Speed. Männer!

„Na, wie lief der erste Teil des Tauchkurses?", fragte Sascha, als ich die Tür aufschloss. Der Mops rannte an mir vorbei, erst zum Napf und dann zum Mann.

Ich entschied, dass das eine rhetorische Frage sei, und sagte: „Der Theorieteil ist okay."

„Schön, dass es dir gefallen hat", antwortete Sascha mechanisch.

Die Kunst des Weglassens beherrschte ich zwar, aber er beherrschte nicht die Kunst, Selbiges zu erkennen. Im Klartext hieß mein Statement: Tauchen finde ich scheiße! Mir graute vor den nächsten beiden Tagen, wenn wir wieder ins Wasser steigen würden. Reingehen konnte ich vielleicht sogar aushalten, aber morgen stand vom Einer springen mit Ausrüstung auf dem Plan. Ich träumte schon seit Tagen von Mafia-Filmen, in denen die Delinquenten mit Beton an den Füßen in trüben Gewässern versenkt wurden.

Sascha kraulte Bernd an der Stelle unterm Kinn, bei der eines seiner Hinterbeine automatisch im Takt mitkratzte. Zuneigung zu einem Tier war augenscheinlich unkomplizierter als Interesse an den Heldentaten einer Frau.

Ich füllte Bernd etwas Futter in den Napf und setzte mich zu Sascha auf die Couch. Der Mops fixierte meinen Blick, als würde sein Leben davon abhängen.

„Und los!“, forderte ich ihn auf.

Seine Pfoten drehten durch, bis er auf den Holzdielen endlich genug Grip hatte. Er flitzte los und fiel über sein Essen her.

Verliebt schaute ich dem kleinen Kerl hinterher und wurde wehmütig. Wie lange wir hier wohl noch sitzen würden? Bald kehrte Klara aus Simbabwe heim. Dann würde ich Wohnung und Mops zurückgeben müssen. Schon bei dem Gedanken daran verkrampfte sich mein Herz. Ein Leben ohne Mops? Das war doch auch keine Lösung. Klaras Wohnung sah toll aus, aber ich brauchte kein Penthouse zum Glücklichsein. Zur Not reichte ein Einzimmerappartement. Aber ohne Mops? Wie war das früher ohne ihn gewesen? Ich konnte mich nicht erinnern, und ich wollte es auch nicht.

Klara schrieb immer häufiger, wie sehr sie sich auf zu Hause freute und dass sie eine Überraschung für mich hätte. Was sollte das sein? Vielleicht verlängerte sie ihren Aufenthalt um drei Jahre? Das wäre auf jeden Fall eine gelungene Überraschung. Nie hätte ich gedacht, dass ich mal Hundehüterin werden und mich rettungslos in so ein Marzipanschwein verlieben könnte.

„Wie lief dein Tag?“, fragte ich nach einigen Minuten des Schweigens, um mich von meinen Zukunftssorgen zu befreien.

Ganz okay, würde Sascha gleich sagen. Ich konnte das Gespräch im Grunde ohne seine Beteiligung führen.

„Ganz okay.“

Ich jaulte innerlich auf. Sollte ich mal bei einem Geiselbefreiungsteam oder bei einem Krisenverhandlungsführer in die verbale Lehre gehen? Die brachten jeden dazu, sich um Kopf und Kragen zu reden. Was sollte eigentlich diese Metapher? Um den Kragen? War der früher wichtig gewesen? Wieso hieß es nicht „um Kopf und Schal“? Das musste ich bei Gelegenheit mal googeln.

Mich brauchte man mit einer Frage nur anzupiksen. Im Allgemeinen reichte die Begrüßungsfloskel „Wie geht's dir?“, und ich sprach in epischer Breite über alle Unwägbarkeiten des Tages. Es gab doch immer so viel zu erzählen! Für heute hatte ich bei Sascha mein Pulver verschossen. Ich hatte gesagt, dass mir der Tauchkurs gefiel. Mehr Informationen brauchte er nicht.

„Gehst du mit Bernd auf die Abendrunde? Ich bin müde. Morgen geht's um neun Uhr im Schwimmbad schon wieder weiter.“

„Klar.“

Ein Hooligan-Rülpser vom Standort des Fressnapfes kündigte das Ende der Mahlzeit an. Mit seinem „War das schon alles?“-Blick, den er immer nach einer Speisung in meine Richtung schickte, schaute Bernd um die Ecke. Sein Essen wurde im Gegensatz zu meinem streng rationiert, damit er nicht zu viel ansetzte. Noch war er ein schlanker Mops, der dank Saschas Hilfe im letzten Jahr deutlich besser hörte und Grundkommandos befolgte.

„Ich fahre übrigens heute noch heim, weil ich morgen

früh um sieben die erste Kundin habe. Ihr Pinscher Maximus hat einen Rottweiler von unten in die Hoden gebissen. Sie will ihn jetzt dringend erziehen. Soll ich Bernd mit zu mir nehmen? Wenn ihr morgen viel im Wasser arbeitet, ist er da überflüssig."

Bravo. Heute Abend hätte ich mich über Gesellschaft gefreut und vielleicht in einem Anfall von postsexueller Gelassenheit von meiner Schmach beim Streckentauchen erzählt. Auch war mir unklar, was das Frauchen an Maximus' Technik verbessern wollte. Schwachstelle suchen, Angriff starten – David gegen Goliath in reinster Form. Der Pinscher genoss meine Hochachtung. Der brauchte keine Hilfe von einem Hundetrainer. Ich guckte unbegeistert und traurig, antwortete aber: „Gute Idee."

„Alles klar. Hab Spaß morgen!"

Sascha sprang auf, drückte mir einen Kuss auf die Stirn und schnappte sich die Leine. Hatte er eine dieser Persönlichkeitsstörungen, bei der die Betroffenen Emotionen in Gesichtern nicht erkannten? So ähnlich musste es sein. Er war ein Mann. Sachinformation schlägt Zwischenton.

Unentschlossen blieb ich auf dem Sofa sitzen. Was konnte ich mit diesem Abend noch anfangen? Das Schwert des Tauchkurses schwebte über mir. Mein Gehirn schickte vorsorglich zur Angststeigerung die Trainer-Worte erneut an mein Bewusstsein. Während sich beim ersten Mal nur „Streckentauchen bestanden" verfing, sickerte jetzt „durchs Becken kraulen" hinterher. Ich konnte nicht kraulen! Bis zu meiner Freischwimmer-Prüfung hatte ich mühsam Brustschwimmen beherrscht. Für komplexere, nasse Bewegungsarten war ich nicht gebaut.

Warum sollte man sich überhaupt im Wasser fortbewegen, wo es doch an Land deutlich komfortabler ging? Zudem musste ich weder zur Arbeit noch zum Einkaufen schwimmen. Auch mein Gynäkologe hatte seine Praxis nicht auf dem Meeresboden. Die Fähigkeit, ein Auto zu steuern oder Rad zu fahren, war wichtiger, als auf unterschiedliche Arten zu schwimmen. Völlig widersinnig erschien mir dabei der Schmetterlingsstil. Schmetterlinge im Wasser? So blöd waren die nicht. Die hatte deren Erfinder fürs Fliegen konstruiert, und das taten sie. Und nix anderes. Daher sah der Schwimmstil vermutlich auch so komisch aus. Wie ein Falter, der sich mit Gewichten an den Flügeln vorm Ertrinken retten wollte. Das Gleiche galt für das Rückenschwimmen. Warum tat man das? Ich fuhr doch auch nicht rückwärts mit dem Fahrrad durchs Unterholz? Ständig rammte man mit dem Schädel gegen andere Schwimmer oder den Beckenrand. Bei meinen wenigen Schwimmbadbesuchen hatte ich mal schmerzhaft eine geknallt bekommen. Blind für seine Umgebung hatte mir ein Rentner beim Rückenschwimm-Windmühlen-Stil seine Hand ins Gesicht geschlagen. Ungerührt von meinem Aufschrei war er weitergeschwommen und hatte irgendwas von „seine Bahn, Frechheit, junges Gemüse ...“ gerufen.

Kraulen ging am schnellsten, und der Kopf zeigte immerhin in Fahrtrichtung. Aber auch das lief eher unter der Rubrik Blindflug, bei dem man als Schikane in seiner Achselhöhle nach Luft schnappte. Wie absurd! Menschen standen und gingen aufrecht. Nur beim Kraulen sollte ich unterm Arm mit Blick nach hinten atmen? Wenn das sinnvoll wäre, hätte unser Konstrukteur das bei Auslieferung eingebaut.

Wie lernte ich nur bis morgen einen akzeptablen Kraulstil? Bei mir sah das eher so aus, als würde ich beidarmig und hysterisch jemandem winken, und nicht, als bemühte ich mich ums Vorankommen. Ich blätterte in den Kursunterlagen und fand eine Zeichnung, wie das theoretisch aussah. Das wollte ich gleich ausprobieren. Dazu ruderte ich mit den Armen und pustete abwechselnd in beiden Achselhöhlen die Luft raus.

Stehend fühlte sich das dämlich an.

Ich ließ meinen Blick durch den Raum wandern und blieb an zwei Stühlen hängen. Mein mathematischer Stirnlappen, klein und zierlich, stellte ein paar Berechnungen an. Das müsste passen. Ich rückte die Stühle dicht hintereinander, platzierte das Blatt mit der Kraul-Anleitung auf dem Parkett und legte mich bäuchlings auf die Sitzflächen. So, jetzt nur noch die Arme gleichmäßig im Wechsel nach vorn strecken, nach hinten ziehen, in die Achsel atmen und das Gleiche auf der anderen Seite wiederholen. Guck mal an. Ging eigentlich ganz einfach. Wenn man dazu nicht im Wasser sein musste, waren Schwimmbewegungen gar nicht so übel. Ich kraulte einige Minuten lang und beschloss, dass ich diese Fertigkeit nun beherrschte.

Das löste nur einen Teil des Problems. Ich besaß leider keine Kiemen. Da auch hier der Erschaffer meiner selbst sie in der Grundausstattung nicht vorgesehen hatte, widerstrebte es mir, sie als Zubehör nachzuordern. Exterieur, das nicht vom Hersteller im Lieferumfang enthalten war, galt als fehleranfällig. Schon Taucherbrillen waren mir zutiefst suspekt. Nur eine kleine Scheibe und Latex trennten mich von Tausenden Tonnen Wasser? Das konnte nicht gut gehen! Mein Unterbewusstsein schob ein Stoppschild in die Gedankenloopings. Es hatte eine Witterung aufgenommen, die langsam in das Tag-Hirn einsickerte. Ach, du Sch... Hatte der Grübchen-Tauchlehrer nicht gesagt, dass wir morgen unter Wasser die Masken tauschten? Wie sollte das ablaufen? Meine Augen waren im Kontakt mit Wasser zu. Immer. Ich wusch mir doch auch das Gesicht nicht mit aufgerissenen Augen. Wenn Wassereinbruch drohte, wurden alle Öffnungen im Gesicht verschlossen. Als Nick das angekündigt hatte, hatten die anderen nur genickt. Würden die noch zustimmend den Kopf bewegen, wenn der Trainer androhte, dass allen männlichen Kursteilnehmern von unten in die Hoden gebissen werden sollte? Maximus, fass!

Wenn das aber alle außer mir konnten, war es möglicherweise erlernbar? Nur wie? Ich sprang auf und tigerte durch die Wohnung. Vielleicht besaß ich auch hierfür das Equipment? Ich ging ins Bad, ließ den Wasserhahn laufen und beugte mich über das Becken. Mit äußerster Willensanstrengung riss ich die Augen auf und schmiss mir Wasser ins Gesicht. Klack! Automatisch gingen die Lider runter. Wie beim Niesen. Dagegen war ich machtlos. Waschbecken schied also aus. Die Wanne volllaufen lassen? Dauerte viel zu lange, und ich müsste mich mit dem Bauch zuerst reinlegen, um tauchen zu können. Dafür war die Wanne zu klein. Mein Blick blieb am Bidet hängen, in dem ich mir gerne die Füße wusch, wenn sie kalt waren.

Ich drehte den Hahn auf und ließ Wasser einlaufen. Kurz vorm Überlaufen stoppte ich. Perfekt! Bis morgen hätte ich diese Disziplin so trainiert, dass ich wie ein Hai würde gucken können.

Ich riss ein Handtuch vom Waschbecken weg, kniete mich vors Bidet und tauchte den Kopf hinein. Warmes Wasser umspülte mein Gesicht und sickerte mir in die Ohren. Gleich würde ich die Augen aufmachen. Gleich. Ganz bestimmt! Nur noch schnell an die Temperatur gewöhnen. Paar Sekunden noch. Länger konnte ich nicht warten. Atmen ging ja auch nicht. Ich zählte rückwärts – drei, zwei, eins – und riss die Augen auf.

Boah! Brannte das! Mein Kopf schoss hoch. Blinzelnd versuchte ich, meinen Blick scharf zu stellen. Aua. War das Zwiebelwasser?

„Was genau tust du da?"

Ich fuhr herum und verteilte dabei einen Schwall Wasser im Bad. Sascha stand in der Tür.

„Himmel! Hab ich mich verjagt! Was suchst du denn hier?"

„Die interessantere Frage ist doch eher, was du hier machst ..."

„Ich sitze zu Tode erschrocken mit nassem Schädel auf dem Fußboden meines Badezimmers. Jetzt du."

„Ich hatte Bernds Futter vergessen und wollte nicht, dass der arme Kerl hungert."

„Ach so."

Ich stand auf, wickelte mir das Handtuch um die Haare und warf einen Blick in den Spiegel. Alice Cooper schaute zurück. Zumindest jemand, der sein Make-up trug. In Gedanken machte ich mir eine Notiz: Vorm Tauchgang Mascara entfernen.

Niemals würde ich zugeben wollen, dass ich im Bidet Tauchen mit offenen Augen geübt hatte. In der Küche griff ich nach der Tasche mit Bernds Trockenfutter und sah mich um. Wo war der Hund?

„Er wartet im Auto. Ich wollte nicht, dass er dich so sieht."

In Saschas Mundwinkel zuckte es verdächtig. Er gab sich wohl nicht mit der Sitz-auf-Boden-Erklärung zufrieden.

„Ich wollte nur mal unter Wasser gucken."

„Was?"

„Na ja, ob ich unter Wasser gucken kann. So mit Augen auf und so."

„Und dafür tauchst du ins Bidet?"

Ich hob die Hände, setzte zu einer Erklärung an und wurde rot. Sascha brach in Gelächter aus.

„So was kann nur dir einfallen“, sagte er schmunzelnd und küsste mich auf dem Mund. „Lass es dir doch morgen im Kurs erklären. Du kannst ja sagen, wie und wo du es geübt hast.“

Ich knuffte ihn in die Seite und versuchte, ihn unauffällig zur Tür zu begleiten. Nicht auszudenken, wenn er noch die beiden Stühle und die Kraul-Anleitung bemerkte.

„Was hast du mit den Stühlen veranstaltet?“

Mist. Er schaute über meine Schulter, näherte sich interessiert dem Versuchsaufbau und sah die Kursunterlagen davor liegen.

„Du hast nicht ... auf den Stühlen? Nee, oder?“

Ich war enttarnt und wand mich vor Verlegenheit. Sascha musterte den Aufbau und schüttelte lachend den Kopf.

„Wenn ich dir mal einen Fallschirmsprung schenken sollte, nehme ich dich bis zu dem Ereignis in Sicherungsverwahrung.“

Ich jaulte auf. Fallschirmsprung? Oh, nee. Nicht das auch noch! Da war wieder das Hersteller-Problem. Meine Grundausstattung beinhaltete kein geeignetes Exterieur. Und ich wollte nichts nachrüsten.

„War nur Spaß“, sagte Sascha, küsste mich wieder und verschwand.

In der Nacht ertrank ich auf vielfältige Weise. Aber der schlimmste Traumsplitter war der, in dem ich mit der gesamten Ausrüstung auf dem Sprungbrett stand, nach unten lugte und mich immer weiter nach vorn tastete. Die anderen Teilnehmer klatschten rhythmisch und riefen hämisch: „Feig-ling, Feig-ling!“

Kapitel 3

Ich stand auf dem Brett. Die Taucherweste war mit Luft vollgepumpt, aber auch mit Bleistücken gefüllt. Den Sinn verstand ich nicht. Luft sollte mich oben halten, Blei runterziehen. Was würde gewinnen? Hoffentlich die Luft. Ich zitterte. Auf keinen Fall konnte ich mit einer Bleiweste ins Wasser springen.

„Kay, keine Sorge. Das Jackett ist bis zum Anschlag aufgeblasen. Das hält dich oben", ermunterte mich Klemmbrett-Nick.

„Und was soll dann der Mist mit dem Blei? Wer hat euch bezahlt? Wer will mich loswerden?" Mein innerer Zensor wurde rot, der Bereich für Irrationalität und Verfolgungswahn applaudierte.

Nick lachte so, dass seine Grübchen wieder Squaredance tanzten und ich sein Zäpfchen wackeln sehen konnte. Winkte es mir etwa zu? Morste der Schlund des Tauchlehrers mir eine geheime Botschaft?

„Nun spring schon. Die anderen wollen auch noch", rief Walter, der seinen zweiten Frühling gerne mit einem Tauchschein abschließen wollte statt mit einer Lungenentzündung am Beckenrand.

„Kein Problem. Ich lasse allen den Vortritt."

Ich drehte mich um und wollte einen Schritt von dem wippenden Brett weg in Richtung Beckenrand setzen. Aber ich war es nicht gewohnt, mich mit so viel Gewicht obenrum um die eigene Achse zu drehen, und wankte. Mein Fuß trat ins Leere. Ich schrie, und dann klatschte ich wie ein Betonfass ins Wasser. Ich hörte nicht auf zu schreien, dazu ruderte ich hilflos mit den Armen. Wie ein Stein würde ich versinken! Nach ein paar Sekunden merkte ich, dass nichts dergleichen geschah, stattdessen trieb ich wie ein Korken auf dem Wasser.

„Liebe Teilnehmer, nun wisst ihr alle, wo der Begriff ‚Heulboje' seinen Ursprung hat", informierte Nick die Gruppe.

Heulboje? Eher strampelte ich wie eine über Bord gegangene adipöse Kreuzfahrtteilnehmerin, die in ihrer Rettungsweste hilflos in den endlosen Weiten des Schwimmerbeckens trieb.

„Und jetzt?"

„Kommst du wieder raus?"

„Warum bin ich dann erst reingesprungen?"

„Das war die Übung."

„Na bravo", murmelte ich vor mich hin und paddelte schaukelnd zum Beckenrand.

„Ich muss mal", flüsterte ich dem Tauchlehrer zu, als ich mich aufs Trockene hievte.

„Kannst gleich hier im Wasser erledigen."

„Was? Ich soll in diesen Anzug lullen? Im Wasser? Niemals!"

„Was denkst du, was Taucher machen, die irgendwo zwischen Muränen und Haien an Korallenriffen unterwegs sind?"

„Ich will das nicht wissen", erwiderte ich und beschloss, dass ich es noch eine Weile aushalten würde.

Hoffentlich hielten sich auch alle anderen mit dem Unterwasser-Pipi zurück. Die Vorstellung, dass mich obenrum jemand durch seine Maske angrinste, während er untenrum lullte, war mir zu persönlich.

Nachdem alle anderen Teilnehmer den Sprung ohne jedes Zögern absolviert hatten, kamen wir zur nächsten Übung.

„Wir gehen jetzt alle mit Lungenautomat und Masken rein. Nach dem Sprung lasst ihr die Luft aus dem Jackett. Die Bleigewichte ziehen euch nach unten."

„Und wie kommen wir wieder nach oben?“, fragte ich.

„Erst mal gar nicht. Wenn wir unten sind, bilden wir am Boden einen Kreis und tauschen die Masken durch.“

Oh, Mist. Ich erinnerte mich. Das hatte er gestern schon angedroht. Mein Bidet-Tauchgang war eine gute Vorbereitung gewesen. Augen unter Wasser aufmachen konnte ich aber immer noch nicht. Und jetzt?

„Das ... das ... kann ich nicht.“

„Ich bleibe bei dir und wir machen das zusammen.“

„Du machst also für mich die Augen auf? Okay.“

„Wie willst du jemals deine Maske wiederfinden, wenn sie dir ein anderer Taucher versehentlich mit der Flosse runterschlägt?“

„Ich hau ihm eine rein und setze seine auf.“

Immer diese Fangfragen. Fies!

Ich ließ mich vom Rand ins Wasser plumpsen. Der Tauchlehrer schüttelte den Kopf. Die anderen stiegen auf den Einer, um ins Becken zu springen. Was für eine Energieverschwendung. Wenn wir sowieso reinwollten, mussten wir doch nicht erst irgendwo raufklettern. Leichtathleten buddelten sich doch auch nicht erst ein, um anschließend über eine Latte zu hüpfen.

Bojenmäßig dümpelte ich mit aufgepumpter Weste an der Oberfläche und genoss die Wellen, die die anderen beim Springen erzeugten. Das hier war der beste Teil des Kurses. Auf dem Wasser, mit frischer Luft, ohne Maske und ohne Schwimmbewegungen einfach abhängen. Aber leider ließen sich die anderen schon auf den Boden sinken. Da musste ich hinterher! Ich setzte die Maske auf, stopfte mir den Lungenautomaten in den Mund und ließ die Luft aus dem Jackett. Als ich unten angekommen war, spielten wir Unterwasser-Stummfilm. Rainer-Nick zog mich zu sich heran. Die anderen bildeten einen Sitzkreis und nahmen ihre Masken ab. Sie blinzelten und schauten sich dann alle mit offenen Augen an, gaben ihre Maske an den Sitznachbarn, pusteten die fremde Taucherbrille frei und setzten sie auf. Sie grinsten sich an, nickten, und der Tauschreigen begann von vorn.

Als der Tauchlehrer mich anstupste und nickte, paddelte ich panisch von ihm weg. Auf keinen Fall würde ich meine Taucherbrille abnehmen! Ich ließ Luft in die Weste und tauchte auf. Neben mir erschien Nick und spuckte das Mundstück aus.

„Alles okay mit dir?"

„Wenn ich nicht im Wasser gucken muss, geht's ganz gut."

„Komm, das schaffst du schon."

Ich schüttelte den Kopf und fühlte einen Kloß im Hals. Ich wollte keine Kurs-Bremse sein, aber ich konnte das mit dem Gucken nun mal nicht. Meine Augen erzeugten in diesem Moment ihr eigenes Wasser und schwammen darin.

„Ach, Kleines, das ist doch kein Grund zu weinen."

Der hatte gut reden. Der konnte die Augen aufmachen, mit Masken jonglieren und alles, was man für die Übersiedlung auf den Meeresboden brauchte. Ich schniefte.

„Pass auf. Mach Schluss für heute. In ein paar Wochen habe ich einen Privatkurs für eine extrem ängstliche Teilnehmerin. Da kommst du einfach dazu. Wir üben alles viel langsamer, und dann verlierst auch du die Angst."

Genau. Spazier einfach jeden Tag in einen Löwenkäfig. Nach einer Woche ist das total normal, und du fühlst dich da wie zu Hause.

Nick beobachtete mich und stupste mich an. „Okay?"

„Ich weiß nicht recht ..."

„Wir bauen das Streckentauchen anders auf und ..."

„Oh nee! Echt nicht. Du hast gesagt, ich habe bestanden."

Nick lachte sein Grübchen-Lachen. „Du hast recht. Das musst du nicht noch mal. Und den Rest lernt ihr in eurem eigenen Tempo, ohne Gruppendruck."

Ich wiegte den Kopf. Sollte ich? Oder lieber ganz aufhören? Ach, egal. Auch da konnte ich ja gehen, wenn es mir zu viel wurde.

„Einverstanden!"

„Na also. Braves Mädchen." Nick strahlte.

Ich hievte mich aus dem Wasser. Der Schwarm hatte nichts mitbekommen. Die waren vollauf mit Unterwasser-Ringelpiez beschäftigt. Nun musste ich nur noch Sascha erklären, dass das Projekt Meerjungfrau in die Verlängerung ging.

„Warum sagst du ihm nicht, dass du Angst vorm Tauchen hast und den Kurs nicht zu Ende machen möchtest?", fragte Juli verwundert.

„Es war ein Halbjahrestag-Geschenk. Das kann man nicht einfach abbrechen."

„Hast du dir schon mal überlegt, was das Ganzjahrestag-Geschenk sein könnte?"

„Nee, wieso?"

„Denk nach!"

„Tu ich ja."

„Wohl nicht. Es drängt sich doch geradezu auf!"

„Mich bedrängt es nicht."

„Ein Tauchurlaub, Dummerchen."

„Ach, du Sch... Meinst du?"

Juli kicherte und widmete sich wieder ihren Stoffmustern. Hinter uns schnarchte Bernd in einem seiner Bürokörbchen vor sich hin. So saßen wir einträchtig in unserem frisch gebauten Glaskasten-Büro mitten im Lager, arbeiteten Bestellungen ab und suchten neue Produkte für den Online-Shop aus. Draußen stellten drei Mitarbeiterinnen die bestellten Pakete zusammen, zwei andere halfen einem Fahrer beim Entladen seines Sprinters. Im Aquarium nebenan schrieb eine Teilzeitkraft Rechnungen.

Seitdem wir letztes Jahr die Geschäftsidee mit dem Homemade-Kombinat umgesetzt hatten, explodierten die Anfragen geradezu. Wir kauften Stoffe ein und ließen von nähbegeisterten Bloggerinnen Kinderkleidung, Schals, Kissen und sogar Hundemäntelchen nähen und zu uns schicken. Anschließen lieferten wir die Teile in die ganze Republik.

Unser neues Büro hatten wir auf eher ungewöhnliche Weise entdeckt, als es in Julis Wohnung zu eng geworden war. Juli hatte damals genau wie ich in einem Online-Mode-Versandhandel gearbeitet – sie als Fotomodell für die laufenden Kollektionen, ich als Junior-Personalerin. Nebenbei jobbte Juli überaus erfolgreich als Model für mollige Erotikmode. Eines Tages begleitete ich sie zu einem Shooting in die Halle einer Firma für Traktoren und landwirtschaftliche Geräte. Da liefen beim Hallenbesitzer die Geschäfte mit den Bauern wohl schon nicht mehr so gut. Wieso sonst hätten die ihre Räumlichkeiten an einen Erotikversender vermieten sollen? Als auch Bernd und ich versehentlich in dem Katalog aufgetaucht waren, verloren wir im Strudel der Ereignisse unseren Job im Online-Handel. Dieser Rausschmiss war das Beste, was uns passieren konnte. Juli, deren ursprünglicher Beruf Schaufensterdekorateurin war, hatte schon immer nebenbei genäht und die Ergebnisse in ihrem Freundeskreis verkauft. Auf einmal bekam sie so viele Anfragen, dass ich mit einsprang, damit sie nicht unterging. Allerdings konnte ich nicht nähen. Wir suchten Bloggerinnen übers Internet, die gerne schneiderten, und schon ging es los. Juli war ein kreativer Chaot, ich liebte das Organisieren. Wir funktionierten wie Pünktchen und Anton. Alles passte perfekt. Die Firma wuchs wie Unkraut, in Julis Wohnung stapelten sich in jeder Ecke, sogar auf dem Klo, die Schnittmuster. Dann hörten wir, dass die Halle der Landmaschinen zu mieten war. Dort hatte einst alles angefangen, dort sollte es für uns weitergehen.

Ich beantragte Existenzgründungs-Zuschüsse, und wir wurden eine richtige Firma mit Mitarbeitern, Computern, Faxgeräten und allem Zipp und Zapp. Endlich durfte auch der Hund zur Arbeit mitkommen, nicht wie damals in meinem früheren Job, als meine Versuche, Bernd mit ins Büro zu bringen, zu einer Menge Ärger und schließlich zu einem stinklangweiligen Telearbeitsplatz geführt hatten. Meine Felle, eines Tages Personalleiterin zu werden, waren davongeschwommen. Stattdessen trabte ein Mopsfell samt Inhalt durch mein Leben und bürstete alles gegen den Strich.

Ich lebte seitdem in einer wunderschönen Leihwohnung unter dem Dach, fuhr ein Leih-SUV und hatte einen Nicht-Leih-Freund – den Hundetrainer Sascha. Vorher hatte ich noch kurz meinen veganen Lauf-Fanatiker samt Schwiegermonster entsorgt, war über Ludger, einen Tierarzt, statt über Los gegangen und war schließlich bei Sascha gelandet – ein Gefühl, als hätte ich die Schlossallee erobert.

Auch nach fast einem Jahr war Sascha noch ein absolutes Highlight. Er sah aus wie das, was er war: ein Ex-Soldat. Er sprach wenig über die Zeit, als er Hundeausbilder beim

Heer gewesen war. Eigentlich sprach er nie viel, egal über was. Das machte mich wahnsinnig, ihn aber leider anziehend. Er blieb geheimnisvoll.

Ich wusste, dass mit einem Hund, den er ausgebildet hatte, etwas Schlimmes passiert war. Danach hatte er den Dienst quittiert und zusammen mit seiner Ex eine private Hundeschule eröffnet. Doch darüber schwieg er so eisern wie der Coca-Cola-Konzern über die geheime Rezeptur der Puff-Brause. Irgendwo in Saschas Herzen gab es ein verschlossenes Fach mit den Details zu dieser Beziehung. Angela, seine Schwester, hatte mir geraten, keinen Schlüssel dafür zu suchen. Da hätte sie auch sagen können: „Denke nicht an einen rosa Elefanten!" Das kriegte ich nicht hin. Ich seufzte.

„Erde an Kay!"

„Ja? War was?"

Die rosa Elefanten trabten aus meinem Bewusstsein in ihre Schublade mit der Aufschrift: „Dringend irgendwann erledigen!"

„Träumst du schon von den Malediven und wie ihr Hand in Hand die Tiefen der Meere erkundet?"

„So ähnlich. Ich sehe mich mit leerer Sauerstoffflasche und wegschwimmender Taucherbrille in den Fängen einer Muräne."

„Ich sag ja, lass es sein. Du musst dich nicht für einen Mann verbiegen und ihm vorgaukeln, dass du die Mega-Sportlerin bist."

„So was würde ich nie tun!"

„Schnelles Stehen ..."

„Was?"

„Das war das, was dein Ex immer zu eurem Lauftempo gesagt hat, nicht wahr?"

„Was hat das damit zu tun?"

„Kay, du verabscheust Laufen und hast es ihm zuliebe getan. Und was hat er für eure Beziehung getan? Was tut Sascha dafür?"

„Das kannst du nicht vergleichen! Es war nur ein Geschenk in bester Absicht."

„Aber er wusste doch, dass du wasserscheu bist."

„Na ja, nicht so richtig."

„Hast du ihm etwa nicht gesagt, dass du niemals schwimmen gehst? Dass du es hasst, wenn du Wasser ins Gesicht bekommst oder dich ein aufgeweichter Altmänner-Zehennagel im Schwimmerbecken streift – samt Alt-Mann am oberen Ende? Dass du keine Kiemen oder Schwimmhäute besitzt und folglich nicht fürs Wasser gebaut bist?"

„So direkt nicht, nein."

„Was hast du denn gesagt, als er das erste Mal mit dir schwimmen gehen wollte?"

„Nichts dergleichen. Ich habe mir wasserfestes Make-up gekauft, einen Push-up-Bikini mit optischer Beinverlängerung, und ich habe eine neue Klinge beim Ladyshaver verschlissen."

„Boah, Kay. Du bist voll das Frauchen."

„Gar nicht!"

„Sag ihm, was dir gefällt. Er soll nicht denken, dass er eine knallharte Sportskanone zur Freundin hat. Irgendwann fliegt das auf, und ihr könnt euch hinter dem Berg von enttäuschten Erwartungen kaum noch erkennen."

„So unsportlich bin ich nun auch nicht." Ich schmollte, obwohl ich ahnte, dass sie recht hatte. Aber in jeder Beziehung zeigte man sich doch anfangs von seiner besten Seite, um dem anderen zu gefallen.

„Sich von seiner besten Seite zu zeigen heißt was anderes, als etwas vorzugaukeln, was nicht da ist."

Juli konnte Leseknochen nähen – unser Verkaufsschlager – und Gedanken lesen. Eine ungewöhnliche Mischung, fand ich und wurde rot.

„Mein kleines Ampelmännchen." Juli lachte. „Dein Gesicht weiß bereits, dass ich recht habe."

„Hast du noch nie so getan, als wärst du etwas mehr, als du bist?"

„Doch. Sogar vor mir selbst. Ich wollte mich wie eine durchtrainierte Fitnesstrulla fühlen und heute ursprünglich zum Sport gehen."

„Aber?"

„Ich habe gesehen, dass mir ein Haar ausgefallen ist. Gesundheit geht vor!" Juli lachte so plötzlich los, dass Bernd aus seinem Korb hochschoss und wie eine Sirene jaulte.

„Was ist mit deinem Haar?", fragte ich über das Gejaule hinweg. Ich verstand nix.

„Ach, nichts. Ich fand den Satz so großartig und suche seit einer Woche nach einer Gelegenheit, ihn unterzubringen."

Bernd kam aus seiner Ecke herangetrabt, um zu schauen, ob es seinem Rudel gut ging. Ich war froh, dass Juli ihre Beziehungsmuster-Diskussion nicht vertiefen wollte, und schnappte mir ein paar Bewerbungen.

Früher hatte ich stapelweise Bewerbungsunterlagen gelesen, vorsortiert, mir Notizen zu Lücken im Lebenslauf gemacht und sie meiner Chefin zur Durchsicht gegeben. Jetzt traf ich die Entscheidungen und führte die Gespräche selbst. Alle Frauen, die seit Neuestem bei uns arbeiteten, waren stoff- und nähverrückt. Sie meldeten sich einfach so über unsere Internetseite www.homemade-kombinat.de und fragten, ob wir sie einstellen könnten. Irgendwas mit Stoffen zu arbeiten, wäre ihr Traum. „Oh! Schneewittchen hat sich bei uns beworben", rief ich aus und reichte einen Lebenslauf an Juli.

Nele Nagel, vierundzwanzig Jahre alt, Bürokauffrau und Schneiderin, die eine Erstanstellung als Assistentin suchte. Juli überflog nickend die Unterlagen. Ich legte Nele zur Seite, um sie später telefonisch einzuladen. Die Büroarbeit schafften wir kaum noch – trotz Teilzeitunterstützung. Jeden Tag redeten wir über Rechnungen, Bestellungen und To-dos für den nächsten Tag, doch unsere Freundschaft ging völlig unter. Wir hatten einfach keine private Zeit mehr miteinander.

„Wenn wir eine Assistentin einstellen würden, könnten wir mal wieder als Freundinnen unterwegs sein."

Ich starrte Juli an, als spräche Elvis aus ihr. Langsam wurde sie mir unheimlich. Ihre Astro-Macke war okay, vor allem hatte ich sie gern akzeptiert, als sie ausgependelt hatte, dass Bernd und Sascha das richtige Sternzeichen für mich hatten. Aber wenn sie jetzt noch anfing, jeden meiner Gedanken zu lesen, wurde mir das zu viel. Wenn ich einen Pups unterdrückte, würde sie mir dann sagen, ich solle mir keinen Zwang antun?

„Ist alles okay? Musst du mal pupen? Du guckst so komisch."

Kapitel 5

Wie gerädert stand ich am anderen Morgen auf. Waterboarding war nichts gegen eine Nacht mit den beiden Monstern. Auf der einen Seite schnarchte Bernd im Körbchen und jaulte im Traum, wenn er langbeinigen, blonden Retrieverhündinnen hinterherjagte. Früher hatte er selig auf dem Kopfkissen geschlafen, aber seit wir von Sascha erzogen wurden, war das Bett tabu. Auf der anderen Seite, dicht an meinem Ohr, sägte Sascha seine Wälder um, lauter und enervierender als jeder Hund. Neben einem Ex-Soldaten zu schlafen, war überhaupt herausfordernd. Nachts umklammerte er mich wie einen Fahnenflüchtigen, der die Raketenabschusscodes dem Feind übergeben wollte. Dabei schnarchte er mir so laut ins Ohr, dass es sich anfühlte wie Anschreien. Nicht zu vergessen, dass ein solcher Kerl im Tiefschlaf glühte wie ein Saunaofen. Morgens war mir nach so einer Nacht heiß, mein Ohr klingelte und ich war unausgeschlafen.

Vorsichtig schob ich Saschas Arm weg. Zack! Die Falle schnappte wieder zu. Warum trainierten die Ausbilder ihren Rekruten Würgeschlangen-Eigenschaften an? Ich wand mich, um der Umklammerung zu entgehen. Mit einem Schnauben erwachte die Boa Constrictor zum Leben.

„Was'n los?"

„Nix. Ich muss nur früh hoch und war die ganze Nacht wach."

„Wieso'n das?" Sascha richtete sich auf und blinzelte desorientiert.

„Weil du so schnarchst!"

„Ich? Das war der Hund."

„Der schnarcht süß."

„Okay. Ab morgen versuche ich auch, süß zu schnarchen."

Sascha drückte mir einen Kuss auf den Mund und rollte sich auf die Seite. Noch während ich verliebt seinen Rücken betrachtete, sägte er wieder los. Was er tagsüber zu wenig sagte, schnarchte er nachts wieder rein. Niemand war perfekt.

Ich tapste mit großem Bedauern an der Espresso-Maschine vorbei und ließ sie ausgeschaltet. Bernd begleitete mich engmaschig. Seine Sorge, dass a) ich vergessen könnte, dass er Futter brauchte, und b) mir entfallen wäre, wo sich Selbiges befand, war zu jeder Tageszeit gleich. Daran, dass er auch aufs Klo mitkam, hatte ich mich gewöhnt. Ich setzte mich, Mops parkte rückwärts zwischen meinen Füßen ein – auch wenn es lediglich Sekunden dauerte. Nur die offene Dusche mied er. Seine Abneigung gegen Wasser war bodenseegroß. Bernd und ich waren ein Team mit vielen Übereinstimmungen. Okay, ein paar Unterschiede gab es. Ich leckte nicht die Straße trocken, wenn vorher eine Hündin dort hingepinkelt hatte.

Als der leinenlose Bernd und ich zum Fahrstuhl gingen, rührte sich im Schlafzimmer nichts. Sascha blieb nicht oft über Nacht bei mir. Wenn er schon früh am Tag Kundentermine hatte, ließ er uns lieber schlafen und blieb daheim. Seine aktuelle Klientel beanspruchte ihn eher in den Abendstunden. Dann kam er manchmal noch spät in meine Leih-Wohnung, kroch unter die Decke und schlief länger als der Mops und ich. Da ich nicht mehr von zu Hause aus arbeiten musste, ging ich mit Bernd früh ins Büro. Ohne Espresso, denn Klaras Espressomaschine und die Kaffeemühle weckten in der offenen Wohnung selbst Senioren mit ausgeschalteten Hörgeräten. Wenn also jemand schlief, dann war ich diejenige, die Rücksicht nahm.

Ich zog die Haustür auf, trat nach draußen und ließ den Mops vorbei. Ein dicker Tropfen löste sich vom Vordach und fiel ihm direkt zwischen die Augen. Angewidert sprang er zurück, drehte sich um und schlängelte sich durch die zufallende Tür zurück in den Flur. Dann blickte er mich an, als wollte er sagen: „Spinnst du? Bei dem Wetter!“

Noch bevor ich die Tür vor dem Zuschlagen stoppen konnte, trabte Bernd zurück in den Fahrstuhl, während ich von draußen wie durch ein Schaufenster zuschaute. Würde er an die Knöpfe kommen, wäre er allein hochgefahren. Ich schloss wieder auf, klemmte mir den Hund unter den Arm und trug ihn vor die Tür zum erstbesten Pinkel-Busch. Der Hundeflüsterer fällte noch Bäume, da konnten wir unbeobachtet ein paar Erziehungssünden begehen.

Im Büro angekommen, trieb mich der Koffeinmangel sofort zu unserer Maschine. Bernd schüttelte sich neben mir, um die Tropfen im Fell loszuwerden. Er tat so, als wären wir zur Arbeit geschwommen. Juli tippte mit verklärtem Gesicht auf ihrem iPad. Schrieb sie wieder der schwedischen Designerin, mit der sie einen Online-Flirt hatte? Juli sprach fast kein Englisch, sie hatte in ihrer Kindheit noch Russisch lernen müssen, und die Schwedin verstand weder Russisch noch Deutsch. Sie unterhielten sich über ein Übersetzungsprogramm. Hoffentlich zeigte sich das aktuelle leistungsfähiger als das, was Juli anfangs benutzt hatte. Dessen Entwicklung schien mir noch in den Kinderschuhen zu stecken, oder die Programmierer waren echte Komiker. Es verwandelte zum Beispiel die Essenszutat Onion Rings in „Zwiebel ruft an", den Wasserhahn in „Water Chicken" und eine „Übersetzung" in das sprachlich interessante „Oversitting".

Ich hatte Juli eindringlich vor Telefonsex im Schlafanzug – „Sleep-on-Train" – gewarnt. Die virtuelle „Wool Fun", zu Deutsch „Wollust", hatte so ihre Tücken. Hatten wir als Kinder im Schulenglisch auch so lustige Fehler gemacht? Vermutlich war unser Interesse an der Übersetzung des Wortes „Kotflügel" nicht groß genug gewesen. So hatten wir nie über die Korrektheit des Wortes „Shit Wing" nachdenken müssen.

Ich begrüßte die Kolleginnen im Lager und schob im Büro der Teilzeitmitarbeiterin ein paar Ordner zur Seite, um den Tisch mit Kaffee und Keksen einzudecken. Uns fehlte ein Besprechungsraum. An so was hatten wir beim Umbau der Halle nicht gedacht. Wir hatten damals zu zweit gearbeitet und waren umringt gewesen von Leseknochen, Hundedecken, Loops und Kinderkleidung. Jetzt wuselten ein Dutzend lachende Frauen zwischen den Tischen herum, und täglich stapelten sich hier versandfertige Pakete, die auf den Beginn ihrer Reise harrten. Auf das Dach der Halle prasselte Regen, der beschlossen hatte, ein Wolkenbruch zu werden.

Die Klingel kreischte los wie ein Feueralarm. Während der ersten Male war Bernd bei dem Geräusch ausgeflippt, und ich hatte uns in Sicherheit bringen wollen. Bei den Vormietern war in der Halle viel geschweißt und gehämmert worden, weshalb die Verantwortlichen den Klingelton einen Hauch lauter bestellt hatten, als es bei einem AC/DC-Konzert nötig gewesen wäre. Irgendwann würden wir auch rausfinden, ob und wie man das Ding leiser drehen konnte.

Ich öffnete die Metalltür, die in die großen Schiebetore eingelassen war. Vor mir stand eine schwer atmende Frau! Sie war in großer Not! Schädelverletzung! In Sekundenbruchteilen erfasste ich, was zu tun war: Stabil lagern, Notruf wählen. Gleich würde die Frau zusammenbrechen. Ich sprang ihr entgegen, hakte sie unter und zog sie ins Trockene.

„Himmel! Was hat man Ihnen angetan? Keine Panik. Das wird wieder! Das mit dem Blut, also diesem vielen Blut, das ist ... heftiger, als es ... also ..."

Verdammt, was sagte man Tröstendes zu einer Frau, der man mit einer Axt den Hinterkopf gespalten hatte oder der noch Schlimmeres widerfahren war? Wobei ich nicht wusste, was noch unangenehmer hätte sein können.

Ich tätschelte ihr die Schulter und schaute in ihre aufgerissenen Augen. Die wurde mir hier doch nicht ohnmächtig!

„Schnell! Hinsetzen, bevor Sie noch umfallen."

Ich zerrte die widerstrebende Frau zu einer Rattanoptik-Sitzecke, die in unserer Vorhalle überwinterte.

„Entschuldigung ..." Die Stimme der Schwerverletzten klang heiser.

„Sie müssen sich doch nicht entschuldigen. Seien Sie froh, dass in der Halle wieder Betrieb ist. Sonst wären Sie hier vor der Tür verblutet."

Oh, shit. Was plapperte ich da nur? So was sagte man doch nicht zu einer Frau, die vielleicht den Abend nicht erleben würde. Wer wusste schon, wie schwer ihre Verletzungen waren. Ich drückte sie in den staubigen Sessel.

„Verblutet? Was? Was reden Sie denn?"

Sie sprach zwar heiser, dafür aber deutlich. Sollte mir das sagen, dass ihre Verletzungen nicht so gravierend waren? Andererseits flogen auch geköpfte Hühner noch ein paar Meter, bevor sie verendeten. Zumindest hatte ich das gehört. Das sollte ich dringend mal googeln.

Die Frau wollte sich aus dem Sessel hochdrücken, doch ich hielt sie mit sanfter Gewalt unten.

„Hören Sie, ich rufe jetzt den Notarzt, und dann wird alles wieder gut", artikulierte ich überdeutlich.

„Ich höre Sie ja! Und es geht mir gut. Ich bin auch nicht verletzt", erwiderte sie mit der Stimme einer Rocksängerin am Ende eines vierstündigen Konzertes. Sie schob meine Hand zur Seite und rappelte sich hoch.

„Aber das ganze Blut!"

„Was denn für Blut?"

Ich griff an ihren Hals und zeigte ihr meine rote Hand. Das würde sie hoffentlich überzeugen, dass es ernst um sie stand.

„Wie? Was zur Hölle ist denn ...?“ Sie riss die Augen auf. Verharrte. Dann prustete sie los.

Das musste der Schock sein! Jeder reagierte da ja anders. Sie wischte sich über die Augen und verteilte ungewollt das Blut im Gesicht.

Die Frau versuchte, ihre Fassung zurückzugewinnen. Ich wagte es nicht, sie allein zu lassen, und hoffte, dass gleich jemand vom Lager aufs Klo musste und hier vorbeikam.

„Mir geht es gut. Wirklich. Das ist die Farbe.“

„Farbe?“, echote ich.

Sie setzte sich gerade hin, räusperte sich und schaute mich aus grünen Augen an.

„Ich bin Nele Nagel und habe hier einen Termin. Deswegen habe ich mir heute früh die Haare nachgefärbt. Der Wolkenbruch muss die gesamte Farbe rausgespült haben, anders kann ich mir das nicht erklären.“

„Wie? Das ist kein Blut?“ Saudämliche Frage, aber mir fiel nichts Schlaueres ein. Für mich war die Frau soeben noch ein schwerverletztes Opfer gewesen, und jetzt fand ich den Schalter nicht, um in ihr die Bewerberin zu sehen, auf die ich gewartet hatte. Die Strecke vom Notfallprogramm zum Daily Business war in meinem Gehirn ein verkehrsberuhigter Bereich. Da legte man die Wege beschaulich zurück.

So langsam näherte ich mich dem Ende der Spielstraße und fühlte ein Grinsen in mir hochblubbern, als wäre es eine Brausetablette.

„Ich weiß, dass ich auf dem Foto anders aussehe“, sagte die Unverletzte weiterhin mit der Stimme von Bonnie Tyler. Wenn sie bellen könnte, hätten sie und Bernd zusammen die perfekte Tonlage für ein gemischtes Duett.

„Herzlich willkommen!“ Ich lachte, noch immer verdattert, aber gleichzeitig unendlich erleichtert. Diese Frau würde nicht vor meinen Augen verbluten. Alles war fein.

Ich rief mir ihr Foto in den Bewerbungsunterlagen ins Gedächtnis, auf dem eine junge Frau mit langen dunklen Haaren, die wie Schneewittchen aussah, den Betrachter anlächelte. Hier jedoch hatte ich einen heiseren, zu groß geratenen Pumuckl vor mir. Dieser schälte sich aus dem Flechtsessel, entfaltete sich zu seiner vollen Größe und streckte mir die Hand entgegen.

Hilfe! Neben diesem Vollblütler mutierte ich zu einem Dackel. Sie überragte mich um einen halben Kopf, und ich hatte freies Sichtfeld auf ihre Brust. Entweder trug Nele Nagel den größten Push-up der Welt, oder sie hatte einfach dicke Dinger.

Kay! Aus! Du bist hier die Chefin, und körperliche Größe nutzen höchstens Männer, wenn sie meinen, sie müssten sich aufspielen. Sie ist nur aufgestanden, und das nicht in böser Absicht.

„Auf den Schreck sollten wir erst mal einen Kaffee trinken", schlug ich vor und schüttelte ihre zierliche Hand. Solche Frauen hatten auch schlanke kleine Zehen.

„Gerne. Wenn ich kurz verschwinden dürfte, um das Gemetzel abzuwaschen?" Nele Nagel zeigte auf die Damentoilette.

„Kommen Sie danach einfach durch die Tür am Ende. Dann sehen Sie schon die Glasbüros. Ich warte dort auf Sie."

Als Nele Nagel nach einigen Minuten durch die Tür kam, hatte ich Juli bereits alles erzählt. Nur nicht, dass ich mich neben dieser Amazone klein, pummelig und hässlich fühlte. Juli war vollschlank mit perfekten Kurven. Deswegen hatte sie auch als molliges Model im Erotik-Bereich große Erfolge gefeiert. Frauen, die an sich zweifelten, sich nicht akzeptierten und mit Kilos oder dem sich nicht einstellenden Weltfrieden haderten, konnte sie nicht verstehen. Es gab so viele Gründe für Glück. Was machten da schon ein paar Pfunde zu viel? Diese Einstellung verlieh ihr den unwiderstehlichen Sex-Appeal.

Juli sah eine frisch geschrubbte und schon wieder perfekt gestylte Nele auf uns zukommen und schnurrte. Sie erhob sich und streckte der Bewerberin mit ihrem schönsten Nimm-mich-Lächeln die Hand entgegen. Nele Nagel lächelte ebenfalls und zeigte eine Zahnreihe, bei der mein Zahnarzt feuchte Augen bekommen hätte.

„Nele, nicht wahr? Kommen Sie, ich zeig Ihnen ein wenig die Firma und was wir hier so treiben. Kay wollte sich noch um den Kaffee kümmern und danach mit Ihnen reden."

Hatte Julis Stimme bei dem Wort „treiben" eine dunklere Klangfärbung angenommen, oder bildete ich mir das ein? Immer nur online in der falschen Sprache zu flirten, schien nicht so erfüllend zu sein.

Als Nele und ich uns endlich gegenübersaßen und ihren Lebenslauf durchgingen, stellte ich fest, dass die Frau ausgesprochen sympathisch rüberkam. Sie lachte gern, wirkte aufrichtig und schielte immer wieder zu dem Gewusel in der Warenannahme hin, ohne dabei unaufmerksam zu sein. Sie war ja nicht absichtlich groß gewachsen und vollbusig.

„Es ist so spannend bei Ihnen. Das wäre toll, wenn ich hier arbeiten dürfte. Ich wohne mietfrei in einer kleinen Einliegerwohnung bei meinen Eltern."

War das ein Signal dafür, dass sie mit einem niedrigeren Gehalt zufrieden wäre? Wir konnten als Grundgehalt noch nicht so viel zahlen. Daher arbeiteten die Mitarbeiterinnen auf Minijob-Basis oder in Teilzeit. Unsere Bloggerinnen schrieben uns Rechnungen und erwirtschafteten so ihren eigenen Umsatz. Zunächst einmal musste ich aber eine lebenswichtige Sache erfragen.

„Mögen Sie Möpse?"

Zwei Augenbrauen mir gegenüber schoben sich in die Nähe der Pumuckl-Fransen. „Selbstverständlich! Ich habe ja selbst zwei."

„Sie haben Möpse? Echt jetzt?"

„Ja, und eigentlich kann man die nur schwer übersehen ..."

Hä? Oh! Ich wurde rot. Dachte sie, dass ich sie nach ihren Brüsten gefragt hatte? Die konsternierten Augenbrauen hingen immer noch oberhalb ihres natürlichen Lebensraums.

„Nein, nein. Ich meine die Hunderasse. Ich reiße doch keine abgedroschenen Herrenwitze."

Die Brauen wanderten nach unten. „Ach so. Na klar mag ich Hunde. Ob Mops oder Dackel, ist fast egal."

„Sehr gut. Hier bei uns lebt Bernd. Das ist unser Büro-Mops. Es wäre doof, wenn Sie eine Allergie oder eine Hundephobie hätten."

„Nein, nein. Alles wunderbar." Nele Nagel blickte mich aufmerksam an.

„Wir sind ein sehr junges Unternehmen ...", nahm ich den Faden wieder auf.

Nele Nagel nickte und lächelte. „Das ist ja das Tolle!"

„Unsere Zahlen gehen zwar stetig nach oben, aber in den ersten Monaten wäre Ihr Gehalt nicht vergleichbar mit dem, das Ihnen ein Konzern wie beispielsweise Volkswagen zahlen würde."

„Autos interessieren mich kein Stück!"

Eine halbe Stunde später waren wir uns handelseinig, und Nele Nagel ging mit einem Vertragsentwurf von dannen. Wenn wir alle morgen noch wollten, würden wir sie als Assistentin der Geschäftsführung einstellen.

„Steht sie auf Männer oder Frauen?", fragte Juli, als ich ins Büro zurückkam.

„Juli!"

„Ja, bitte?"

„Never fuck the Company", zitierte ich lässig einen Manager-Satz.

„Papperlapp. Bei uns haben damals doch auch die schärfsten Frauen gearbeitet! Da gehe ich doch nicht noch auf die Piste, wenn alles fußläufig erreichbar ist."

„Mit wem?", fragte ich und ging in Gedanken die Kolleginnen durch.

„Vergiss es!", kreischte Juli und warf mit einem Keks nach mir.

„Aber nicht die Schreiber ..."

Vor meinem geistigen Auge sah ich, wie sich Juli und unsere strenge Ex-Chefin lüstern im Bett wälzten. Bunte Bälle. Bunte Bälle. Blumenwiese. Blumenwiese. Die Bilder mussten sofort überschrieben werden.

„Igitt. Nee, wirklich nicht. Ich schwöre."

Die Sexszenen lösten sich auf wie Nebel in der Sonne.

„Gott sei Dank."

„Oder vielleicht doch ...?"

Ich sprang auf und rannte kreischend hinter Juli her. Bernd schreckte aus seinen Träumen hoch und verfolgte uns verwirrt bellend um den Tisch. Er hatte keine Ahnung, was los war. Aber Bellen und Rennen passten immer. Wären die Mitarbeiterinnen nicht schon gegangen, hätten sie vermutlich umgehend gekündigt.

Nach Feierabend machten Bernd und ich unsere Runde im Stadtwald. Den hatten wir nach drei Minuten Fußmarsch erreicht. Hier hatten wir damals unsere erste Verabredung mit dem Hundetrainer gehabt.

Der Tag war insgesamt gut gelaufen. Sascha hatte mir eine ellenlange liebevolle SMS geschickt: „Kuss S."

Dann hatten wir einen Lastwagen bis unters Dach mit Paketen beladen und diese verschickt, und vermutlich würden wir schon sehr bald eine Assistentin einstellen.

Wie ein Zirkuspferd trabte der Mops neben mir her. Früher war diese bedingungslose Aufmerksamkeit nur zu erreichen gewesen, wenn ich mit einer leergequetschten Tube Tomatenmark, refilled mit Leberwurst, vor ihm rumgewackelt hatte. Mittlerweile wusste ich nicht nur, dass man leere Tuben zum Selber-mit-Schlotze-Befüllen kaufen konnte, sondern hatte – dank Sascha – Bernd auch besser erzogen. Nur manchmal bekam der Hund sein Futter aus dem Napf, meistens gab ich es ihm beim Spazierengehen. Und das hatte er sich durch wohlgefälliges Verhalten zu erarbeiten. Der Mops musste also an mindestens dreihundert Tagen im Jahr artig sein, um mit Futterbrocken, die wie dicke Hasenköttel aussahen, belohnt zu werden.

Ich schleuderte eine täuschend echt aussehende Stoffratte weg und rief: „Bring's her!"

Bernd ignorierte die Ratten-Flugbahn und schaute mich forschend an. Hat sie auch wirklich Futter in der Hand?, fragte sein Blick. Er würde nichts einfach so apportieren. Seine Meinung war: Schmeißt du was weg, hol es dir selber zurück. Deine Ratte, dein Problem. Ich wartete. Bernd auch.

Ich öffnete die Hand und zeigte ihm die Hasenköttel. Bernd flitzte in die ungefähre Rattenaufschlagsrichtung los. Dabei sah er aus wie eine flüchtende Mischung aus Kegelrobbe und Ferkel. Uns kam ein grauhaariges Rentnerpaar mit einer blonden Retrieverhündin entgegen. Bernd stoppte so abrupt, als wäre er gegen eine Glastür gelaufen. Sein Mopskringel rotierte wie besessen, er stand durchgestreckt auf seinen Krallen und hatte die Ohren aufgestellt. Das war sein Hochzeitsoutfit.

„Ach, guck mal, das süße Schweinchen!", sagte die Mutter-Beimer-Kopie und beugte sich lachend runter, um das Tierchen zu herzen.

Bernd verschwendete keine Sekunde für einen Blick zur Seite und starrte unbeirrt die Hündin an. Die wiederum ließ ihr Herrchen nicht aus den Augen. Der männliche Mutter Beimer hielt im Gehen eine Faust hoch und lockte die Hündin mit: „Oh, was ich hier hab? Naaaaa, was hab ich hier wohl, Helga?"

Ich biss mir auf die Lippen, um nicht loszukreischen. Das Tier hatte sogar den Vornamen der Lindenstraßen-Mama? Entweder strotzten die beiden Rentner vor Humor oder sie hatten keine Ahnung, wie sie aussahen. Helga folgte Herrchen so konzentriert, dass sie mit dem Hintern Bernd einfach umschubste. Der sprang wieder auf und schaute Familie Beimer verdattert hinterher. Die hatte mich fast erreicht, und endlich warf Herrchen das Oh-was-ich-hier-hab in hohem Bogen weg.

„Helga meint das nicht böse", informierte mich Mutti, „aber wenn Vati einen Stein in der Hand hat, interessiert sie der Rest der Welt nicht mehr."

Wenn Sascha und ich uns jemals so anreden würden, wäre Mord anerkannte Notwehr, und ich bekäme einen Freispruch. Das Ehepaar blieb neben mir stehen. Etwas entfernt wartete der Mops, der darüber nachzudenken schien, was er vor dem Schockverlieben noch zu erledigen gedachte. Weiter hinten hopste die Retriever-Hündin durchs Unterholz, um den Stein zu suchen. Einen Stein? Dafür hatte sie den schärfsten aller Möpse mit dem Hinterteil vom Weg gefegt? Das war empörend!

Derweil sprang Helga durch die Büsche wie eine Antilope auf Speed. Retriever galten unter den Hunderassen nicht als die hellsten Kerzen auf der Torte. Helga bellte, schnappte zu und trabte mit einem größeren Stein zu Vati und Mutti zurück. Beide beobachteten die Heldentat ihres Babys mit liebevoll zur Seite geneigten Köpfen. Dann riss Frauchen Augen und Mund auf.

„Ihhh! Hans! Mach das weg!“ Mutti übersprang mühelos zwei Oktaven und entfernte sich rückwärts.

Bernd kam angerannt. Das war seine Lieblingstonlage. Die versprach Bambule. Vati-Hans schaute auf den vermeintlichen Stein und bekam ebenfalls Stielaugen. Er sah aus, als wäre ein Herzinfarkt zu ihm unterwegs.

„Helga, bei Fuß. Sofort!“, kommandierte er und ging im Stechschritt zu seiner Gattin.

Die Beimers hasteten hinfort. Helga trottete verwirrt hinterher. Keiner von ihnen wollte die neue Beute? Ich trat einen Schritt nach vorn, um mir den Stein genauer anzusehen. Doch da lag kein Stein – es war unsere Stoffratte! Bernd, der sich zu erinnern schien, sprang drauf zu und biss hinein. Dann brachte er die Handlungsstränge durcheinander. Statt sie mir vor die Füße zu legen, um seine Hasenköttel zu bekommen, trabte er mit der Trophäe hinter Helga her. Mutti sah das und schrie auf. Die ganze Familie begann zu rennen. Bernd hielt das für ein neues Spiel und galoppierte hinterher.

Jetzt aber los! Ich nahm die Verfolgung auf.

„Bernd! Beeeheeernd!"

Der Mops galoppierte weiter. Ich räusperte mich, um meinen Sopran zu aktivieren.

„Beeeehernd, was ich hier haaaabeeeee..."

Bernd warf den Anker, ließ die Stoffratte fallen und wendete. Dieser Ausruf in der höchsten Tonlage meiner Stimmbänder war unser Notzeichen. Es gab dann immer und ausnahmslos Leberwurst. Sascha hatte mich gebeten, mir einen Befehl auszusuchen, der so verheißungsvolle Dinge versprach, dass der Mops alles andere vergaß. Es klappte tatsächlich.

Familie Beimer stoppte ihre Flucht, als sie merkten, dass der Mops kehrt gemacht hatte, und beobachtete kopfschüttelnd und nach Luft schnappend das Geschehen.

„Sie ist aus Stoff!", rief ich hinter den dreien her.

Nichts zu sagen, wäre fies gewesen. Wer wusste schon, was die sonst tun würden, wenn wir uns irgendwann im Wald wiedersahen.

Ich sammelte die Ratte ein, und Bernd und ich machten uns auf den Heimweg. Das Stoffvieh kam ab sofort immer mit, schließlich war sein Unterhaltungswert enorm. Wir mussten uns sputen, denn ich wollte für Sascha ein Überraschungs-Hähnchen zubereiten und musste Selbiges noch im Supermarkt jagen. Ich hasste Kochen, aber um das Trauma mit meinem Veganer-Ex zu überwinden, kaufte ich manchmal Fleischiges, damit sicher war, dass nicht auch in Sascha ein Essbehinderter mit Hang zu Alfalfa-Sprossen und Johannisbrotkernmehl auf seine Erweckung wartete.

War heute der Welthähnchen-Fress-Tag? Oder hing an jedem Exemplar ein kostenloses Lotterielos am Flügel? Überall waren die tiefgefrorenen Kollegen ausverkauft.

Jetzt blieb nur der Bio-Supermarkt am Bahnhof, der noch exakt fünf Minuten geöffnet hatte. Wie lange brauchte so ein Hähnchen, bis es gar war? War das noch zu schaffen, oder mussten wir es frühstücken? Was hatte in der Bedienungsanleitung aus dem Kochbuch gestanden? Verflixt. Ich hatte mir nur gemerkt, dass ich ein ganzes Hähnchen ohne Innereien kaufen sollte.

Ich parkte meinen Leih-SUV und steuerte die Bahnhofshalle an, als ich einen vertrauten Schatten über den Zebrastreifen hasten sah. Wenn man froschgrüne Ledermäntel und pinke Stiefel bevorzugte, verschmolz man definitiv nicht mit der Umgebung. Das war Juli! Nanu? Sie hatte doch heute die Beine hochlegen und das Telefon ausstöpseln wollen?

„Juli!", rief ich.

Gleichzeitig fuhr hinter ihr ein Auto an. Sie hörte mich nicht.

„Juli! Warte!"

Ich wurde lauter, konnte aber den Straßenlärm nicht übertönen. Juli ging, mit dem Blick stur auf den Boden gerichtet, auf einen grauen Neubau zu. Ich folgte ihr und sah sie gerade noch in einer Seitentür an der Längsseite des Gebäudes verschwinden. Der Haupteingang und seine dunkel verglasten Schiebetüren strahlten gülden. Bunte Lämpchen, die den Eingang umrahmten, blinkerten um die Wette.

Da ich auf dieser Seite vom Bahnhof nie was zu tun hatte, war mir bisher entgangen, dass sich hier ein Spielkasino befand. Aber was wollte Juli hier? Ich ging zum Seiteneingang. „Personaleingang und Verwaltung Las Vegas. Bitte klingeln."

Juli war in ein Kasino gegangen? Warum das denn? Und wieso erzählte sie mir nichts davon? Ratlos entfernte ich mich Richtung Hähnchen und sah dem Personal beim Abschließen des Bio-Supermarktes zu. Mist. Ich schwenkte zur benachbarten Imbissbude um. Verlockende Gerüche nach Kurzgebratenem hypnotisierten meine Nase.

„Was darf es denn sein?", fragte eine Verkäuferin, von deren Schürze mir eine Wurst zublinzelte.

„Currywurst-Pommes-rot-weiß, zweimal", ratterte ich runter. Das war ein Reflex, der nichts mit meinem ernährungsgeschulten Einkaufsverhalten zu tun hatte. Das war Instinkt. Die gleiche Urgewalt, die einen Riegel Kinderschokolade auswickelte und mir diesen anschließend in den Mund steckte.

Während ich auf meine dreitausend Kalorien wartete, schrieb ich eine WhatsApp an Sascha: „Nahrung und ich landen in zehn Minuten daheim." Er antwortete mit einem hochgereckten Smiley-Daumen. Ich dachte über das Kasino und Juli nach. Vielleicht hatte ich mich beim Verabschieden ja nur verhört, und sie wollte gar nicht in einem duftenden Vollbad chillen. Ich schickte auch ihr eine Nachricht: „Hey, Schöne, wie ist dein Abend?"

„So, dann mal guten Appetit", sagte die Verkäuferin und blinzelte mir verschwörerisch zu. Sie reichte mir die Bestellung in einer Papiertüte.

Ein herrlich fettiger Geruch nach Fritteuse und Curry waberte mir in die Nase. Niemals würde das Paket unversehrt zu Hause ankommen. Als ich die heißen Sünden auf meinem Beifahrersitz so platziert hatte, dass ich während der Fahrt Pommes naschen konnte, vibrierte mein Telefon: „Alles super. Gehe gleich in die Wanne und entspanne noch mehr."

Während Bernd sein Hasenköttel-Futter verschlang, stürzte sich Sascha auf die Imbisstüte mit den lauwarmen Currywürsten und einer leicht dezimierten Anzahl Pommes. Er öffnete sie, zog eine Augenbraue hoch und sah mich fragend an. Mit gekonnter Unschuldsmiene blickte auch ich in die Tüte, fand einen kleinen verkokelten Pommes-Stick und legte ihn zu den anderen.

„Jetzt sind alle da!“ Ich zwinkerte Sascha zu. „Du darfst ein paar Bissen von meiner Wurst haben. Ich bin nicht so hungrig.“

„Ja, ist klar. Warum wohl?“, erwiderte Sascha und musterte den kümmerlichen Pommes-Haufen.

Als wir pappsatt auf dem Sofa lagen und dem Nachrichtensprecher lauschten, ging mir Juli nicht aus dem Kopf. Hatte sie ein Problem? Aber warum sollte sie? Wie gut kannte ich sie, um das zu beurteilen? Für mich war Juli die vor Energie strotzende Freundin und Geschäftspartnerin. Sie war unerschütterlich, selbstbewusst, fröhlich und kreativ. Aber was ging in ihr vor? War sie glücklich? Hatte sie eine Freundin oder nur den Internet-Flirt aus Schweden, von deren Kommunikation trotz der Übersetzungsprogramme so viel verloren ging? Vielleicht war sie unglücklich und überspielte das? Es wäre toll, wenn wir mit Nele Nagel Verstärkung bekämen, um wieder mehr Zeit für unsere Freundschaft zu haben.

Sascha starrte aus dem Fenster. Tat er das schon länger? Gab es da was zu entdecken?

„Alles okay?“

„Ja klar, sicher.“

„Läuft alles mit der Hundeschule?“

„Ja. Was soll die Frage?“

„Nur so.“

Sascha verfiel erneut in Schweigen. Sein Urzustand. Bis heute hatte er mit keinem Wort die Zeit in Afghanistan erwähnt. Das wenige, das ich darüber wusste, hatte mir seine Schwester Angela erzählt. Die hatte ich kennengelernt, nachdem er mich damals bei unserem ersten Date mit Verdacht auf Gehirnerschütterung zu ihr gebracht hatte. Sie arbeitete als Klinikärztin und war ein echter Familienmensch mit zwei wilden Jungs.

Manchmal argwöhnte ich, dass Sascha mich bewusst auf Distanz zu ihr hielt. Wenn ich in der Anfangszeit Angela getroffen hatte, dann meist zufällig beim Hundespaziergang im Stadtwald. Bernd liebte Bibi, die uralte Terrierhündin, und so verabredeten wir uns mittlerweile alle paar Wochen für eine halbe Stunde Gassi gehen. Wir verbrachten die Zeit dann immer damit, amüsiert das Hundepaar zu beobachteten. Über Sascha sprach sie nur selten, und mich kostete es einiges an Überwindung, Angela nicht fortwährend zu löchern. Selbst in seiner Wohnung war ich nur wenige Male gewesen. In dem weiß gestrichenen Raum befanden sich ein Futon, ein schwarzes Ledersofa, natürlich ein Flachbildfernseher, ein Kleiderständer und einige abgenutzte Hanteln. In einer Ecke standen Alukisten mit Armeezeugs. CDs und Fachbücher über alles Mögliche von Hundepsychologie bis hin zu Elektronik-Gedöns stapelten sich ohne System auf dem Fußboden. Nur der Fernseher stand da, wo Sascha ihn brauchte, nämlich in der Nähe des Antennenkabels. Und das Sofa war so hingestellt, dass er freie Sicht auf den Fernseher hatte. Alles Übrige erweckte den Anschein, als wäre es von einem völlig Fremden geliefert, einfach abgestellt und nie wieder von der Stelle bewegt worden.

Wenn Wohnungen ein Spiegel der Seele ihrer Bewohner waren, dann war Sascha innen leer. Vielleicht sagte eine so spärliche Einrichtung ja auch viel mehr aus? Als Personalerin hatte ich gelernt, dass das Weglassen bestimmter Floskeln in Zeugnissen vernichtende Interpretationen zuließ. Aber wie verhielt sich das mit Männerwohnungen? Gab es da Ratgeber? Das musste ich googeln. Dieser Mann war wirklich schwer zu durchschauen.

Ich seufzte. In wenigen Monaten würde Klara zurückkommen. Bernd und ich mussten dann getrennte Wege gehen. Bestimmt dürfte ich ihn besuchen kommen. Aber er gehörte nun mal Klara. Immer, wenn ich ihr eine E-Mail schrieb, hängte ich auch ein Bild von ihm dran. Das versetzte Klara jedes Mal in Entzücken. Sie berichtete dann begeistert von ihrer Zeit in Simbabwe. Mit Teams fuhren sie von Dorf zu Dorf, um irgendwelche Impfungen vorzunehmen und die weit verstreut wohnenden Menschen medizinisch zu betreuen. Deren Not hatte sie anfangs erschüttert.

Klaras E-Mails kamen spärlich und unregelmäßig, denn die Gegenden, in denen sie unterwegs war, boten nur selten funktionierende Mobilnetze. Die Möglichkeit, den Menschen zu helfen, schien sie aber stetig mehr zu erfüllen, denn wenn sie schrieb, klang das auf eine befriedigende Weise glücklich.

„Ich fahre noch in meine Wohnung." Sascha holte mich aus meinen Gedanken zurück und drückte mir einen Kuss auf die Stirn.

„Was? Wieso?"

„Ich hatte ganz vergessen, dass ich morgen gleich einen Termin bei der Bank habe – wegen einer Finanzierung."

„Finanzierung?"

„Ja, in wenigen Monaten läuft die Pacht für den Trainingsplatz aus. Der Besitzer hat den Vertrag gekündigt."

„Davon hast du noch kein Wort gesagt!"

„So lange weiß ich es auch noch nicht."

„Lange genug, um einen Termin bei der Bank zu vereinbaren. Warum überhaupt?"

„Besitzer will verkaufen."

„Und du willst es kaufen?"

„Mal gucken."

Es hatte keinen Sinn, weiter nachzufragen. Sascha war von mehreren Sätzen in einer Botschaft inzwischen beim Zweiwortsatz angekommen. Gleich würde er ganz verstummen.

„Vielleicht klappt es ja! Dann wäre es dein eigener Trainingsplatz. Super, oder?"

Ich klang wie eine der Verkäuferinnen im Teleshop, die mit enthusiastischer Stimme Hüftgürtel anpriesen.

„Mal gucken."

Zweiwortsatz-Wiederholung. Höchste Alarmstufe. Ich küsste Sascha auf den Mund und strich ihm über die Wange. Dieser große, kräftige Mann war so schön mit seinem kantigen Gesicht, dass ich mich an ihm nicht sattsehen konnte. Gucken ging immer, reden oft nicht.

„Schlaf gut." Sascha nahm den Kuss hin, als hätte ich ihm mit Spucke und Stofftaschentuch die Mundwinkel sauber gewischt. Mit seinen Gedanken schien er schon bei seinem Banktermin zu sein und mich vergessen zu haben. Er schnappte sich seinen Seesack und verließ die Wohnung. Nie ließ er eine Zahnbürste oder Unterhose bei mir. Das hielt ich für eine seltsame Angewohnheit. Hoffentlich war es nur eine Marotte, die er vom Bund beibehalten hatte, und es gab keine Rückschlüsse auf die Stabilität unserer Beziehung. Als die Tür ins Schloss fiel, schreckte Bernd irritiert hoch.

Kapitel 7

„Herzlich willkommen im Team! Ich freue mich sehr, dass Sie trotz unseres blutigen Starts“, ich grinste still in mich hinein, „bei uns anfangen möchten. Kommen Sie einfach Montag um neun Uhr mit dem Vertrag vorbei.“

Ich lauschte noch auf Nele Nagels Antwort, verabschiedete mich und legte den Hörer auf. Juli und ich klatschten uns ab. Die Bewerberin hatte auf die Sekunde zur vereinbarten Zeit angerufen und zugesagt.

„Ich hatte nicht bezweifelt, dass sie unterschreibt“, sagte Juli. „Wenn sie dir nicht mal deine Attacke zur Begrüßung übel genommen hat, dann beweist sie Nervenstärke und passt zu uns.“

„Boah, das ist mir immer noch peinlich. Aber es sah wirklich aus, als hätte sie eine Kopfverletzung.“

„Hat sie ja. Die Frisur!“

„Juli, aus!“ Ich lachte.

„Schneewittchen stolpert ins falsche Märchen und kommt als Pumuckl wieder raus.“

„Vielleicht hat sie eine Trennung durchgemacht. Danach wünschen viele Frauen eine Typveränderung und fangen bei den Haaren an. Meist sind die dann erst mal raspelkurz.“

„Das ist bei mir jedes Mal so.“

„Echt? Ist mir in all den Jahren nicht aufgefallen. Hast du Bilder davon?“

„Von meiner Vagina? Nur auf dem Smartphone.“

„Juli!“

„Ja, bitte? Stell die Frage nicht, wenn du Angst vor der Antwort hast. Wusstest du, dass in Schweden der Trend wieder zu Haaren untenrum geht?“

„Nein. Warum sollte ich das wissen? Ich weiß auch nicht, wie der Untenrum-Haartrend in Usbekistan aussieht."

„Natur, vermute ich. Glaube, die hängen der Mode im Osten Europas etwas hinterher. Außer vielleicht in den größeren Städten."

„Oh Mann, das war ein Scherz!"

„Das mit Schweden aber nicht!"

„Du interessierst dich für die Schambehaarung der Schweden?"

„Nicht für alle." Juli lächelte.

„Du chattest noch mit der Designerin, vermute ich. Und ihr seid schon bei eurer Vagina? Hoffentlich übersetzt das Programm das alles korrekt. Wie ist die Mehrzahl von Vagina? Vaginas? Vaginen?"

Juli grinste nur. Hatte sie virtuellen Sex? Gegen meinen Rat gab sie sich der „Wool Fun" hin? Es wurde Zeit, dass Juli mal wieder eine tolle, reale Frau kennenlernte. In einer Spielbank würde sie die vermutlich nie finden.

„Wollen wir die Vertragsunterzeichnung heute Abend beim Italiener feiern?", fragte ich.

„Heute?" Juli überlegte. „Hm, ich weiß nicht. Besser morgen. Heute wollte ich in die Wanne und früh ins Bett. Das hat mir auch beim letzten Mal gutgetan."

Innerlich zuckte ich zusammen. Sollte ich sie auf ihren Ausflug ins Kasino ansprechen? Warum log sie mich an?

„Okay, dann morgen", lenkte ich ein.

Juli lächelte entschuldigend und widmete sich den Bestellungen. Zwischendurch jaulte die Feuersirene, die von sich behauptete, eine Türklingel zu sein. Sascha kam, um Bernd zu einer Agility-Stunde abzuholen. Da konnte der Mops mit anderen Hunden toben und schnarchte anschließend selig die Nacht durch. Sascha gab mir einen Kuss. Ich schnupperte an seinem Hals und schloss die

Augen. Bernd stand schon vor der Tür, ließ seinen Mopskringel kreisen und fiepte.

„Machen wir es uns heute gemütlich?", flüsterte ich, hoffentlich irgendwie lasziv, in Saschas Ohr.

„Heute ist schlecht. Die letzte Kundin kommt um zwanzig Uhr, und morgen geht es schon um sieben Uhr weiter. Ich muss auch noch ein paar Telefonate führen. Morgen vielleicht?"

Sachinformation schlug Zwischenton. Das subtil Laszive kam nicht an. Sollte ich mir den BH runterreißen und Sascha die Brüste hinstrecken?

„Morgen kann ich nicht."

„Dann warte ich im Bett auf dich ...", flüsterte er.

Oh! Zwischenton kam doch an. Juli bemerkte nichts von unserem pre-koitalen Geflüster. Die hatte ihr iPad vor sich und lächelte. Schwedenhappen?

Bernd kam zu uns getrabt und nahm wie eine Gouvernante vor Sascha Aufstellung. Die Missbilligung über die Verzögerung stand ihm in sein Mopsgesicht geschrieben.

„Du wirst erwartet", sagte ich.

„Tschö", rief Juli, ohne hochzuschauen.

Ebenso wie der Hund drehte sich Sascha nicht mal zu mir um. Ich grübelte. Er und Juli, die beiden Menschen, die mir am nächsten standen, verbargen irgendwelche Geheimnisse vor mir. Das war mies, und ich fühlte mich irgendwie betrogen.

Mit diesen bohrenden Gedanken arbeitete ich mich in den Feierabend. In der Halle waren schon die Lichter erloschen, nur Juli und ich saßen noch in unserem Glas-Ufo.

„So, ich will dann auch mal", sagte Juli und fuhr den Rechner runter. „Was ist mit dir?"

„Ich komme mit."

Wir verschlossen das Büro und gingen auf den dunklen Parkplatz hinaus. Als wir in unsere Autos gestiegen waren und losfuhren, bog Juli nach rechts ab. Warum das? Der kürzeste Weg zu ihrer Wohnung wäre linksrum gewesen. Ich ließ einem Auto die Vorfahrt und überlegte. Sollte ich? Oder besser nicht? Kurz entschlossen riss ich das Lenkrad nach rechts und folgte Juli, immer mit dem anderen Wagen zwischen uns.

Sie fuhr direkt Richtung Bahnhof. Da ich ahnte, wo sie hinwollte, bog ich vor dem Parkhaus ab und hielt in einer Seitenstraße. Sogleich sah ich meine schlimmsten Befürchtungen bestätigt: Juli steuerte das Kasino an! Ging das etwa jeden Abend so? Dadurch, dass wir tagsüber einen geregelten Ablauf hatten und ich abends die Zeit öfter mit Sascha verbrachte, hatte ich Julis Privatleben aus den Augen verloren. Sie war eine tolle Freundin und wollte es sicher nicht zugeben, falls sie einsam war. Es musste schlecht um sie stehen, wenn sie mehrmals die Woche zocken ging.

Ich schlich mich hinter einen Müllcontainer und behielt den Seiteneingang im Auge. Nur Menschen, die unerkannt bleiben wollten, nahmen einen versteckten Eingang, wenn sie in so ein Etablissement gingen.

Da kam sie! Wie beim letzten Mal hastete sie über den Zebrastreifen und verschwand im Inneren des Kasinos. Und jetzt? Das konnte ewig dauern. Vielleicht lag ich auch völlig falsch, und sie trank nur einen Kaffee mit einem spielsüchtigen Bekannten oder war mit einem der Croupiers befreundet.

Ich wollte es mit eigenen Augen sehen und kam hinter dem Container hervor. Jetzt oder nie! Ich durchschritt den glitzernden Haupteingang und stand unvermittelt in einer Lichterhölle. Alles blinkte. Spielautomaten mit leuchtenden runden Scheiben dudelten, wenn drei Mal dasselbe

Symbol angezeigt wurde. Warum es sich dabei um eine Ananas oder um anderes Obst handelte, erschloss sich mir nicht. Irgendwo klimperten Münzen. Ein unglaublicher Geräuschcocktail prasselte auf mich ein.

„Guten Abend, Ihren Personalausweis, bitte", bat mich eine Blondine, die an einer Art Hotelrezeption saß.

Wieso das denn? Ich wollte hier weder übernachten noch mein Geld an rotierendes Obst verschwenden.

Sie schien meinen Gesichtsausdruck richtig zu deuten.

„Tut mir leid. Das ist Vorschrift."

Ich erledigte die Formalitäten. In irgendeinem Winkel in Big Data ergänzte die Datenwolke jetzt „Spielerin" in meinem Profil.

Zögernd setzte ich mich an einen der einarmigen Banditen, von dem aus ich die Halle im Blick hatte. Eine Kellnerin mit roter Weste näherte sich mir und dem Banditen.

„Herzlich willkommen. Was darf ich Ihnen bringen?"

„Äh ... bringen? Einen Kaffee, bitte."

„Cappuccino, Latte macchiato oder normal?"

„Cappuccino, bitte."

„Einfach?"

„Nein, geben Sie mir einen komplizierten, einen mit Bindungsängsten, der mir die Ohren vollheult. Damit kenne ich mich aus."

„Wie bitte? Ich wollte wissen, ob Sie Zucker oder Süßstoff wünschen."

„Oh, nein danke. Einfach, bitte."

Kopfschüttelnd zog sich die Kellnerin zurück. Ich scannte die Umgebung. Hinter den Spielautomaten standen lange Tische aus Mahagoni, an denen Roulette oder irgendwas mit Karten gespielt wurde. Zusammengesunkene Gestalten starrten wie hypnotisiert auf eine kreiselnde Kugel. Juli sah ich nicht. Vielleicht zog sie sich noch um? So, wie man im

Fitnessstudio seine Alltagskleidung im Spind verschloss, um mit umgehängtem Handtuch und einer Sportflasche in den Kampf gegen Pfunde zu ziehen.

Ich bezahlte meinen Cappu und schlenderte im Schutz der Spielautomaten durch den Raum. Keine Juli. Ich trank aus, wartete, suchte die Toiletten auf, wartete. Keine Juli. Eine unscheinbare Tür mit der Aufschrift „Privat" öffnete sich, und zwei Männer kamen heraus. Sie lachten. Ich erhaschte einen Blick auf einen Kartentisch. Ein Hinterzimmer! Ich hatte das bisher für ein erfundenes Element aus Gangsterfilmen gehalten. Denkste! Das erklärte auch den Nebeneingang. Von dort schlich man direkt ins zwielichtige Zimmer und wurde nicht von den legal Spielsüchtigen abgelenkt. Kam ich da rein? Die Mittvierziger, so meine Schätzung aufgrund der zurückweichenden und ergrauenden Haare, blieben stehen, als sie bemerkten, dass ich sie anstarrte. Ich benahm mich viel zu auffällig! So ging das nicht. Ich sollte doch eher unsichtbar sein. Gähnend schaute ich auf meine Uhr und schlug erschrocken die Hand vor den Mund. Ach! So spät schon? Wahnsinn! Jetzt aber nix wie los. Zielgerichtet steuerte ich den Ausgang an.

In meinem Rücken hörte ich die Männer lachen.

„Frauchen sucht ihren entlaufenen Kerl!"

„So, wie die geglotzt hat, war sie noch nie vorher in einem Kasino."

„Der arme Kerl. Hoffentlich entwischt er ihr und kann seine Partie zu Ende spielen", erwiderte der Zuerst-Sprechende hinter meinem Rücken.

Meine Fähigkeiten einer Geheimagentin verharrten auf der gleichen Entwicklungsstufe wie die einer Köchin, Taucherin, Lebensretterin oder Läuferin. Vielleicht kam eine Karriere als Salzstreuerin in Frage?

Ich schlenderte zu den Papiercontainern. Und jetzt? Eine Stunde war vergangen, und ich hatte rein gar nichts rausgefunden. Die Außenbeleuchtung über dem Seiteneingang flammte auf. Juli! Gleich würde sie da rauskommen. Was sollte ich ihr sagen, weshalb ich hier rumlungerte wie ein Groupie vor der Küchentür des Hotels, in dem sein Idol abgestiegen war? Wohin? Mein Kopf erst nach links, dann nach rechts. Da! Der Papiercontainer! Ich schob den Deckel zur Seite, blickte in ein finsteres Loch und zog mich am Container hoch, bis nur noch meine Beine über den Rand baumelten. Die Kante des Behälters quetschte meinen Bauch ein. Ich wippte vor und zurück. Gleich würde die Tür aufgehen. Wie peinlich! Ich kippte nach vorn, verlor das Gleichgewicht und krachte kopfüber in den Behälter. Aua! Meine Schulter! Verflucht, tat das weh. Der bescheuerte Container war leer! Keine Landung auf halber Höhe in einem weichen Zeitungsbett, sondern hartes Plastik in der Tiefe. Sterne tanzten vor meinen Augen. Ich stöhnte.

Die Tür des Kasinos fiel ins Schloss. Ich hörte jemanden auf hohen Absätzen davonklackern. Um nicht laut aufzuschreien, hielt ich mir die Hand vor den Mund. Meine linke Schulter fühlte sich an, als hätte sie jemand gesprengt. Ich rappelte mich auf in eine sitzende Position. Schmerzwellen waberten durch meinen linken Arm. Nach ein paar Minuten ebbten die schlimmsten Spitzen ab. Holla, die Waldfee, das würde aber einen blauen Fleck geben!

Umständlich kletterte ich aus dem Container, um die lädierte Schulter zu schonen. „Detektivin" und „Groupie" kamen auch auf die Liste meiner Nichtberufe. Wenn ich mir bei einer solchen Aktion beinahe das Genick brach, sah ich schwarz für spannendere Dinge wie Verfolgungsjagden für Klienten oder anzuhimmelnde Hollywoodstars.

Als ich endlich in Klaras Wohnung ankam, begrüßte mich Bernd und verpasste mir eine Beinmassage wie in unseren besten Zeiten. Nachdem mir Sascha damals erklärt hatte, dass der Hund mich durch das Anspringen anpöbelte und sich als Alphatier aufspielte, hatte ich ihm das abgewöhnt. Manchmal vergaßen wir aber, dass wir keine Springmassage mehr wollten, und so ließ ich ihn heute gewähren.

„Sascha? Bist du da?"

Keine Antwort. Einarmig funktionsfähig sah ich im Bad und im Schlafzimmer nach. Da lag nirgendwo ein Mann. Also hatte er nur den Hund gebracht und war noch mal los. Bernd gähnte und schlappte in seinen Korb. Die kurze Freude über meine Rückkehr hatte ihn endgültig geschafft.

Was tat man gegen eine Prellung? Kühlen? Oder ging da nicht auch irgendwas mit Quark und Enzymen? Meine Mutter hatte früher bei jedem Wehwehchen Quarkwickel angelegt. Die hatten immer geholfen. Ich wühlte im Kühlschrank und fand eine abgelaufene Packung Magerquark, die nun für diesen medizinischen Einsatz sinnvoll nachgenutzt werden sollte. Warum erinnerte ich mich nicht daran, das Zeug jemals gekauft zu haben? Magerquark klang nach freudlosen Entbehrungen.

Ich zog mich obenrum umständlich aus, schnappte mir meinen iPod und sah mich um. Wo führte man so eine medizinische Behandlung durch? Wo störte die Sauerei am wenigsten? Am besten im Bad. Ich legte ein Handtuch auf den Boden und mich oben drauf. Bernds Blick folgte mir mäßig interessiert, sein Körper bewegte sich kein Stück.

Beherzt griff ich in den Quarktopf und schmierte mir die Schulter ein. Es wurde kühl und pochte weniger. Herrlich! Die Fußbodenheizung wärmte meinen Rücken. Ich stöpselte

Kopfhörer ein und schob mir ein weiteres Handtuch unter den Nacken. So hielt ich es für eine Weile aus. Ich schloss die Augen. Sphärische Klänge einer Meditations-CD lullten mich ein.

„Kay! Um Himmels willen! Was ist passiert? Kay! So sag doch was!"

Wo? Wer? Was war das für eine doofe Aufnahme? Was sollte dieses dumpfe Geschrei bei den Walgesängen? Das störte doch jegliche Entspannung.

Mir wurden die Kopfhörer rausgerissen. Die Wale, die mit mir in den unendlichen Weiten getaucht und gesungen hatten, verstummten. Ich blinzelte und schaute in Saschas besorgtes Gesicht. Er schüttelte mich.

„Aua! Meine Schulter. Nicht!"

„Was ist geschehen? Was ist mit dem Hund?"

„Mit dem Hund?", fragte ich verwirrt.

„Warum hat er erbrochen?"

„Was? Wo?"

Ich drehte meinen Kopf und stützte mich auf den ungeprellten Arm. Bernd blinzelte genauso irritiert wie ich. Zwischen uns lag eine weiße Kotzlache mit ein paar Brocken Futter darin. Meine Schulter war nackt. Kein Pulli, kein Quark. Mir dämmerte, was passiert war. Bernd hatte den Quark abgeleckt. Aber so ein Fünfhundert-Gramm-Becher war eine Idee zu viel für einen Mopsmagen, und so hatte er alles wieder erbrochen. Ein Vorgang, den er, wenn er denn einmal vorkam, nach einer schmackhaften Mahlzeit zutiefst bedauerte und daher gern einen Teil des Erbrochenen wieder aufleckte. Quasi „Ausbrechen reverse". Und dabei war er vermutlich eingeschlafen.

„Oh. Er hat wohl etwas zu viel Quark abbekommen."

„Was? Warum fütterst du ihn mit Quark?"

„Hab ich nicht. Er muss ihn von meiner Schulter abgeleckt haben, während ich schlief."

„Wieso hast du das Zeug überhaupt auf deiner Schulter?"

„Ich bin gestürzt. Quark ist altes Hausmittel bei Prellungen und so."

Sascha zog mich an sich und küsste mich.

„Ihr habt mich so erschreckt. Es wäre schrecklich, wenn euch was passiert wäre."

Trotz des Schmerzes, der mich durchzuckte, polterte mein dummes Herz sofort mit einem Trommelwirbel los. Alle Worte seines Satzes deutete mein Frauchen-Innerstes um: Ich will nur euch! Ich würde es nicht aushalten, wenn euch was passieren würde! Ich liebe dich! Den Hund! Jahre des Feminismus und der Emanzipation hinfortgespült durch den freundlichen Satz eines Mannes. Nie mehr würde ich im Restaurant auf eine Salzstreuerin bestehen.

Sascha nahm mein Gesicht in beide Hände und schaute mich so intensiv an, dass ich zu atmen vergaß.

„Was ist mit deiner Schulter passiert?"

Ich hörte die Worte, konnte ihnen aber keinen Sinn zuordnen. Sein Blick fuhr durch mich hindurch wie ein Blitzschlag und verbrizzelte alle sinnvollen Antworten. Sascha legte den Kopf ein wenig schief. Er wartete auf einen Satz von mir. Mein Gehirn rotierte.

„Hingefallen", stieß ich aus.

Na also. Nicht nur er konnte Einwortsätze formulieren.

Sascha hob mich hoch und trug mich ins Schlafzimmer. Frauchen-Innereien funkten: Über die Schwelle! Er übt! Jaaahaaa! Meine Schulter und mein Herz pochten vor Aufregung im Takt.

„Ich muss heute verwöhnt werden und darf nur still daliegen", schnurrte ich, als er mich aufs Bett legte. Mit der Unterbrechung des Anstarrens konnte ich wieder vollständige Sätze formulieren. Und die klangen sogar beinahe lasziv.

„Das kriegen wir hin", nuschelte eine dumpfe Stimme auf Höhe meiner Lungen.

Die letzten Quarkreste würden ins Bett krümeln und gingen nur beim Waschen raus, dachte ich noch im Hausfrauen-Style. Dann umkreiste auch schon Saschas Zunge meine Brustwarze, während mein Kopf auf Standby ging. Genießerisch schloss ich die Augen und genoss das Frauchen-Sein.

Während ich später auf meiner heilen Seite döste, wurde ich von hinten umklammert und vernahm leise Schnarchgeräusche. Männer schienen nach dem Sex wie nach einer ordentlichen Dosis Propofol umgehend in eine Art postsexuelle Ohnmacht zu fallen. War vielleicht das Narkosemittel Propofol ein chemischer Nachbau der Hormone, die Männer nach dem Sex durch die Blutbahn rauschten?

„Ist ja gut. Ich verrate schon keine Raketenabschusscodes", murmelte ich. Langsam bekam ich Atemnot und musste die Würgeschlange loswerden.

Sascha ließ meine Hüfte los und drehte sich auf die andere Seite. Ach! Dieser Satz war also der passende Zauberspruch? Unglaublich. Jetzt musste ich nur noch den Spruch finden, der das Schnarchen stoppte, dann konnten wir zusammenziehen. Zusammenziehen? Was faselte mein Gehirn da? Jetzt war ich endgültig wach. Sex machte mich sowieso schon munter, und das Eigenleben meines Frontallappens erledigte den Rest.

Sascha regte sich und drehte sich wieder zu mir. Hoffentlich hatte ich nicht laut gedacht.

„Na, Schöne, ging doch ganz gut trotz Verletzung."

Er küsste meinen Arm und streichelte federleicht die

lädierte Schulter. Die pochte trotzdem. Mit so einer Prellung hatte man lange Spaß. Das wusste ich genau, seit ich beim Joggen mal auf den Hintern geknallt war. Eine gefrorene Pfütze hatte sich heimtückisch mit einer Lage Schnee getarnt, und ich war drauf reingefallen. Johannes' damaliger Kommentar: „Wenn du so schnell rennen würdest, wie du hinfallen kannst, würde die Läuferelite vor Neid erblassen." Da mir der Schmerz bis ins Gehirn geschossen war, hatte ich nach dieser Ansage nur japsen können, statt ihn umzubringen. Ich hatte wochenlang im Stehen gegessen oder auf einer halben Pobacke gesessen. Jetzt saß mein Steißproblem in der Schulter und würde da einige Zeit rumoren.

„Ich hatte gerade überlegt, wie schön es wäre, wenn wir eine eigene Wohnung hätten."

„Was ist denn jetzt los?" Sascha setzte sich auf.

Meine Blut-Hirn-Schranke wies post-koitale Risse auf und ließ Sätze durchschlüpfen, die ich mich nicht mal zu denken traute.

„Na ja, ich meine ja nur. Klara kommt bald zurück, und ich muss mir sowieso was Neues suchen. Bei dir ist es für uns zwei zu klein."

„Mir gefällt es so."

„Aber es könnte noch viel schöner sein."

Ich klang zunehmend wehleidiger. Wie bei einem Downhill-Rennen konnte ich mich nicht mehr bremsen, obwohl ich wusste, dass ich frontal auf einen Baum zuraste.

„Ich habe gerade echt andere Sorgen", antwortete Sascha unwirsch.

Die liebevolle Stimmung brachte sich außerhalb des Schlafzimmers in Sicherheit.

„Wenn du andere Sorgen hast, warum erzählst du mir nicht davon?"

„Was soll das denn jetzt?"

„Es interessiert mich, was dich bewegt oder was dir Probleme bereitet."

Sascha schaute mich an, als hätte ich vorgeschlagen, seinen Penis mit Girlanden zu tätowieren. Er grunzte unwillig und stand auf. Ich hörte, wie er ins Bad tapste und die Dusche anstellte. Da war ich also gegen ein Hindernis geprallt und wusste nicht mal, woraus es im Detail bestand.

Nach dem Duschen schnappte sich Sascha wortkarg Bernd für eine Abendrunde. In unserer Anfangszeit hatten wir die noch, verliebt untergehakt, gemeinsam gedreht.

Als Mann und Mops von ihrer Runde zurück waren, schmierte sich Sascha ein Brot und hockte sich stumm vor den Fernseher. So wie hunderttausend andere Männer das in hunderttausend anderen Beziehungen taten. Bernd kroch in seinen Korb und schlief umgehend ein. Ich nahm mir ein Coolpad aus dem Gefrierschrank und setzte ich mich mit aufs Sofa, um mein Rennen weiter bergab zu fahren. Ich war nicht zu stoppen.

„Sind in der Wohnung alle deine Möbel, oder hat deine Ex noch ein paar?"

Sascha hörte auf zu kauen und presste die Lippen zusammen.

„Ich meine ja nur, wenn wir mal über eine gemeinsame Wohnung nachdenken, müssten wir ja schauen, was wir noch bräuchten. So ungewöhnlich ist die Frage nicht, du hast doch mit ihr auch zusammengewohnt ..."

„Was soll das Gerede von einer Wohnung und meiner Ex? Wie kommst du da ausgerechnet jetzt drauf?"

Vor meinem geistigen Auge sah ich die kopfschüttelnde Angela und wie sie mir dringend davon abriet, das Thema anzuschneiden, wenn er nicht von selbst damit anfangen würde. Denke nicht an einen rosa Elefanten! – Hatte nicht geklappt. Er trottete aus seiner Schublade ins Verderben.

„Was meinst du mit ‚ausgerechnet jetzt'? Es ist doch egal, wann ich davon anfange, oder etwa nicht?"

Spätestens ab diesem Satz klang ich wie jemand, den ich selbst nicht mögen würde. Ungefähr so wie mein Beinahe-Schwiegermonster mit ihrem Kontrollwahn. Vor ihr hatte ich sogar die Pille verstecken müssen, denn sie hatte sich sehnlichst Kopien von ihrem verzogenen Johannes gewünscht und mich als deren Austrägerin auserkoren.

„Auf so einen Mist habe ich heute echt keinen Bock."

Sascha stand auf, stellte den Teller in die Küche, verließ die Wohnung und knallte hinter sich die Tür zu. Verdattert blieb ich auf der Couch zurück. Ich registrierte, dass er ohne seinen Seesack weggegangen war. Also würde er zurückkommen, sobald er Dampf abgelassen hatte. Von was auch immer. Ich würde Männer nie kapieren, egal ob fanatische Läufer, polygame Tierärzte oder Hundetrainer. Alle verhielten sich, als wäre ich eine Antilope und sie ein Nacktnasenwombat. Wir atmeten die gleiche Luft, mehr hatten wir nicht gemeinsam.

Ich wartete. Wie lange es wohl dauerte, bis so ein Männergehirn das Adrenalin abgebaut hatte? Bestimmt länger als bei mir. Männer produzierten das ja auch schneller, und dann auch noch in einer Art Konzentrat.

Obwohl rundherum überall Dachflächenfenster mit minimaler Sicht auf die Straße eingebaut waren, stand ich auf und schaute durch jedes einzelne nach unten. Vielleicht konnte ich Sascha da rumstapfen sehen. Der Parkplatz, auf dem er immer seinen Wagen abstellte, war außer Sichtweite. Hoffentlich ließ er keinen Dampf ab, indem er mit Vollgas durch die Stadt fuhr.

Ich nahm die Fernbedienung und schaltete eine Nachrichtensendung ein. Nach wenigen Minuten hatte ich beim Zusehen schon vergessen, worum es ging. Warum kam Sascha nicht zurück? Wieder tigerte ich durch die Wohnung, diesmal, um nach seinem Seesack zu schauen. Bestürzt blieb ich am Ende meines Rundgangs durch alle Räume im Wohnzimmer stehen. Er hatte seine Sachen erst gar nicht mitgebracht.

Nachdenklich spazierte ich mit Bernd durch den morgendlich feuchten Stadtwald. Ich hatte mir spontan freigenommen und was von Migräne erzählt. Das war zumindest nah dran. Die Schulter pochte wie ein runtergerutschter Kopfschmerz, und Juli würde ich die Gründe dafür auf keinen Fall erzählen können. Dazu kam noch mein schweigsamer, flüchtender Freund. Zu viele Themen im Kopf, um zu arbeiten.

Da ich keinen Appetit hatte, nippte ich an einem Tankstellen-Cappuccino – einfach. Welches Schlüsselwort hatte ich in den Raum geworfen, das bei Sascha so eingeschlagen hatte? Ex-Freundin? Gemeinsame Wohnung? Möbel? Sollte er mir doch am besten eine Liste an den Kühlschrank pinnen, auf der die bösen Wörter draufstanden. Dann konnte ich die Fettnäpfchen wie Vokabeln auswendig lernen und umschiffen. Und was war überhaupt mit diesem Banktermin wegen des Trainingsgeländes? Wieso schwieg er sich darüber so aus? Saschas Problembewältigungsstrategie, dieses ständige wortlose Gehen, machte mich fertig. Es schien sein Muster zu sein. Aber wenn das mit uns funktionieren sollte, müsste er sich ein neues stricken.

Der Mops trabte vorbildlich neben mir her. Er ahnte, dass

ich nicht den Nerv haben würde, ihn zum Tierarzt zu fahren, wenn er wieder mal ein Kinderspielzeug verschluckte. Beim ersten Zwischenfall dieser Art war ich anschließend mit dem Veterinär im Bett gelandet und hatte in der Folge ein paar interessante Probleme gehabt.

Als wir die Stelle passierten, an der Bernd seinerzeit eine quietschende Möhre verschluckt hatte, kam uns eine Mutter entgegen, die erzieherisch auf ein Kindergartenkind einzuwirken versuchte. Vielleicht handelte es sich auch um einen Säugling, der zu schnell ins Kraut geschossen war, oder um einen zwergenwüchsigen Abiturienten. Ich kannte mich da nicht so aus.

„Guck mal, Mia. So sieht ein kleiner Boxerwelpe aus. Die darf man, genau wie andere Hunde, nicht einfach anfassen."

Ich verdrehte die Augen. Aber da auch ich nicht wusste, ob an ihrer Hand ein rosa Strafgefangener oder ein Fabelwesen marschierte, durfte Mama ahnungslos sein und denken, dass Bernd ein Boxer-Baby war.

„Beißt der Kleine?"

„Bei Kindern darf er das nicht. Man weiß ja nie, wo die vorher waren und ob sie geimpft sind."

„Was?"

„Tschuldigung, war nur Spaß. Er beißt meistens nicht. Wie ist es bei Ihrem?"

„Meinem Kind? Natürlich beißt das nicht", erwiderte die Frau irritiert. „Ist denn da ein Kampfhund mit drin?"

„Ich habe noch nicht reingeguckt. Glaube aber nicht. Übrigens ist auch kein Boxer drin."

„Aber was ist das sonst?"

„Ein Mops."

„Ach herrje. Diese armen Qualzuchten. Kriegt der denn genug Luft?"

„Keine Ahnung. Ist das wichtig?"

Meine Traurigkeit sprenkelte sich mit Genervtheit ein. So eine Prellschulter machte unleidlich.

Das rosa Ding an der Hand der Frau zeigte währenddessen auf Bernd und zupfte an Mamas Jacke.

„Mia, was ist denn?"

„Mama, der ist verkehrt rum", piepste es und biss von einem ehemals trockenen Brötchen ab, das jetzt eingespeichelt in der kleinen Faust steckte.

Ich schaute nach unten. Nee, da stand alles in richtiger Reihenfolge. Kopf, Körper, Ringelschwanz. Allerdings fixierte der vordere Teil die Hand des Mädchens. Der Hund wollte hoffentlich nicht das Spucke-Brötchen. Oder meinte die Göre, dass er aussah, als sei er von innen nach außen gestülpt? Frechheit.

„Wir müssen mal weiter", informierte ich das Gespann. Ich hatte keine Lust auf Diskussionen und zog den Hund vorbei.

Als wir nach einer Zweistunden-Runde wieder zu Hause waren, rollte sich Bernd im Körbchen zusammen. Der würde die nächsten Stunden schlafen. Ich nicht. Ich war von einer nervösen Unruhe befallen und tigerte durch die Wohnung. Immer wieder schaute ich auf mein Telefon. Keine Nachricht. Juli arbeitete, Sascha schwieg, die Schulter pochte. Der gestrige Abend war Murks gewesen. Aber wie konnte ich das kitten? Was unternahm man bei schmollenden Männern? Juli würde jetzt die Augen rollen. Was wohl! Mit scharfer Unterwäsche verführen. Schließlich lebte eine ganze Industrie von solchen Fragestellungen. Die Salzstreuerin in mir jaulte empört auf, das Frauchen klimperte mit den Wimpern.

Ich schnappte mir meine Tasche, warf eine Schmerztablette ein und fuhr zum besten Dessousladen der Stadt. Lächelnd näherte sich mir eine dralle, erfahrene Verkäuferin.

„Wie kann ich Ihnen helfen?"

„Ich suche Schlüpfer und Büstenhalter ... ähm ... ich meine, ich suche sexy Unterwäsche."

„Welche Größe denn?"

„Obenrum? 75 A."

„Ach so. Da ist die Auswahl leider überschaubar. Kommen Sie doch Anfang der Woche noch mal wieder. Wir bekommen BHs mit Silicon-Einlagen rein."

„Äh ... Ja. Danke."

Umgehend mutierte ich zu einem unsicheren Teenager. Dabei hatte mein erster Freund auf die Frage, ob er fände, dass ich zu wenig Busen hätte, immer geantwortet, dass zwei völlig ausreichend seien. Ich drehte mich auf dem Absatz um und verließ den Laden. Frechheit. Silikoneinlagen. Ich schnaubte. Gegenüber leuchteten Pumps und Stiefeletten im Scheinwerferlicht eines Schaufensters. Okay, versuchen wir es halt mit sexy Schuhen. Ich trat ein und wurde von einem männlichen Verkäufer bedient, der bei der Frage nach „sexy High Heels" wissend nickte und mit einem Kartonstapel zurückkam.

„Versuchen Sie mal diese", schlug er vor und packte schwarze Lackleder-Stiefeletten aus.

Wenn unsere Firma nicht mehr lief, konnte ich damit auch prima am Straßenstrich entlangstolpern. Aber egal. Sie waren ja nur für den Hausgebrauch. Ich schlüpfte rein, stellte mich hin und fiel dem Verkäufer mit dem ersten Schritt direkt in die Arme. Meine Schulter meldete sich mit einem flammenden Appell zurück.

„Hoppla! Haben Sie denn keine Erfahrung mit High Heels?"

Gab es etwa einen Waffenschein dafür? Bekam man die nur, wenn man eine Gangprüfung ablegte? War es eher eine Schuhe-Besitzkarte, und man war angehalten, die Dinger nur in einem Safe zu lagern? Oder durfte man sie auch normal in den Schuhschrank stellen?

„Ich habe Erfahrung mit dem Tragen von Schuhen im Allgemeinen. Zählt das?"

„Das meine ich nicht. Das Laufen auf solchen Pumps kann man lernen. Dafür gibt es Kurse."

Ich brauchte doch keinen Kurs, um gehen zu können. So ein Quatsch. Ich verlagerte das Gewicht auf die Fußballen, streckte mich und probierte den nächsten Schritt. Wieder knickte ich weg und klammerte mich an ein Regal mit Hausschuhen aus Filz. Vielleicht waren die besser geeignet? Die bekam man bestimmt ohne Rezept oder Diplom.

„Werden die Seminare von Orthopäden angeboten?", fragte ich.

Der Verkäufer lachte. „Eher nicht. Orthopäden sehen es nicht gern, wenn Frauen in so hohen Schuhen laufen."

„Das denken aber nur Sie", erwiderte ich. „Die High-Heel-Industrie ist die Gelddruckmaschine der Orthopäden. Die lachen sich doch ins Fäustchen, weil sie mit dem Bau dieser Mordwerkzeuge ihre Kundinnen lebenslang an sich binden."

„Was?"

„Na ja. Wenn man die Dinger nur lange genug trägt, wird man ein Fall für den Podologen. Das haben die total geschickt eingefädelt."

„Wovon reden Sie?"

Ich zog mir die Waffen aus und legte sie zurück in den Karton. Der Verkäufer war Teil der orthopädischen Mafia. Den konnte ich nicht bekehren.

„Ich denk noch mal drüber nach. Vielen Dank."

Als ich wieder auf der Straße stand, gingen mir die Ideen für sexy Accessoires aus. Ich bummelte weiter und beschloss, in der Drogerie Tampons und Klopapier zu kaufen. Das war mehr als unsexy, aber führerscheinfrei, und die Vorräte waren alle.

Auf dem Weg zur Kasse schlenderte ich an Shampoos, Spülungen und einer „Blondtönung für verführerisches Aussehen" vorbei. Mein Unterbewusstsein sprang an und gaukelte mir eine wallende Blondmähne vor, die in der Abendsonne schimmerte wie Gold. Okay, so sah das Bild auf der Packung aus, aber das Gesicht darauf war in meiner Wahrnehmung meins. Eindeutig. Ohne weiteres Nachdenken griff ich nach der Färbung und schmiss sie in den roten Einkaufskorb. An der Kasse drängte ich die zart sprießenden Gedanken zurück, die behaupteten, dass Färben seine Tücken hatte. Am Ende der Prozedur würde ich verführerisch aussehen. Fertig, aus.

Die Größe des Beipackzettels entsprach der für den Bau einer Mittelstreckenrakete – einschließlich der Bebilderung. Ich hielt die bettlakengroße Beschreibung ähnlich ratlos wie einen Stadtplan und entzifferte die winzige Schrift. Meine Ausgangsfarbe schien für dieses Produkt perfekt zu sein. Ich hatte nämlich keine. „Straßenköterblond", hatte Johannes immer dazu gesagt. „Mittelblond", so nannte es der Friseur. Mein Haar war so nichtssagend, dass man alles draufklatschen konnte. Doch bevor man das tat, sollte man die Pampe an einer unauffälligen Stelle ausprobieren und vierundzwanzig Stunden warten, ob sich Pusteln oder nässender Ausschlag bildeten. So ein Quatsch! Hätten alle Leute danach nässende Wunden, würden die das Zeug ja nicht so leichtfertig und ohne Altersbeschränkung verkaufen. Da gab es doch sicher einen TÜV, der aufpasste, dass Färbewillige obenrum heile blieben.

Ich übersprang die Sicherheitshinweise und studierte die Bilder. Die Kamm-Methode empfahl sich nur für geübt Färbende, die sonnenblonde Highlights setzen wollten, und fiel damit flach. Ich wollte weder aussehen wie die Biene Maja noch wie ein Leopard. Ich wollte ein durch und durch sonnenblondes Ensemble werden. Also ab dafür. Ich schüttelte die Cerealien zusammen, rührte eine chemisch stinkende Pampe an und trug umständlich und nur meinen unversehrten Arm nutzend den Kleister auf. Die Prellung war sehr hartnäckig und schickte mir permanent Erinnerungen ins Schmerzzentrum. Als alles auf meinem Kopf unter einer Folie vor sich hin schwelte, las ich im Beipackzettel, dass danach das Haar sogar voller wirken würde. Derart beflügelt ging mein Herz während der Einwirkzeit auf Wanderschaft und fand das Telefon. Mein Gehirn lag in Ketten und konnte den Griff dorthin nicht verhindern. Was war schon dabei, wenn man seinen Freund zu einem netten Abend einlud? Allerdings musste ich am nächsten Tag noch mal los, um die Schlüpfer-Stiefel-Sache zu Ende zu bringen. Damit der Effekt meines güldenen Engelshaares untenrum nicht von Filzschlappen torpediert wurde, musste ich weiter aufrüsten.

„Hey, Schöner, morgen Abend bei mir und Bernd? Wir vermissen dich", schrieb ich.

Ich hatte ihn „schön" genannt, den Mops mit in die Waagschale geworfen und Zuneigung eingebaut. Was fehlte noch? Ach ja.

„Meine Schulter und ich würden gerne noch mal verwöhnt werden ... du weißt schon ...", ergänzte ich. Noch bevor mein Gehirn die Botschaft dechiffrieren und schließlich löschen konnte, versendete ich sie.

Verdammt! Ich hatte nicht auf die Uhr geschaut. Wie lange wirkte der Giftbrei jetzt schon ein? Vermutlich viel zu lange, denn es kribbelte unangenehm auf der Kopfhaut. Ich rannte ins Bad, riss die Folie runter und spülte das Färbemittel kopfüber aus. Einhändig Shampoo einmassieren, wieder ausspülen, Handtuch drum und fertig. Mit meinem Frottee-Turban stand ich vor dem Spiegel und atmete tief ein, bevor ich das Handtuch mit einem Ruck vom Kopf riss.

Mein Herz setzte aus. Orange! Mein Haar changierte in unterschiedlichen Orange-Tönen. Oh mein Gott! Ich sah aus wie Pumuckl, der dringend zum Nachschneiden musste. Statt eines orangefarbenen Wuschelkopfes, wie Nele Nagel ihn trug, präsentierte sich meine Pumuckl-Farbe schulterlang. In diesem Moment kam Bernd ins Bad geschlappt, sah zu mir hoch, blieb stehen, stutzte – machte kehrt und ging zum Wassernapf. Kein Wunder. Auf einen solchen Schreck konnte man nur einen trinken.

Ich rannte zum Telefon und wählte die Nummer meines Friseurs. Mist! Es war schon kurz vor Ladenschluss. Hoffentlich ging der Meister noch ran. Der Anrufbeantworter schaltete sich ein. War ja klar. Und Jacques hasste es, wenn man den vollbrabbelte. Er war Künstler und kein Callcenter. Anhand einer bloßen Nachricht auf der Maschine würde er nie zurückrufen.

„Guten Tag, hier ist das Team von Chez Jacques. Wir sind anderweitig beschäftigt. Bitte hinterlassen Sie uns nur Ihren Namen und Ihre Telefonnummer. Schildern Sie uns auf keinen Fall Ihr Haarproblem!“ Manche Worte waren so laut, fast schon gebrüllt, dass ich das Telefon ein Stück von meinem Ohr weghielt. „Verstanden? Nur Ihren Namen und Ihre Telefonnummer! Dann rufen wir gegebenenfalls zurück.“

Die Ansage war zu Ende, der Anrufbeantworter schaltete sich ab. Konnte der in die Zukunft schauen und verhinderte mit dem spontanen Abschalten, dass ich was draufsprach? Ich hätte in aller Ausführlichkeit und völlig hysterisch mein Haarproblem schildern wollen. Es war ja auch eine Katastrophe! Wieso ging dieser überspannte Kerl nicht ran? Ich wählte die Nummer erneut, wurde wieder von Jacques entnervter Stimme angebrüllt. Ansage zu Ende. Gerät aus.

Was nun? Morgen war Samstag. Da hockte alle Welt hinter Zeitschriften beim Friseur. Auf keinen Fall würde ich mich an so einem Tag entspannt in die Wartezone setzen und darauf harren, dass der Meister nach sechs Stunden endlich für mich Zeit hatte. Bestimmt wusste Juli Rat. Für jede Lebenslage kannte sie jemanden.

„Juli-Schatz, die Migräne lässt langsam nach. Ich hätte daher spontan Lust auf einen Friseurbesuch. Meiner ist aber nicht erreichbar. Hast du Ersatz?", tippte ich in mein Telefon. Die Lügenkette wurde immer länger. Würde ich ihr aber von dem Farb-Desaster erzählen, käme ich um die Erwähnung der Sexy-Hexy-Shoppingtour samt Beziehungsproblemen und des Papiercontainers nicht umhin. Am Ende dieser Wahrheiten müsste ich Juli damit konfrontieren, dass ich von ihrer Spielsucht wusste. Diese Erkenntnis musste ich aber erst mal selbst verarbeiten. Wenn ich sie eines Tages darauf ansprechen wollte, hätte ich gern Hilfe und Verständnis parat. Dazu durfte ich kein schmalbrüstiger Müllmann mit Filzpantoffeln und Beziehungsstatus „es ist kompliziert" sein.

Ein Fiepen riss mich aus meinen Gedanken. Juli antwortete: „Hallo, du Süße, schön, dass es dir besser geht. Ich habe so viel zu tun, dass ich die ganze Zeit überlege, meinen eigenen Friseurtermin abzusagen. Ich wäre morgen gleich um neun Uhr dran. Nimm du ihn doch!"

Mein schlechtes Gewissen pochte schmerzhaft im Duett mit der Schulter. Juli rackerte und ich färbte mein Haar müllmannfarben.

„Meinst du wirklich? Soll ich nicht lieber zu dir ins Büro kommen?“

Wieder kam umgehend ein Fiepen. „Ach, i wo. Gegen Mittag bin ich durch. Und dann ist alles fein, wenn du und unser neuer Pumuckl am Montag kommen. Ich schick dir die Visitenkarte vom Friseur aufs Handy.“

Wenn Juli wüsste, wie viele Pumuckls am Montag auftauchen würden, wenn ich nicht schnellstens ihren Termin übernahm. Ich bedankte mich und trat dem Unglück im Badspiegel entgegen. Bestimmt sahen die Strähnen so nass, wie sie waren, viel schlimmer aus als nachher im trockenen Zustand.

Die Frage war schnell geklärt. Nach dem Föhnen schimmerte mein Kopf unübersehbar in einem billigen Kupferton mit pommesgelben Strähnen. Ich stülpte mir eine Verdrängungsmütze über und machte mich mit Bernd auf zu unserer letzten Runde des Tages.

Bereits eine halbe Stunde vor Öffnung campierte ich im Auto vor dem einseitig verglasten Friseurladen. Mit der Strickmütze sah ich aus wie jemand, der die Gegend für einen Einbruch ausspionieren wollte. Um mich voll auf den Termin konzentrieren zu können, hatte ich Bernd zu Hause gelassen und dafür eine doppelte Portion Ibuprofen intus. Prellungsschmerz konnte ich genauso wenig gebrauchen wie einen Mops. Als die ersten Mitarbeiter eintrafen, duckte ich mich hinters Lenkrad. Kurz vor neun Uhr schloss eine schwarz gekleidete, blonde Frau den Laden auf. Ich sprang aus dem Auto, rannte zur Tür und riss sie einem jungen, aber nur noch spärlich behaarten Mann aus der Hand.

„Hoppla, wir haben es aber eilig."

„Ach, Sie auch?", fragte ich und musterte den Resthaarverwalter. Seine Eile war nicht nachvollziehbar; waren die Haare erst mal weg, blieben sie es auch.

Männer durften grau werden, Falten bekommen und sich einen Bauch züchten. Während Frauen sich um Hintern (zu groß), Oberschenkel (zu viel), Brüste (zu viel/zu wenig) und Winkfleisch an den Oberarmen den Kopf zerbrachen, gingen Männer mit sich im Reinen durch die Welt. Außer, die Hornfäden fielen aus. In schmerzhaften Prozeduren konnte Mann sich neue knüpfen lassen. Wenn die allerdings schlecht gearbeitet waren, dann sah der Schädel aus wie ein Feld voller Setzlinge. Ich hoffte, dass dem Kunden nicht vor meinen Augen Hornfäden eingepflanzt werden sollten.

„Was kann ich für Sie tun?", fragte die Aufschließerin und warf mit einer Kopfbewegung ihre gülden glänzende Matte nach hinten.

Ich holte Luft und versuchte, das Müllmann-Problem zu schildern: „Gestern Abend habe ich ... also ich wollte auf die Schnelle ..."

Geduldig schaute sie mich an. Ich seufzte und zog mir die Mütze vom Kopf. Blondies Mundwinkel zuckten nicht mal. Freundlich antwortete sie: „Okay, ich sehe das Problem. Heute sind wir mit Terminen allerdings komplett dicht."

„Juli August", erwiderte ich.

Die Friseurfrau lächelte mich verständnislos an.

Wo waren meine Worte und Sätze hin? War mir etwas von der Pampe ins Gehirn gesickert? Ich kniff die Augen einmal fest zusammen und hängte an: „Juli August ist meine Freundin, und ich darf heute ihren Termin um neun Uhr übernehmen."

„Ach so. Na, dann ist alles klar. Frau August hatte einen Termin bei Jean-Michel."

„Okay."

Hießen alle Friseure vornerum französisch? Oder waren das Künstlernamen, weil sich niemand von einem Günther die Wasserwelle legen lassen wollte?

„Hier entlang, bitte."

Ich folgte ihr zu einem Platz ganz hinten im Raum. Vielleicht wollte sie nicht, dass mich Passanten durch die Scheibe sahen?

„Was möchten Sie trinken?"

„Wenn ich in drei Stunden immer noch so aussehe, eine Pulle Schnaps. Ansonsten wäre ein Cappuccino prima. Einfach."

„Einfach? Komplizierte gibt es hier auch nicht."

Meine Platzanweiserin zog sich zurück, und ein dünner Mann mit Glatze – er sah aus wie ein rasierter Iggy Pop – näherte sich. Über seinem linken Ohr fauchte ein tätowierter Drache die Augenbraue an. Vermutlich missfiel dem Drachen das Pfeil-Piercing.

„Guten Morgen. Ich bin Jean-Michel."

„Und ich bin das Haarproblem."

„Unübersehbar."

„Ähm ... Ich bin Julis Freundin und durfte ihren Termin übernehmen. Ich soll schön grüßen."

„Die Juli. Immer schickt sie mir solche Katastrophen. Aber egal. Wie ist das passiert?"

Ich schilderte meine Färbeversuche und gab zu, mich nicht mehr daran zu erinnern, ob ich die Farbe zu lang oder zu kurz draufgelassen hatte.

Jean-Michel und sein Drache musterten die Farbe, zogen von dannen und kamen mit einer Farbkarte zurück, auf der unterschiedliche Locken hefteten. Der Meister zeigte auf eine kackbraune Haarsträhne.

„Das hier wäre der Farbton, den ich zur Bekämpfung vorschlagen würde. Den müssten wir mindestens zwei Mal einwirken lassen, damit das Orange verschwindet."

„Wie heißt die Farbe?"

„Schlamm."

„Verkaufen Sie die oft?"

„Meist an Frauen, die sich in Heimarbeit die Haare versaut haben. Alle wollen blond werden und denken, dass es den perfekten Ton in der Drogerie gibt."

Ich wurde rot. „Also drauf damit."

„Einen Moment."

Jean-Michel verschwand und kam mit einem Formular und einem Stift zurück.

„Das ist eine Verzichtserklärung. So eine heikle Arbeit erledige ich nur, wenn Sie die vorher unterschreiben."

Ich schluckte. Na bravo. Aber andererseits konnte es auch nicht schlimmer werden. Ich kritzelte meinen Namen auf den dafür vorgesehenen Strich, bekam einen Umhang umgelegt und wurde zum Waschbecken geleitet.

„Hallo, ich bin Murat, und ich wasch dir den Kopf", informierte mich ein breitschultriger, schwarzhaariger Junge und drückte meinen Hinterkopf auf die Aussparung im Beckenrand. Ein heißer Strahl versengte mir die Kopfhaut.

„Ist Wasser so gut?", fragte Murat.

„Ich gewöhn mich gleich an die Hitze", japste ich.

„Läuft bei dir."

Was hieß das jetzt? Egal. Murat übergoss mich weiter mit kochendem Wasser, als wären meine Haare Teeblätter, und shampoonierte den Haarunfall, als würde er Felgen reinigen.

Zurück am Platz trug mir Jean-Michel Strähne für Strähne den Schlamm auf. Ich nippte am Cappuccino und beobachtete ihn argwöhnisch. Der Laden füllte sich langsam. Uns gegenüber setzte sich eine grazile Blondine mit hochtoupiertem Zopf und Sonnenbrille in den Haaren. War die zum Brilleputzen gekommen? Sie zog zwei Liter Evian aus ihrer silbernen Umhängetasche. Wenn sie die in sich reingeschüttet hatte, konnte der Friseur sie direkt auf dem Klo weiter bedienen. Sie reichte Murat die Flaschen und folgte ihm zum Waschbecken. Ich schielte hinterher. Blondie nahm die Brille aus dem Haar, löste das Zopfgummi und beugte sich vorwärts über das Nacken-Becken. Es sah aus, als würde sie in dessen Schlund hineingezogen. Murat schraubte die erste Flasche auf, verdrehte die Augen und kippte das kostbare Wasser über den Kopf der Kundin. Mit offenem Mund sah ich dem Spektakel zu.

Jean-Michel hob nur kurz seinen Blick und pinselte dann weiter. „Kopfüber waschen und dabei Mineralwasser benutzen sind kleine Eigenarten unserer anspruchsvollen Klientel", informierte er mich so gleichgültig, als wäre er die elektronische Zeitansage.

Neben mich setzte sich eine hagere, eindeutig ältere Frau mit zu straffen Gesichtszügen und blutrot lackierten Krallen. Jean-Michel nickte und zwinkerte ihr zu.

„Ich bin gleich dir", sagte er und fuhrwerkte weiter an meinem Unglückskopf herum.

Die pechschwarzen Haare der Gelifteten fielen wie Vorhänge auf ihre Schultern. Ihr Hals sah aus wie der eines Puters, die Rest-Haut hatte ihr ein mutiger Chirurg eng an den Kopf getackert. Fröhliche schwarze Kleidung rundete das Gesamtbild ab. An wen erinnerte sie mich bloß?

Na klar. Morticia! Die Mutter der Addams Family. Das Bild kriegte ich jetzt nicht mehr in die Tube zurückgedrückt. Wenn Murat noch einmal meinen Kopf mit Heißwasser kärcherte, wäre ich so gar gekocht, dass ich Morticia um ein Autogramm bitten könnte.

„So, jetzt warten wir dreißig Minuten", verkündete der Maestro und streifte die Gummihandschuhe ab.

Ich nickte ergeben und schaute ihm nach, wie er hinter einer Tür verschwand. Mein Kopf sah aus, als wäre ich in ein Plumpsklo gefallen. Die Farbe heißt Schlamm, die Farbe heißt Schlamm, betete ich mir ununterbrochen vor, um mein pubertär arbeitendes Gehirn in ruhigere Bahnen zurückzulenken.

Und schon war Jean-Michel wieder da. Nanu?

„So, meine Schöne! Heute ist dein großer Tag!", rief er, ging an mir vorbei und klatschte in die Hände.

Morticia sprang auf, juchzte und fiel in die Arme des Friseurs. Sangen die beiden gemeinsam beim Festival of Darkness im Chor? Ich schnappte mir eine Zeitschrift, achtete darauf, dass ich sie richtig herum hielt, und justierte meine Ohren aufs Lauschen. Betont vorsichtig nippte ich an meinem Cappuccino.

„Ich war vorhin so aufgeregt, dass ich mir die Slipeinlage beinahe falsch herum reingeklebt hätte!", quietschte Morticia.

Ich prustete und verzierte die Zeitschrift mit braunen Sprenkeln. Es ist nur Kaffee, es ist nur Kaffee ...

Neben mir wurde es ruhig. Ich ließ das Magazin sinken. Die Lady der Finsternis und unser verbindendes Element, der Friseur, starrten mich an.

„Sehr heiß", murmelte ich und zeigte auf den längst erkalteten Cappu. Mit glühendem Gesicht unter der Schlammpampe verzog ich mich wieder hinter das Blatt.

„Was machen wir denn heute zur Feier des Tages?"

„Erst mal den weißen Ansatz weg. Der lässt mich alt aussehen. Dann hochstecken und das hier einflechten."

Das Morticia-Double streckte dem Friseur kleine schwarze Ketten und Handschellen hin.

„Spicey, die sind wundervoll!"

Ich beschloss, keinen Kaffee mehr zu trinken. Sonst könnte einer der nächsten Kunden, der die Zeitschrift in die Hand nahm, bei Koffeinmangel an ihr nuckeln. Spicey? Wundervoll?

„Ich rühre mal das Blauschwarz an", sprach der Meister und entfernte sich.

„Füll mir was ab für die Schamhaare."

„Na klar, wie immer."

Spicey griff in ihre nietenbesetzte Handtasche und zog eine Zeitschrift heraus. Die Menschen auf dem Cover ließen bei der Farbwahl ihrer Kleider erschreckend wenig Kreativität vermuten. Alle trugen Schwarz. Und das Material schien knapp zu sein, denn die BHs bestanden nur aus Schnüren, sodass die Brüste vorne rausfielen.

„Na, neugierig?"

Ich hatte unbewusst meine Zeitschrift sinken lassen und machte einen Giraffenhals in Spiceys Richtung.

„Oh, Entschuldigung. Ich wollte nicht ..."

„Kein Problem. Ich bin nicht so anstellig. Schließlich heirate ich heute."

„Oh! Heiraten?"

Spicey lachte kehlig. Ihre Augen blitzten. „Ja! Wir halten die Zeremonie in einem Erotikhotel ab."

„Erotikhotel?"

Ich kam mir vor wie ein Papagei im Fragemodus. Sollte ich mir wieder eigene Sätze überlegen? Bevor es dazu kam, hatte irgendwas in mir schon eine eigenständige Frage formuliert.

„Gibt es da Pimmeltorte?"

Spicey lachte wieder los. Ich fühlte mich wie im Aufklärungsunterricht. Dabei ging ich langsam auf die dreißig zu.

„Ich frage den Zeremonienmeister gerne danach."

„Sie meinen den Weddingplaner? Heißt das auf Deutsch Zeremonienmeister?"

„Beinahe! Es ist eine erotische Hochzeit und wir werden vom Zeremonienmeister und seiner Novizin nach dem alten Ritual getraut."

Nein, ich werde nichts mehr fragen. Nein, ich werde nichts mehr fragen. Musste ich auch nicht. Spicey-Morticia war in Plauderstimmung.

„Wir dürfen unsere eigenen Vorlieben einfließen lassen. Dom, mein Bräutigam, möchte unbedingt die Peitsche dabeihaben. Und ich will während der gesamten Zeremonie in Ketten liegen."

Blitzschnell baute mein Gehirn aus diesen Vorgaben Bilder, es hatte keine Zeit mehr für eigene Sätze. Ich beschränkte mich aufs Glotzen. Dann klingelte ihr Telefon.

„Sie entschuldigen mich ... Dom! Wie weit bist du?"

Ich stürzte den inzwischen eiskalten Kaffee runter und verkroch mich hinter der Modezeitschrift. Ein Hort der Unschuldigkeit.

„So, wir können", informierte mich Murat, nachdem exakt eine halbe Stunde vergangen war, und begleitete mich zum Waschbecken.

Nach dem Ausspülen des Schlamms bot er mir eine Kopfmassage an, die ich dankbar annahm. Sanfte Kreise würden mir die Peitschenbilder aus dem Kopf massieren. Murat stellte sich hinter mich und ... bohrte mir Löcher in den Kopf. Zumindest fühlte sich das so an. Hilfe! Ich biss die Zähne zusammen und ließ ihn mein Schädeldach malträtieren.

Spicey wurde auf einen geräumigeren freien Platz gesetzt, damit zwei Leute an ihr arbeiten konnten. Ich kam zurück und wusste nicht, ob ich enttäuscht oder erleichtert sein sollte, dass ich nicht mehr aus dem Sexleben einer Seniorin erfahren würde. Zumindest hatte ich meine orangefarbenen Haare zeitweise vergessen. Ich lugte unter den Turban. Da schimmerte es bräunlich. Das war beruhigend.

Die Tür wurde aufgerissen, und ein in schwarzem Leder gewandeter Mann kam mit einem riesigen Strauß roter Rosen herein. Ich ließ mein Handtuch los. Der war doch nicht ... Doch, war er! Er ging direkt zu Spicey, die im echten Leben vermutlich Gertrud hieß, und küsste ihr die Wangen.

„Ach, Zuckerschnäuzchen! Du bist so ein Engel!", rief die Braut aus. Ich kniff die Augen zusammen. Der Typ war maximal um die vierzig. Omi heiratete ihren Toyboy!

Jean-Michel trat hinter mich und versperrte mir die Sicht. Ich versuchte, noch einen Blick auf die Szene zu erhaschen. Vermutlich war ich konservativer, als ich gedacht hatte. Warum sonst fehlten mir hier die Worte. Durfte doch jeder mit jedem machen, was er oder sie wollte.

„Ähm ... Jean-Michel, sagen Sie mal. Ich will ja nicht neugierig erscheinen, aber das ist schon alles komisch, oder? Die ist doch mindestens siebzig. Und ihr Zukünftiger? Der sieht locker dreißig Jahre jünger aus."

„Dom? Ist der hier?"

„Na, der Typ mit den Rosen!"

Jean-Michel prustete los. „Der? Das ist Spiceys Sohn Moritz. Der wäre auch unter anderen Umständen niemals ihre Zielgruppe. Dom ist zehn Jahre jünger als Moritz."

Jetzt tanzten Bilder in mir, die ich nicht mehr mit der Welt teilen konnte. Themenwechsel!

„Ist Ihr Murat noch in der Ausbildung?"

„Ja. Wieso fragen Sie? Stimmt was nicht?"

„Nee, alles prima. Er massiert nur ... ähm ... recht kräftig", stotterte ich.

„Kein Wunder. Er hat erst eine Lehre als Werkzeugmacher begonnen und dann auf Friseur umgesattelt."

Nach gefühlt endlosen Stunden saß ich mit fast meiner alten Haarfarbe und frisch geschnittenen Spitzen im Auto. Jetzt noch alles für einen Versöhnungsabend mit Sascha einkaufen. Ein Zeichen von Coolness wäre es, wenn ich als Wein die Marke Kröver Nacktarsch kaufen würde. Nach dem Genuss einer solchen Flasche war ich erstmals mit Bernds Tierarzt im Bett gelandet. Und dann hatten wegen einer solchen Flasche die Missverständnisse mit Sascha angefangen. Wenn wir den jetzt zur Versöhnung trinken würden, könnte ich den Kreis schließen und das schlechte Karma durchbrechen.

Ich parkte vor einem Weinladen mit angeschlossenem Bistro, schluckte eine Anti-Prellungs-Ibuprofen und stellte mich in die Menschenschlange. Um uns herum stapelten sich Kisten. Weiter hinten befand sich das Bistro mit ein paar Fässern, die als Tische und Barhocker dienten. Lösten all diese Kunden Gutscheine ein? Es konnten sich ja kaum so viele Menschen tatsächlich für Wein interessieren. Oder sie kauften Gutscheine, die sie verschenken wollten – auch möglich. Rechts neben mir ließ eine korpulente Ü50-Dame ihren Blick über die Regale schweifen.

„Darf ich Ihnen behilflich sein?", fragte ein Verkäufer und lächelte die Frau über seine Lesebrille hinweg an.

„Können Sie mir einen Wein zum Hochzeitstag empfehlen?“

„Gerne. Möchten Sie ihn feiern, vergessen oder sich rächen?“

Ich gluckste, und auch hinter mir in der Schlange kicherte es. Langsam rückten wir weiter auf. Hinter den Regalen aus dunklem Holz und mit einer Deko aus Plastikreben waren die meisten Fässer mit Paaren mittleren Alters besetzt. Eine Frau, die mir zugewandt saß, konnte höchstens Mitte dreißig sein und war atemberaubend schön. Brünette Haare flossen in schimmernden Wellen über ihre Schultern. Ihr Gesicht war nahezu perfekt und erinnerte entfernt an Julia Roberts. Allerdings strahlte ihr Mund nicht mit einem Hundert-Watt-Lächeln in die Welt, sondern mutete eher verkniffen an. Auch die gezupften Augenbrauen zogen sich zusammen, und die Frau gestikulierte hart mit den Händen. Ich hasste sie spontan dafür, dass sie auch ärgerlich noch so gut aussah. Ihr Gesichtsausdruck wechselte rasant in etwas Flehendes. Sie biss sich auf die Lippen, in ihren Augen schimmerten Tränen. Ihre Hände griffen nach dem Arm ihres Gegenübers. Der legte seine Hand auf ihre und schüttelte sacht den Kopf. Wurde ich gerade Zeuge einer Wiedervereinigung? Wollte er sie nicht gehen lassen? Wer konnte so eine atemberaubende Frau ablehnen wollen? Neugierig musterte ich den Mann. Er kam mir irgendwie bekannt vor. Zumindest sein Hinterkopf.

„Was darf es denn sein?“, riss mich die Frau an der Kasse aus meinen Gedanken.

„Eine Flasche Kröver Nacktarsch, bitte“, antwortete ich und reckte mich, um Julia Roberts’ Begleitung besser erkennen zu können.

„Welcher Jahrgang?“

„Jahrgang? Ach so. Irgendwas Neues vielleicht?“

Die Verkäuferin zeigte mir eine Flasche, ich nickte und bezahlte. In dem Moment drehte sich der Begleiter der Frau um. Sascha!

Ich wusste nicht mehr, wie ich nach Hause gekommen war. Dort hatte ich mir nur Bernd geschnappt, und nun stolperte ich mit ihm eine Runde durch den Wald. Runterkommen, überlegen. Sascha hatte für heute Abend nicht abgesagt. Also würden wir uns sehen. Wollte er mir da sagen, dass es vorbei war? Oder hatte er das im Bistro der anderen gesagt, und sie war deshalb so ärgerlich gewesen? Vielleicht war sie aber auch sauer gewesen, weil er mir noch nicht gesagt hatte, dass Schluss war. Wieso hatte er ihre Hand genommen? War das ein Antrag gewesen? Wie hatte sie dabei geschaut? Keine Ahnung. Da war meine Bestellung dazwischengekommen. Meine Gedanken kreiselten wie eine Roulette-Kugel. Roulette? Siedend heiß fiel mir ein, dass ich auch noch keine Erklärung für Julis Besuche in der Spielbank gefunden hatte? Ansprechen? Schweigen? Von wegen schlechtes Karma mit Kröver Nacktarsch durchbrechen. Es schien alles noch schlimmer zu werden.

Bernd trabte vor oder galoppierte mir nach, aber er blieb in Sichtweite. Sein Gespür dafür, wann artiges Verhalten angebracht war, gepaart mit den Trainingsstunden bei Sascha, hatte aus dem Rebell einen Vorzeigehund in Teilzeit gemacht. Manchmal benahm er sich auch wie früher. Dafür liebte ich ihn – meistens.

Wir schlappten zu einem Waldspielplatz, als ein Retriever an uns vorbeischoss. Bernds Kopf ruckte hoch, während er den Fahrtwind spürte, und schon rannte er hinterher. Instinkt schlug Erziehung. Zurückpfeifen zwecklos. In dem Moment rannte eine Frau an mir vorbei und nahm rufend die Verfolgung auf.

„Karlotta! Wehe! Das machen wir nicht! Karlotta!“

Okay, eine Hündin also, und dann auch noch Retriever. Das erklärte einiges. Die galten in der Mopswelt als Königsklasse unter den Weibern. Nun trabte auch ich los und hielt mir die lädierte Schulter, die bei jeder Erschütterung innerlich aufschrie. Wer wusste schon, wo die alle hinwollten. Die Hunde näherten sich einer Frau, die am Rande des Spielplatzes einem rosa Kleinkind die Hose hochzog.

„Karlotta! Wage es nicht!“, keuchte die Hundebesitzerin.

Schreiend schnappte sich die Mama das Kind, das sofort lauthals zu weinen begann, und lief zu einem Klettergerüst. Karlotta würdigte die Heulbojen keines Blickes, rannte weiter und stoppte abrupt an der Stelle, wo Mama die Kinderhose gerichtet hatte. Schnüffelnd hielt die Hündin ihre Nase am Boden und fing auf einmal an zu fressen. Dabei knurrte sie den Mops an, der sich zögernd näherte, und schnappte in die Luft, um ihn von sich fernzuhalten. Bernd hob die Nase, nieste und trabte von seiner neuen Flamme weg. Er sah mich und galoppierte los. Nanu?

Karlotta fraß gierig weiter. Frauchen hatte sie mittlerweile erreicht und zog sie weg. Der Hund hatte doch wohl nicht ... Kind und Mama beobachteten alles entsetzt vom Klettergerüst aus.

„Mama, Aa ist weg“, kiekste der rosa Zwerg und klatschte in die Hände.

Ich schüttelte mich und verließ eilig den Spielplatz. Das war ja eklig. Liebevoll kraulte ich den Mops, der den Anstand besaß, sich angewidert von der eben noch interessanten Szene wegzudrehen. Hoffentlich sah er die Rasse und ihre Essgewohnheiten ab sofort mit anderen Augen. Bäh!

Mein Telefon fiepte. „Kay, ich muss heute Abend eine Stunde vom Kollegen übernehmen. Sorry. Melde mich. S."

Der Tag hatte scheiße angefangen und endete kacke.

Ich zog den Korken aus dem Nacktarsch und kippte mir in einer konzentrierten Aktion die Flasche in den Kopf. Dann trank ich das schlechte Karma halt allein. In meinem Gehirn waberten Kussbilder von der ultraschlanken Julia Roberts, von Sascha, einer zockenden Juli und kackefressenden Hunderudeln – alles durcheinander. Ich fokussierte den Fernseher und tastete nach der Fernbedienung. Ein Teleshop-Programm erschien auf dem Bildschirm. Ich grinste und rülpste. Das waren noch Zeiten, als Juli als Model für Hornhauthobel oder Erwachsenenwindeln im Shopping-Kanal aufgetreten war. Vor der Gründung unserer Firma war das einer ihrer lustigen Nebenjobs gewesen. Boah, war mir schlecht! Mein Bauch gluckerte, und beim Aufstoßen bekam ich Sodbrennen. Was fanden die Menschen nur an diesem Zeug? Egal. Es machte blau, Karma hin oder her. Ich blinzelte. Auf dem Bildschirm erklärte eine schlecht synchronisierte brünette Frau, wie sie es geschafft hatte, sich vom Pummel in eine Traumfrau zu verwandeln. Es war zum Verrücktwerden. Sahen denn alle aus wie Julia Roberts? Das Bild teilte sich, und es wurde ein Foto von einer hüftstarken Frau mit schlammfarbenen Haaren eingeblendet, die mit rundem Gesicht in die Kamera lächelte. Was sah die mir ähnlich!

„Das bin ich!", kam es aus dem Fernseher. „Kaum zu glauben, nicht wahr? Ich trank zu viel, ich aß zu viel, und dann verließ mich mein Freund."

Ich nickte wissend und prostete dem Gerät zu.

Völlig betrunken schielte ich zu der ausgeräumten Packung Kinderschokolade. Die Einwickelleichen lagen leer drum herum. Ach, die Tafel war schon alle? Egal. Die Synchronsprecherin der Frau redete los, während die Lippen der Brünetten lautlos etwas anderes erzählten.

„Das war mein Wendepunkt! Ich wollte ein neues Leben. Schlank, schön, sportlich – und vor allem glücklich."

„Ja! Ja!"

Ich kippte den letzten Rest des Weins in mich hinein.

„Kommen Sie runter vom Sofa und fangen Sie noch heute an!"

Verschämt setzte ich mich auf den Fußboden neben Bernds Körbchen. Die da im Shopping-Kanal konnte mich sehen. Hatten die neueren Fernsehgeräte Webcams wie Computer? Was für eine furchtbare Vorstellung!

„Egal, wo Sie sind, es gibt keine Ausrede mehr. Oder wollen Sie weiterhin so aussehen?"

Sie zeigte auf ihr altes Ich. Hach! Ein paar Riegel konnte ich aber in der nächsten Zeit noch essen, damit ich auch wirklich so aussah wie Julia Roberts vor ihrer Verwandlung. Und dann, ratzfatz, kam der Wendepunkt, und ich wurde groß, schlank und schön. Wachstum, Schrumpfung und Verwandlung. Gleich drei Wünsche auf einmal, die sich erfüllten. Waren noch irgendwo Überraschungseier versteckt?

„Bestellen Sie noch heute: Pilates für Einsteiger, Pilates im Büro, Pilates für zwischendurch, Hotel-Pilates, Pilates beim Hausputz, Pilates für Fortgeschrittene, Box-Pilates – und als Zugabe, nur wenn Sie heute noch bestellen: Pilates-Yoga!"

Ich bekam einen Drehwurm von all dem Pilates-Brei.

„Greifen Sie zum Hörer und bestellen Sie in der nächsten Stunde die große DVD-Sammlung ‚Pilates forever'!"

Jetzt war mir erst recht schwindelig.

Kapitel 11

Mein erstes To-do am Morgen danach hieß: Erbrechen. Das erledigte ich gewissenhaft und gründlich. Danach saß ich, mit kaltem Schweiß bedeckt und schmerzender Schulter, neben der Kloschüssel. Bernd fand dieses neue Auf-der-Erde-Hocken prima und buckte umgehend mit seinem Hinterteil an. Mein Kopf fuhr immer noch Karussell. Ich schleppte mich unter die Dusche.

Nachdem ich mit Bernd draußen gewesen war und den ersten Kaffee getrunken hatte, lichtete sich der Nebel. Ich bilanzierte den gestrigen Tag: Haare wieder wie alt, aber teuer und neu, Sascha mit rätselhafter, leider rattenscharfer Begleitung gesichtet, dann von ihm versetzt, dafür Kröver Nacktarsch vernichtet und mit Kater statt Sascha aufgewacht. Meiner Erinnerung fehlte der Teil vom letzten Schluck bis zum Bett. Der Sonntag konnte nur besser werden.

Ich wusste nichts mit mir anzufangen. Die Ungewissheit bezüglich Sascha nagte an mir. Wen könnte ich fragen? Juli? Nein, mit der musste ich über andere Dinge sprechen. Die wollte ich in ihrer Spielsucht nicht auch noch mit meinem Kummer belästigen. Angela? Na klar, Angela! Saschas Schwester hatte mir schon mal wertvolle Tipps gegeben. Hätte ich die nur beherzigt, dann wäre ich mit ihm nicht im Streit auseinandergegangen.

„Hallo Angela, lange nicht gesehen. Bist du mit Bibi im Wald und hast Lust auf einen Sonntagskaffee?“, tippte ich in mein Telefon.

Bibi war die älteste Hündin, die ich kannte. Blind und taub brauchte sie immer Körperkontakt, um zu wissen, ob ihr Rudel noch beisammen war. Das sah superlustig aus, zumal sie auch Bernd mochte und ihn immer mit der Nase anstupste. Angela ging gerne mit ihr durch den Stadtwald, um sich von ihrem anstrengenden Ärzte-Job und ihren lebhaften Söhnen zu erholen.

Kurze Zeit später flog die Antwort in mein Telefon. „Ich hab Dienst. Komm doch auf einen Kaffee rum. Ist nicht viel los."

„Prima. Ich mach mich auf den Weg", antwortete ich.

Als Bernd und ich die erste Trainingsstunde bei Sascha gehabt hatten, hielt ich die hochgewachsene Angela für seine Frau. Zum Glück hatte sich schnell aufgeklärt, dass Sascha nur der Onkel ihrer Jungs war.

Ich marschierte ins Krankenhaus und traf Angela mit zwei dampfenden Tassen Kaffee auf dem Weg zu ihrem Büro.

„Gutes Timing", sagte sie und stieß die Tür mit dem Fuß auf.

„Toll, dass du Zeit hast!"

Angela stellte mir eine Tasse mit dem Aufdruck „Das ist keine Cellulite. Mein Po hat Grübchen beim Lachen" auf den Tisch. Ich verzog das Gesicht und setzte mich. Heute war nicht der Tag, um über körperliche Unzulänglichkeiten zu schmunzeln. Angela, die auch Platz genommen hatte, grinste und zeigte auf ihre Tasse, die bedruckt war mit „Das Beste an meinem Job ist, dass sich der Stuhl dreht". Sie stieß sich am Boden ab, und der Stuhl kreiselte. Mist! Ich musste doch lachen.

„Woher habt ihr diese saudämlichen Tassen?", fragte ich und fasste an meine Schulter. Lachen tat ihr trotz der permanenten Ibuprofen-Betäubung offenbar nicht gut.

„Zur Weihnachtsfeier bringt jeder die schlimmste, die er finden kann, zum Schrottwichteln mit."

Angela hielt den Stuhl an und musterte mich. „Ist alles okay?"

Ich ließ meine Schulter los und lächelte gequält. „Eigentlich schon ..."

„Aber?"

„Ich werde aus deinem Bruder nicht schlau. Wir haben wirklich eine gute Zeit, aber als ich ihn frage, ob wir nicht zusammenziehen wollen, ist – zack – alles vorbei. Als würde jemand das Licht ausschalten."

„Warum hast du es so eilig damit? Ich hatte dir ja mal geraten, das Thema nicht zu früh anzusprechen."

„In ein paar Monaten kommt Klara zurück. Dann muss ich aus der Wohnung raus und verliere vermutlich sogar Bernd. Das Erste ist okay, das Zweite eine Katastrophe."

„Sascha taugt nicht als Mops-Ersatz. Findest du nicht auch, dass deine Angst vorm Alleinwohnen der falsche Grund ist, Sascha zu fragen?"

„So meinte ich das nicht. Er haust da in dieser leeren Wohnung, die Ex hat noch alle Möbel ..."

„Hat er das so gesagt?"

„Nein, aber ich habe ihn gefragt, und er hat es nicht abgestritten. Was ist das überhaupt für eine doofe Kuh?"

„Ein Ex-Model."

„Arbeitet sie beim Teleshop und kommt aus Amerika?"

„Was? Nein. Sie ist Deutsche und schon länger raus aus dem Business. Sie hat gut verdient und ihr Geld vernünftig angelegt."

Ich hasste sie umgehend. Schön, klug und reich war ungerecht.

„Ist sie jetzt wohlhabend?"

„Keine Ahnung. Ist das wichtig?"

„Ist sie dunkelhaarig?"

„Früher war sie es zumindest. Sie sieht Julia Roberts ähnlich."

Mein Selbstbewusstsein schmolz wie Himbeersorbet

unterm Brennpeter. Sascha hatte gestern mit seiner Ex im Bistro gesessen. Eindeutig. So viele Roberts-Kopien liefen hoffentlich nicht in der Welt rum.

Angela stand auf, umrundete den Tisch und zog mich an den Schultern hoch.

„Au!"

„Was ist denn?"

„Meine Schulter. Die ist irgendwie geprellt."

„Zieh mal die Jacke aus."

Umständlich schälte ich mich aus der weiten Sweatshirt-Jacke. Enge Sachen trug ich seit ein paar Tagen nicht mehr.

Angela tastete das Gelenk ab. Ich jaulte wieder auf.

„Ich bin kein Orthopäde. Aber das ist keine Prellung. Da ist was im Schulterdach zu Bruch gegangen, das geröntgt werden muss."

Sie bugsierte mich auf den Stuhl zurück und drückte eine Kurzwahltaste am Telefon.

„Jörg, darf ich dir mal schnell zwischendurch jemanden zum Röntgen schicken?"

Angela lauschte und antwortete dann: „Fühlt sich an wie Tossy."

Tossy? Das klang harmlos. Gab es nicht einen Film mit dem Titel „Herr Tossy sucht das Glück"? Das war ein gutes Omen.

Ich hörte nicht, was Jörg sagte, aber leider schien er Zeit zu haben, denn Angela bedankte sich und legte auf.

„So, jetzt schauen wir uns das mal von innen an."

So was Lustiges hatte meine Gynäkologin auch schon mal gesagt. Da war ich danach nie wieder hingegangen. Aber wenn ich schon mal hier war, konnte ich auch etwas radioaktiv durchleuchtet werden. Wir gingen durch eine verwirrende Anzahl von Gängen und wurden von einer

Sekretärin direkt in ein Arztzimmer durchgewunken. Da saß ein massiger Glatzenmann und lächelte. Keine Haare zu haben schien bei Friseuren und Ärzten gleichermaßen hip zu sein. Hier fehlte nur der Drache an der Schläfe. Dafür besaß auch er eine Schrottwichtel-Tasse: „Ich bin aufgestanden und angezogen. Was willste noch?" Von den Sprüchen würde ich noch als alte Frau Albträume bekommen. Dann würde ich das meinem Therapeuten erzählen müssen. Und das ging nur mit Hilfe von Puppen.

„Hallo, ich bin Jörg. Was ist denn mit der Schulter passiert?"

„Ich bin kopfüber in einen Papiercontainer gestürzt."

„Ach?"

„Ja. Der war leer. Leider."

„Wann war das?"

„Vor ein paar Tagen."

„Dann schauen wir uns das gute Stück mal an."

Eine halbe Stunde später saß ich abgetastet und geröntgt wieder auf meinem Stuhl.

„Wir müssen dich operieren. Das Schulterdach ist angebrochen."

„Was? Nee. Oder?"

„Doch, leider. Es sollte auch schnell passieren. Da noch keine zwei Wochen um sind, befinden wir uns noch in der Akut-Phase. In der kann die Schulter gut von innen stabilisiert werden. Das ist keine große Sache."

„Muss ich dafür ins Krankenhaus?"

Jörg lachte. „Das wäre schon sinnvoll. Aber nur eine oder zwei Nächte."

Der hatte gut reden. Der saß auf der anderen Seite vom Schreibtisch. Ich hatte unfassbare Angst vor Operationen. Also theoretisch. Praktische Erfahrungen hatte ich damit nicht und wollte sie auch nicht sammeln. Ich machte schon einen Tauchkurs, den ich nie gewollt hatte. Das reichte an neuen Erfahrungen für dieses Jahr.

„Wir sind im OP-Plan ziemlich dicht. Von daher würde ich dich gerne an einen Freund überweisen. Der macht den ganzen Tag nichts anderes als Schulter und hat sicher kurzfristig Zeit für dich."

„Ich soll zu einem Fließbandarbeiter?"

Jörg lachte auf. „So kann man es auch nennen. Aber was ist daran verkehrt?"

„Als Jugendliche habe ich mal am Fließband Dicke Bohnen sortiert. Nach zwei Stunden bin ich umgefallen, weil ich dachte, dass ich fahre und das Band steht. Danach habe ich zwischen all den Bohnen zwei faustgroße tote Mäuse übersehen und bin rausgeflogen."

Angela und Jörg starrten mich an, als hätte ich in Schrottwichtel-Tassen-Sprüchen geredet.

Ich zuckte mit der heilen Schulter. „Na ja, das fällt mir zum Thema Fließband ein. Ist einfach nicht gut für den Kopf, wenn man den ganzen Tag immer das Gleiche tut."

„Vielleicht gibt es Unterschiede zwischen dem Sortieren von Hülsenfrüchten und komplizierten Schulter-Operationen?"

„Kompliziert? Ist das ein anderes Wort für ‚keine große Sache'? Oder habe ich da etwas missverstanden?"

Angela stöhnte auf.

„Ja ja. Schon gut", murmelte ich.

Während Jörg mir den Arm bandagierte, kroch die Angst in meine Eingeweide. Ärzte sprachen über eine Operation wie jemand, der noch Einkäufe zu erledigen hatte. Für mich war das aber, als schickte man mich ohne weitere Vorbereitung auf eine Marsmission ohne Wiederkehr. Ich müsste mich nur möglichst schnell bei der NASA melden.

Baff über den unerwarteten Tagesverlauf saß ich mit einem verbundenen und fixierten Arm auf dem Sofa. Bereits morgen sollte ich mich beim Fließband-Doktor zur Vorbesprechung einfinden. Jörg hatte seinen Freund privat angerufen, mich avisiert, und der ließ ausrichten, dass er sich auf mich freue. Sagten so was auch Henker zu ihren Opfern? Ich freute mich auf keinen Fall auf den Mann, der mich bald von innen besser kennenlernen würde, als ich mich selbst kannte. Zumindest in Teilen.

Ich seufzte. Es gab noch Regelungsbedarf, und die Augen verschließen nützte ja nichts. Ich wählte Julis Nummer und lauschte dem Freizeichen. Hatte das Kasino sonntags auf? Nicht, dass ich sie beim Zocken störte.

„Juli August, hallo?"

„Hallo Juli, störe ich?"

„Süße, du störst nie? Geht es deinem Kopf besser?"

Meinem Kopf? Ach ja. Ich hatte ja am Freitag eine Migräne vorgetäuscht, um daheimzubleiben. Das war gefühlt zwei Sternzeiten her.

„Dem ja. Aber ich bin gestürzt und habe Tossy zwei oder schlimmer."

„Was?"

„‚Schultereckgelenkssprengung' lautet die deutsche Version. Klingt auch dramatischer."

„Himmel! Was? Wie hast du denn das geschafft?"

„Stumpf hingefallen."

„Oh je, du Arme. Bestimmt warst du wegen der Kopfschmerzen unaufmerksam."

Mein Gesicht wurde heiß. Ich konnte ihr ja nicht sagen, dass ich ihretwegen in einen leeren Papiercontainer gehüpft war. Daher murmelte ich zustimmende Geräusche.

„Was passiert jetzt damit?"

„Kleine Operation mit zwei Tagen stationärem Aufenthalt", erwiderte ich mit meiner coolsten John-Wayne-Stimme.

„Was? Das ist ja furchtbar! Ich würde durchdrehen vor Angst. Und du klingst so gelassen. Ich bewundere dich!"

Ich mich mittlerweile auch – für meine schauspielerische Leistung.

„Kannst du vielleicht Bernd für ein paar Tage nehmen?"

„Na klar. Der Süße und ich machen es uns hübsch und gemütlich. Was ist mit Sascha?"

„Gute Frage. Wir haben ein bisschen Stress."

Juli schwieg. Sie musste an meinem Tonfall gehört haben, dass ich noch nicht drüber reden wollte.

„Es wäre super, wenn Bernd bei dir bleiben könnte. Ich soll schon morgen zum Gespräch kommen."

„Brauchst du einen Fahrer? Dann hole ich dabei auch gleich den kleinen Mann ab."

„Das wäre prima."

Wir besprachen alles Notwendige rund um Firma und Abholung. Erleichtert beendete ich das Gespräch und wählte Saschas Nummer. Mailbox. Ich legte auf. Ob er wohl wieder mit der Ex im Bistro saß? Ach Quatsch. Er hatte sonntags von morgens bis abends die Welpengruppen auf dem Hundeplatz. In dieser Zeit war sein Telefon grundsätzlich ausgeschaltet. Ich wählte wieder, sprach ihm die Neuigkeiten auf die Mailbox und ergänzte, dass er sich erst Montag zu melden brauchte, wenn ich vom Vorgespräch kam.

Kapitel 12

„Hallo, ich bin Kay Bielefeld und soll mich bei Doktor Uwe Sommer melden“, sprach ich die Dame am Tresen des Arztes an.

Vor unterdrückter Hysterie kippte meine Stimme bereits in höhere Oktaven. Nie hätte ich gedacht, dass ich mal bei einem Arzt dieses Namens auftauchen würde. Als ehemalige Bravo-Leserin konnte ich das niemandem erzählen.

Juli hatte mich vor der Tür abgesetzt und war unter Protest mit Bernd davongebraust. Sie hatte mich unbedingt begleiten wollen. Aber auf keinen Fall sollte sie sehen, wie meine John-Wayne-Fassade bröckelte und ich mich in ein wimmerndes, hysterisches Etwas verwandelte. Ich räusperte mich. Half nichts. Meine Souveränität fuhr mit Juli in die andere Richtung.

„Ach. Sie sind das?“

„Ähm ... ich bin das? Wie meinen Sie das?“

„Sie sind die Sonntagspatientin, die unbedingt heute noch einen Termin brauchte.“

Der resolute Tonfall und das Kopfschütteln der Dame am Tresen schüchterten mich ein. Was war, wenn die mich deswegen alle nicht leiden konnten? Weil ich angeblich gedrängelt hatte. Wenn ich es mir schon vor dem Termin verscherzt hätte, könnten die vielleicht was an meiner Narkose verändern? Oder die Fäden zu fest zuknoten? Oder mir Obszönitäten auf den Bauch tätowieren und dann alles abstreiten? Es gab viele Möglichkeiten, sich an einer betäubten Einarmigen zu rächen.

Ich behandelte beispielsweise jede Hotelangestellte ausgesprochen nett, weil ich mal gehört hatte, dass die bei unsympathischen Gästen die Zahnbürste unter dem Klorand durchzogen. Seitdem trug ich im Urlaub am liebsten meine ganze Kulturtasche mit mir rum. Ein missgestimmtes Zimmermädchen könnte ja auch in meine Creme spucken.

Die Empfangsmitarbeiterin schaute mich unverändert an. Hatte ich überhaupt geantwortet?

„Ähm ... ja. Ich bin das", stotterte ich. „Doktor Sommer ist mir als ausgewiesener Schulter-Fließb... ähm ... Schulter-Experte empfohlen worden."

Während die Frau meine Daten in den Computer eingab, gingen mindestens drei Menschen mit schmerzverzerrten Gesichtern auf Krücken an uns vorbei.

„So, jetzt nehmen Sie bitte im Wartezimmer Platz. Wir rufen Sie dann auf."

„Eine Frage hätte ich noch ..."

„Ja?"

„Herr Sommer ist doch ein Schulterspezialist. Richtig?"

„Ja. Und?"

„Wieso laufen hier dann alle Menschen auf Krücken herum?"

„Ach, die! Da hat er sich ein paar Mal vertan", antwortete sie und winkte ab. Im nächsten Moment hatte sie sich schon wieder in ihre Unterlagen vertieft.

Mein Herz raste. Verdattert stand ich da. Alle Synapsen, die Fluchtprogramme im Angebot hatten, schrien mich von innen an: Hau ab! Ich schluckte.

„Kommen Sie. Ich zeig Ihnen den Weg", bot sich eine junge Kollegin an, die den Wortwechsel mit angehört hatte. Sie kam um den Tresen herum und ging voraus. Mein Fluchtimpuls zog vorüber. Wie hypnotisiert folgte ich ihr zum Wartezimmer und nahm darin Platz.

Eine Sirene heulte los. Bombendrohung! Ich sprang auf, der Stuhl knallte auf die Erde. Von wo kam die Gefahr? Frauen und Einarmige zuerst! Also ich! Zeitschriften senkten sich, Unterhaltungen verstummten. Alle starrten mich an. Außer einer grauhaarigen, dauergewellten Rentnerin, die in ihrer Tasche wühlte. Ihr Sitznachbar – wahrscheinlich ihr Mann –, der die Haare quer über den Kopf gekämmt trug, las unbeeindruckt in einer Zeitung weiter. Die Sirene schien in ihrer Tasche zu wohnen. Endlich fand die Rentnerin das Gesuchte und zerrte ein Spielzeugtelefon mit großen bunten Tasten hervor. Sie drückte auf einen grünen Knopf und hielt sich den Nachbau an den Kopf. Das Geheul verstummte. Der Hersteller unserer Büroklingel bot den Ton also auch für Telefone an. Ich stellte den Stuhl auf und setzte mich peinlich berührt wieder hin.

„Hallo? Ach, Trudi, du bist es. Ich kann grad überhaupt nicht telefonieren. Wir sitzen noch im Wartezimmer."

Ich konnte Trudis Schallwellen bis an meinen Platz nach der eitrigen Entzündung fragen hören. Ein Seniorenhandy mit extragroßen Tasten und Sirenenklingelton besaß wohl auch einen leistungsfähigen Lautsprecher. Ich betete, dass Omi gleich auflegte. Sie konnte im Wartezimmer ja nicht telefonieren. Hatte sie gesagt.

„Er will die Hüfte noch röntgen. Der Eiter kann auch woanders herkommen."

Mein Kopfkino ließ Werbung und Vorschauen aus, und produzierte stattdessen Bilder von kleinen Bauarbeitern, die Schubkarren voll ... Aus! Stopp! Ich würgte. Irgendwann würde ich mich mal kraft meiner Gedanken übergeben können.

Das Telefonat ging in voller Lautstärke weiter. Ich stellte mir Trudi vor, deren Stimme ich ja nun kannte. Leider wurde ich bei der Frage, was denn Gerd – vermutlich der Zeitung lesende Mann – zu der Eitersache sagen würde, aufgerufen. Die Antwort hätte ich interessant gefunden.

Meine Zähne schlugen aufeinander, als ich wieder auf der falschen Seite eines Schreibtisches wartete. Das Sprechzimmer sollte nicht zum gemütlichen Verweilen einladen. Liege, zwei Stühle, grauer Schrank, weiße Wände, fertig. Und schon ging die Tür auf. Ein farblich auf die Inneneinrichtung abgestimmter Doktor trat mit männlicher Verstärkung ein.

„Guten Tag, ich bin Uwe Sommer, und das ist unser belgischer Kollege im Praktikum."

Ich nickte. Meine Stimme lag in einer festen Bandage irgendwo hinterm Kehlkopf und weigerte sich, mit den Aufschneidern zu reden. Mein Gehirn hatte die weiß gekleideten Ärzte mit Scheren und Blutspritzern ausgestattet, die schnippelnd durch die Operationssäle tanzten und wie kleine Kinder in Blutpfützen sprangen.

„Sie sind die Bekannte von Jörg, nicht wahr? Tossy zwei bis drei, sagte er mir am Telefon."

Arzt sprach. Patientin nickte. Ich war viel zu fassungslos, dass vor mir der Mann stand, der mich aufschneiden würde. Der schien stumme Menschen gewohnt zu sein. Er setzte sich an den Rechner, besprach sich mit seinem hinter ihm stehenden Praktikanten auf Englisch und beachtete mich nicht weiter. Hatte er wirklich ‚belgischer Kollege' gesagt? Bekam man da eine Ärztezulassung vor der Volljährigkeit?

„Sie sind noch jung", setzte Doktor Sommer nach einem Blick auf meine Daten an.

Ich zuckte die eine Schulter. Was sollte die Bemerkung? Der Praktikant schien mir noch viel jünger.

„Da würde ich auf jeden Fall operieren wollen."

„Wo liegt denn die Grenze? Vielleicht warten wir bis zu meinem nächsten Geburtstag?", schlug ich vor.

„What?", fragte der Belgier den Arzt.

„She's kidding", erklärte Sommer mit frostiger Stimme.

Hey, das war kein Scherz. Wenn es da nur um ein paar Monate ging, würde ich halt so lange warten wollen.

„Mein Vorschlag wäre, dass wir gleich morgen früh rangehen. Sie befinden sich noch in der Akut-Phase, also ist das ein kleiner Eingriff. Weil Sie noch so jung sind und ja auch in Zukunft viel Sport treiben wollen, ist eine Operation die beste Methode."

Ich schwor mir, niemals wieder aus Eitelkeit mein Kreuz bei der Sind-Sie-sportlich-Frage bei „sehr" zu setzen. Auf zwei Stühlen schwimmen, im Bidet tauchen und mit Bernd spazieren gehen waren keine Sportarten.

Doktor Sommer erklärte mir auf Deutsch und dem Praktikanten-Doktor auf Englisch eine Operationsmethode, die ich in beiden Sprachen nicht verstand. Kleine Löcher, Flaschenzug, Material bleibt drin, keine zweite OP notwendig ... Da horchte ich auf und nickte. Der Arzt verstummte und schaute mich auffordernd an. Sollte ich was fragen? Wie sollte das gehen, wenn ich gar nichts verstand? Der belgische Doktor schaute genauso erwartungsvoll wie der deutsche Kollege. Auf was warteten die?

„Ab wann darf ich denn wieder mit dem Kraulen beginnen?"

Nein, nein. Das hatte ich doch nicht etwa gerade gefragt? Was dachte sich mein Gehirn bei solchen Auswürfen? Hatte es einen Dämliche-Frage-Schnupfen und musste diese Sätze ausrotzen, um wieder durchatmen zu können?

„Wenn wir alles fixiert haben und Sie bei der Physiotherapie am Ball bleiben, sollte das in fünf bis sechs Monaten wieder klappen."

Ich grinste breit. Mein Gehirn und ich waren wieder Freunde. Ganz eindeutig war es gerissener als seine Besitzerin. Es hatte den Tauchkurs gesprengt. Yihai!

„Dann lassen Sie uns gleich morgen starten. Wenn Sie um fünf Uhr hier sind, setze ich Sie im OP-Plan an den Anfang."

„Werde ich dazu betäubt?"

„Was? Na klar. Das habe ich Ihnen doch gerade erklärt."

Ups. War das der Satz gewesen, in dem auch der Flaschenzug vorgekommen war?

„Aber kein Problem. Sie gehen jetzt sowieso gleich rüber zur Anästhesie. Der Kollege spricht das mit Ihnen durch, und die erledigen auch die nötigen Untersuchungen."

Ich nickte. In mir tilte etwas. Error! Mit Flaschenzug und Betäubung erschienen wieder eigenwillige Bilder auf meiner Netzhaut und ließen mich verstummen. Keine zehn Minuten später hatte ich irgendwelche Formulare unterschrieben und saß in einem anderen Sprechzimmer.

„Herbst ist mein Name. Guten Tag, ich bin Ihr Anästhesist", begrüßte mich der nächste Arzt.

Herbst? Wurde man hier nur eingestellt, wenn man eine Jahreszeit im Namen hatte? Falls das auch für Monate galt, konnte Juli August hier anfangen und doppeltes Gehalt verlangen. Gab es auch eine Frau Halbjahr und einen Herrn Quartal?

„Dann gehen wir mal den Fragebogen durch. Danach folgen noch ein MRSA-Test, ein bisschen Blut und ein Lungenfunktionstest."

„Warten wir nicht auf den belgischen Praktikanten?"

„Auf wen?"

„Na, auf diesen Jugendlichen, der immer dem Sommer hinterherläuft."

„Ach, der. Nein, der ist chirurgischer Praktikant. Wir sind hier eher die Clowns der Medizin und müssen die Patienten bei Laune halten. Erst, wenn Sie schlafen, kommt der Meister dazu."

„Wie in der Pathologie? Da müssen sich die Ärzte auch nicht mit wachen Patienten und ihren Marotten rumärgern."

„Bis zu Ihrem Auftritt in der Pathologie sollte noch etwas Zeit vergehen. Deswegen überwachen wir Ihren Blutdruck auch hier." Er zeigte auf meine Stirn.

„Am Kopp?"

„Ja, da kommen Elektroden hin, damit auch die letzte Wiese bewässert wird. Dazu bekommen Sie noch einen schnuckeligen Katheter in den Hals."

„Na toll."

„Keine Sorge. Damit legen wir den Arm zusätzlich still. Wir müssen nur aufpassen, dass wir nicht Ihre Lunge treffen. Sonst kommen Sie doch noch in die Pathologie."

Er stieß ein meckerndes Lachen aus. War das überhaupt ein richtiger Arzt? Seit wann hatte ich eine Lunge im Hals? Ob ich ihn mal fragen sollte, wo er meine Gebärmutter vermutete? Schließlich war das ein Organ, das ihm aus eigenem Erleben fremd war. Seufzend ergab ich mich in mein Schicksal. Was wusste ich schon, wo so eine Lunge noch überall Nebenarme hatte.

Ich verneinte Schwangerschaften, fiese Geschlechtskrankheiten, Vorerkrankungen anderer Art und reagierte etwas pikiert, als mich der Anästhesist fragte, ob meine Zähne alle fest im Mund saßen. Was dachte der denn? Dass ich sie während des Essens wie kleine Schafskäsewürfel auf dem Tellerrand parkte?

Der Herbst schlug die Blätter zu und sagte: „Jetzt nehmen wir Ihnen noch Blut ab, führen die Tests durch und sehen uns dann morgen früh wieder."

„Au ja", murmelte ich wenig begeistert, schüttelte die ausgestreckte Hand und wurde in das nächste Zimmer geleitet.

Eine Liege, Kabel, jede Menge Fächer mit Spritzen, Tupfern und seltsamen Geräten. War das schon der OP-Saal? Durfte ich probeliegen? Wie im Altersheim?

Mitten hinein in meine Überlegungen platzte ein Teenager in OP-Kleidung, der eine Schale mit Röhrchen und anderem Gedöns in der Hand führte.

„Hallo, ich bin Roman und zapfe Ihnen jetzt ein bisschen Blut ab."

„Hallo, ich bin Kay und muss mir das wohl gefallen lassen. Kommen dann noch Film, Kino und die anderen Kollegen?"

Kay an Gehirn: Fresse halten. Das ist nicht witzig.

Roman lachte. „Ich bin froh, dass meine Eltern eher Bücher liebten. ‚Porno' hätte ich nicht heißen wollen."

Kay an Gehirn: Alles okay. Der Teenager hat Humor!

„Krempeln Sie mal den Ärmel am gesunden Arm hoch."

Zögernd kam ich der Aufforderung nach. Das konnte doch auch warten, bis der Arzt kam. Oder?

„Ich lenke die Menschen beim Blutabnehmen immer etwas ab. Was machen Sie denn so beruflich?"

Netter Versuch. Aber es war ja okay, dass ich von einem schulpflichtigen Kind bespaßt wurde. Beim Hochkrempeln und Witzeerzählen passierten sicher die wenigsten Kunstfehler.

„So, jetzt machen wir mal eine Faust."

Ich schielte auf seine Hände. „Na, los! Ich hab schon."

„Was?"

„Wenn ‚wir' eine Faust machen wollen, müssen Sie auch mitmachen. Das ist so ein Spiel, bis der Arzt kommt, nicht wahr?"

„Welcher Arzt?"

„Der mir das Blut abnimmt?"

„Das erledige ich."

„Du? Solltest du nicht um diese Zeit in der Schule sein?“

Roman lachte laut los. „Ich bin Krankenpfleger!“

„Und ich werde Feuerwehrmann!“, erwiderte ich.

Die Tür ging auf, ein weißer Kittel trat ein. Ah! Der richtige Arzt. Ich konnte auch nicht so gut mit Kindern umgehen. Ich war immer froh, wenn sie wieder bei ihren Eltern waren. Wenn die mal aufs Töpfchen mussten oder weinten, wusste ich nie genau, welche Rolle ich dabei spielen sollte.

„Roman, seid ihr gleich durch? Ich brauche den Raum.“

„Kleinen Moment noch. Die Dame hier glaubt nicht, dass ich ihr Blut abnehmen darf.“

Mein Blick wanderte am Kittel hoch. Ein Namensschild an der Brusttasche wies ihn als Doktor aus. Ich schielte bis ganz nach oben. Oh Gott! War das der kleine Bruder von Roman? Der hatte ja nicht mal Bartwuchs. Vielleicht sollte ich die beiden Kids auf eine Fanta einladen? Ich stöhnte und hielt meinen gesunden Arm der Kinderschar entgegen.

Endlich stand ich draußen. Und nun? Morgen um diese Zeit würde ich eine Operierte sein. Aber bis dahin mutierte ich zu einem Nervenbündel. Ich stieg in die nächste Straßenbahn und schaukelte zur Firma.

Lachen und Bellen empfingen mich bereits im Lager. Was war denn hier los? Ich schielte in unser Aquarium-Büro und erhaschte einen Blick auf einen roten Schopf, der sich gerade runterbeugte. Gleich darauf rannte ein beigefarbener Torpedo unter den Schreibtisch. Bernd? Seit wann erniedrigte der sich derart, dass er Stöckchen oder anderes Zeug apportierte? Ich stieß die Tür auf.

„Guten Tag!"

„Hey, Süße, du kommst ja doch noch rein!"

Juli rutschte von der Schreibtischkante und umarmte mich einseitig. Bernd hatte meine Stimme erkannt und kam ebenfalls angetrabt. Der rote Kopf tauchte unterm Mobiliar auf. Nele Nagel! Die hatte ich ja völlig vergessen.

„Guten Tag, liebe Kay Bielefeld", begrüßte mich unsere neue Mitarbeiterin.

Alle schienen sich bestens zu verstehen. Sogar Bernd spielte schon mit ihr. Hatte sie ihm Leckerlis gegeben? Dann war das kein Wunder. Da kannte der Hund keine Feinde mehr. Feinde? Himmel! Nach diesem Vormittag konnte ich nicht mehr klar denken und fühlen. Aber ich merkte immerhin noch, dass der Stich Eifersucht albern und unangebracht war. Wie eine Mücke im Januar. Völlig fehl am Platz.

Ich räusperte mich. „Hallo alle zusammen!"

„Ich dachte, sie behalten dich gleich da."

„Morgen früh um fünf Uhr muss ich bereitstehen oder besser sitzen."

„Ach herrje. Du Arme. Das Warten ist ja schrecklich."

Ich nickte. Stimmt. Schrecklich. Ich hatte Angst, denn ich war eine Operations-Jungfrau, und morgen würde mir die Unschuld genommen werden.

„Nele, darf ich Sie zu den Kolleginnen ins Lager bringen? Dann würde ich mit Kay einen Kaffee trinken fahren, und Sie kriegen parallel die Produkteinweisung?"

Wir verabschiedeten uns, und Nele gab mir die allerbesten Wünsche für die OP mit.

Juli, der Mops und ich fuhren in das nächste Bistro. Außer uns und dem Hund saß nur ein Pärchen einige Tische entfernt. Die beiden starrten einander in die Augen. Leute, ihr müsst mal blinzeln!

In epischer Breite berichtete ich Juli von der seltsamen Klinik mit den Kinder-Ärzten.

„Sind die Frauen da genauso jung und knackig?"

„Nee, tut mir leid. Die sind eher resolut."

„Ach, schade. Sonst würde ich mir auch mal den Arm anditschen. Sag mal, wie ist das eigentlich passiert?"

Ich rutschte auf meinem Stuhl herum und streichelte mit dem gesunden Arm Bernd, der in seiner Mopsgarage zwischen meinen Füßen saß und an etwas Geruchsfreiem nagte. Sollte ich Juli alles beichten? Sie auf die Beobachtungen im Spielkasino ansprechen und fragen, ob sie ein Problem hatte?

„Du verschweigst mir doch etwas. Hat es mit Sascha zu tun?"

„Sascha? Dem habe ich auf die Mailbox gesprochen, dass ich ins Krankenhaus muss. Der hat sich danach nicht mal gemeldet!"

„Was? Nicht dein Ernst?"

„Doch, leider."

„Was hast du ihm denn gesagt?"

„Na, dass ich ins Krankenhaus muss, er mich aber nicht anzurufen braucht, weil ich ja noch nichts weiß."

„Und jetzt bist du sauer, weil er das tut, was du ihm gesagt hast?"

„Das klingt, als wäre ich eine doofe Kuh."

Juli lachte. „Nein, Schatz, nur manchmal etwas empfindlich und zu emotional. Ruf ihn nachher an."

Ich nickte und beobachtete das Pärchen, das seine Haltung seit unserem Eintreffen nicht verändert hatte.

„Der Letzte, der mich so angeschaut hat, war der Hund", seufzte ich.

„Der guckt aber auch sein Futter so an."

Ich jaulte auf. „Oder die Katzenkacke, bevor er sie frisst."

„Ihh! Das darf er bei mir aber nicht."

„Kein Problem. Sag ihm das einfach. Er wird dafür Verständnis haben."

„Du lenkst ab."

„Juli, darf ich dich was fragen?"

„Ja, na klar."

„Bist du süchtig?"

„Nach was? Frauen? Schokolade? Tagesschau? Schildkrötenpornos?"

„Glücksspiel."

„Glücksspiel? Was? Wie kommst du denn darauf?"

„Das hat mit meinem Sturz zu tun."

„Kay, was ist los? Ich verstehe nur Flughafen."

„Ich habe dich am Bahnhof gesehen. Du bist ins Kasino geschlichen."

„Ich? Ins Kasino? Und da bist vor Schreck ohnmächtig geworden und aufs Pflaster geknallt? Ich war in keinem Kasino."

„Doch, warst du. Zwei Mal sogar!"

„Hast du mich beschattet?"

„Einmal habe ich dich zufällig gesehen und noch gerufen, und beim zweiten Mal bin ich dir hinterhergefahren."

Ich konnte Juli beim Denken zuschauen. Suchte sie nach Ausflüchten? War sie sauer, weil ich sie verfolgt hatte? Ich wollte ihr doch nicht nachspionieren. Sie war meine beste Freundin!

Juli schlug sich mit der flachen Hand an die Stirn. Sie

prustete los. Vor Schreck fielen Bernd die Reste von seinem Leckerli aus dem Mund.

„Kay, du Rind! Warum fragst du mich nicht einfach, wo ich da war?"

„Ich wollte dich nicht in Verlegenheit bringen. Wir machen so gut wie nichts mehr zusammen, weil ich wegen Bernd, unserer Firma und Sascha so wenig Zeit habe. Ich kriege kaum noch was von dir mit. Das fehlt mir, und da stehen mir solche Fragen nicht zu."

„Durch derartige Missverständnisse entstehen Weltkriege. Auch, wenn ich immer noch nicht weiß, was das mit deinem Arm zu tun hat."

„Als ich dir beim zweiten Mal gefolgt bin, bin ich ins Kasino gegangen. Da habe ich dich aber nicht gefunden und mich daher draußen auf die Lauer gelegt. Plötzlich ging das Licht an, und du kamst die Treppe runter. Ich bin kopfüber in den nächstbesten Papiercontainer gesprungen. Da war nur kein Papier drin."

„Herrje! Kay, wenn du dir dabei nicht die Schulter verletzt hättest, wäre das alles brüllend komisch."

„Aber was machst du in diesem Kasino? Und dann noch heimlich durch den Seiteneingang!"

„Hast du mal gelesen, was neben der Tür steht?"

„Personaleingang und Verwaltung Las Vegas. Bitte klingeln", leierte ich runter.

„Was noch?"

„Keine Ahnung."

„I think me kicks a horse."

„Das steht da?"

„Nein. Aber das lerne ich da."

Ich kapierte gar nichts. „Du lernst, dass dich englische Pferde treten?"

„You are on the woodway."

Juli Englisch sprechen zu hören klang ungewohnt. Sie nutzte ja überwiegend ein Übersetzungsprogramm, um mit ihrem Flirt in Schweden zu kommunizieren, weil sie nur über Grundkenntnisse der Sprache verfügte. Zum Glück sprach die Designerin Englisch.

Langsam dämmerte es mir.

„Du lernst im Kasino Englisch!"

„And it costs a pigmoney! But it's not inside the play-hell."

„Im Seiteneingang sitzt ein Englischlehrer? Da hat nicht nur das Kasino seinen Eingang?"

„Na, endlich hast du es!"

„My dear Mister singing-club ... Da wäre ich nie drauf gekommen."

Juli grinste breit. „Mette weiß noch nichts davon. Ich wollte sie überraschen. Einzelunterricht, zwei Mal die Woche."

„Aber warum sagst du mir denn nichts?"

„Es war mir peinlich. Ich wusste ja nicht, ob ich das durchhalte oder ob Mette und ich dann noch Kontakt haben würden."

„Habt ihr?"

„Ja! Und es ist wunderschön. Sie hat schon vor langer Zeit vorgeschlagen, dass wir telefonieren oder sogar skypen. Aber mit meinem Englisch-Gestotter habe ich mich das nicht getraut."

„Und deswegen bin ich in einen Container gesprungen?"

„Na ja ..."

„Scheiße."

„Na ja ..."

Wir lachten beide so lauthals los, dass meine Schulter schmerzend in ihrer Bandage hüpfte und das Pärchen für einen Moment das gegenseitige Anstarren vergaß. Unterm

Tisch würgte Bernd und erbrach seinen liebevoll zernagten Kauknochen. Bedauernd schaute er auf den schleimigen Haufen.

„Igitt", rief Juli, als sie sich unter den Tisch beugte, und wischte sich die Lachtränen weg.

Als auch das Pärchen angeekelt guckte, griff ich ein.

„Kein Problem. Das leckt er gleich wieder auf."

Jetzt würgten auch die Turteltauben.

Der Mops schien nur auf diesen Satz gewartet zu haben. Er rülpste und machte sich ans Werk.

„Kay, dein Hund ist widerwärtig!" Juli lachte.

„Recycling lebt vom Mitmachen."

Wir besprachen die wichtigsten Terminsachen der Firma, Bernds Fütterungsplan und was noch so anstehen könnte. Tonnen von Felsbrocken kullerten von meinem Herzen und bildeten einen Schutzwall um unsere Freundschaft. Wir waren wieder ein Team und schworen uns, nach meiner Operation mehr private Zeit miteinander zu verbringen. Es gab neben dem Homemade-Kombinat auch noch die beiden Freundinnen, die sich bei all den Anforderungen der Firma nicht verlieren wollten.

„Ruf ihn an", sagte Juli, als sie mich vor meiner Übergangs-Wohnung abgesetzt hatte.

Ich nickte und umarmte sie umständlich. Das Einarmige würde bald ein Ende haben. Morgen um diese Zeit hatte mich der Kindergarten bestimmt schon wieder zusammengebaut.

Juli brauste mitsamt dem Mops davon.

Oben angekommen wählte ich Saschas Nummer. Bei einer Textnachricht entwickelte ich kein Gefühl für den Ton einer Unterhaltung. Jeden Satz deswegen mit grinsenden oder grummelnden Smileys zu gestalten, ging mir bei wichtigen Themen gegen den Strich. Das Freizeichen ertönte. Was sollte ich ihm sagen? Ich beschloss, nicht in den Krieg zu ziehen, sondern Frieden und Liebe zu säen.

„Fährmanns Hundeschule, guten Tag."

„Hey, Sascha, ich bin es."

„Hey. Sorry, ich hatte gar nicht aufs Telefon geschaut. Wie geht es dir?"

Wie es mir ging? Hatte er etwa vergessen, dass ich verletzt war und ins Krankenhaus musste? Ein Schmollgefühl flutete mich.

„Was haben die Ärzte gesagt?"

Schnell spülte ich das Schmollen mit einem Eimer Zuneigung aus meinen Adern. Juli hatte recht. Manchmal war ich zu empfindlich.

„Es muss irgendwie gerichtet werden. Morgen früh liege ich schon unterm Messer", erwiderte ich und fing an zu schluchzen.

Was war denn jetzt los? Ich war doch cool und lässig. Nicht ängstlich und weinerlich, wie es jetzt den Anschein machte. Das sah außerdem unvorteilhaft aus. Rote Augen, fleckige Haut, sogar meine Haare wirkten dann so strähnig, als ob sie mitheulten.

„Brauchst etwas Gesellschaft heute oder willst lieber allein sein?"

Sag es! Sag, dass er kommen soll! Eine Zuneigungswelle überrollte mich und holte das Frauchen ans Licht. Es war meine erste Operation! Die wollten mich aufschneiden! Da konnte ich eine gesunde, starke Männerschulter gebrauchen.

„Ja, bitte." Ich schniefte.

„Ich bringe dein Lieblingsabendessen mit. Okay?"

Er wusste, dass ich am liebsten Hackbällchen aß? Die komplett unveganen, fiesen, hausgemachten Hackklöpse, die beim örtlichen Eishockey-Verein „Pucklette" hießen?

„Au ja!“

„Möchtest du Ketchup zur Currywurst oder nur Majo?“

„Ähm ... beides?“

Nun gut. Niemand war perfekt. Das war das Essen, das ich letztes Mal mitgebracht hatte. Folglich musste es mein Lieblingsgericht sein. Männer waren irgendwie anders.

Als Sascha trotz eines eigenen Schlüssels wie immer klingelte, war jeder Zentimeter meiner Haut, der nicht in einem Stützverband steckte, einarmig gewaschen, parfümiert und enthaart, sofern da was wuchs. Vielleicht war das mein letzter Tag auf Erden. Der sollte Sex beinhalten. Keine Diskussionen über Hundeplätze, Julia-Roberts-Doubles und gemeinsame Wohnungen. All das wäre unerheblich, wenn mich eine Narkose dahinraffte.

Sascha klopfte an die offene Tür und hielt mir grinsend eine knisternde Tüte voller gestapelter Styroporschalen entgegen. Hinter seinem Rücken zog er eine Flasche Wein hervor. Kröver Nacktarsch. Ausgerechnet.

„Hey, du Einarmige. Den habe ich neulich zufällig in einem Laden gesehen und für uns gekauft.“

Musste es unbedingt diese Sorte sein? Meine gute Laune flüchtete geduckt durch die Haustür und war nicht aufzuhalten. In meinem Kopf tanzten Kopien von Julia Roberts mit kindlichen Chirurgen um die Wette. Schlimm fühlte es sich an, dass ich genau wusste, wann und wo Sascha den Nacktarsch gekauft hatte. Wenn er schon mit der aktuellen Ex am Bistrotisch eines Weinladens saß, konnte er auch für die zukünftige Ex ein Fläschchen mitbringen.

Mir schmeckte dieser Wein nicht. Im Grunde mochte ich gar keinen Wein. Ich mochte es, davon betrunken zu sein. Der Weg dorthin verhielt sich jedoch wie die lästige Einnahme von Medizin. Es schmeckte bitter, aber es half.

„Oh, wie nett", sagte ich und schob hinterher: „Sollte ich vor der Operation nicht besser auf Alkohol verzichten?"

„Stimmt. Dann heben wir ihn auf."

Sascha küsste mich auf die Nasenspitze, ging an mir vorbei in die Küche und holte Teller. Meine erotisch angehauchte Stimmung fiel in sich zusammen wie ein Soufflé bei Zugluft.

Anfangs dachte ich, dass ich keinen einzigen Pommes runterwürgen könnte. Der Duft der Currywurst befeuerte meine Geschmacksnerven aber so, dass sie gierig nach mehr schrien, bis ich auch noch die letzten Majo-Reste vom Teller leckte.

„Ich bin pappsatt", sagte Sascha, der mich beim Essen seltsam gemustert hatte. „Hast du jetzt Schmerzen?"

„Sie kehren langsam zurück. Ich muss eine Tablette nachlegen."

„Wie gut, dass du Rechtshänderin bist."

„Ja, hätte es die andere Seite getroffen, wäre es schwieriger."

Was war das für ein Gespräch? Wir unterhielten uns so freundlich belanglos wie nette Bekannte. Dabei wünschte ich mir, dass er mir die Sachen vom Leib riss oder mir zumindest versicherte, dass er ohne mich nicht leben könne. Und dass er bei der OP mitfiebere, damit ich bald wieder bei ihm sei.

Sascha räumte ab und ließ sich aufs Sofa plumpsen. Ich verschwand im Schlafzimmer, um mit dem gesunden Arm meine Tasche zu packen, und schluckte eine Schmerztablette für die Nacht.

Was brauchte man im Krankenhaus? Saubere Schlüpfer, Socken ohne Löcher, Waschgedöns – und was noch? Ich hatte bisher nie für einen Ort gepackt, an dem ich den ganzen Tag im Bett lag. Mist! Ich besaß nicht mal einen

Schlafanzug – oder schlimmer, ein Nachthemd. Ich schlief in alten T-Shirts, die für draußen zu ausgeleiert aussahen. Was sollten die jugendlichen Mitarbeiter von mir denken? Ich ließ meinen Blick durch den Kleiderschrank wandern. In Jeans konnte ich mich wohl kaum ins Bett legen. Etwas Türkises fiel mir ins Auge. Die Kuschelhose! Grinsend zerrte ich sie aus dem Fach. Eine türkisfarbene Hose, die über und über mit Möpsen bedruckt war. Juli hatte sie mir zum Start meines Homeoffice-Lebens geschenkt. Da ich Bernd damals nicht mit ins Büro bringen durfte, hatte mich unsere Personalchefin zur Telearbeit verdonnert. Damit hatte mein Untergang und anschließend unser großes Glück begonnen. Also war es das richtige Kleidungsstück fürs Krankenhaus. Quasi ein Talisman. Ich suchte den Loop dazu und einen Kapuzenpulli, den mir Juli Wochen später aus Stoffresten genäht hatte. Gott sei Dank hatte das Teil einfarbige Ärmel, auf denen keine Möpse rumturnten. Nun noch mein Leseknochen aus dem gleichen Stoff in die Tasche, und fertig war das Glück-Bring-Ensemble.

Ich schleifte die kleine Reisetasche ins Wohnzimmer und fand einen schnarchenden Sascha. Die Currywurst hatte ihn ins Fress-Koma fallen lassen. Vor ihm auf dem Tisch brummte sein Telefon. Ich schielte auf den gesperrten Bildschirm und las die Mitteilungsvorschau:

„WhatsApp von Coco: Wir müssen reden. Ruf mich ..."

Mehr konnte ich nicht erkennen. Coco? War sie das? Ganz sicher! Mein Magen flatterte. Der wusste, dass es naheliegend war, dass ein Ex-Model Coco hieß. Sascha bewegte sich und hörte auf zu schnarchen. Nach einigen Sekunden verschwand der Text vom Sperrbildschirm.

Eine dunkle Wolke setzte sich über mir fest. So ging das nicht weiter. Ich hatte einen Kloß im Hals, und das nur, weil Sascha eine Nachricht bekommen hatte. Oder war ich im Angesicht der Operation empfindlicher als sonst? Die versprengten Rest-Teile meiner Vernunft nickten und streichelten zustimmend meinen Rücken. Was? Ich wirbelte rum. Sascha lachte gähnend.

„Sorry, ich wollte dich nicht erschrecken. Lass uns schlafen gehen. Ich fahre dich morgen früh in die Klinik."

Ich schluckte. Die Operation! Morgen! Jetzt, wo Sascha es ausgesprochen hatte, war es real. Ich hatte eine Tasche gepackt, eine Überweisung, einen Termin, und morgen würde ich operiert werden. Mit einem fußballgroßen Kloß im Hals ging ich zitternd ins Badezimmer, putzte mir die Zähne und starrte lange unbeweglich mein Spiegelbild an. Hoffentlich ging das alles gut.

Es klopfte an der Tür.

„Kay, komm ins Bett. Ich weiß, wie du dich fühlst. Morgen um die Zeit ist längst alles vorbei."

„Moment", rief ich und atmete tief aus.

Als ich mich an Sascha kuschelte, legte er vorsichtig seine Hand auf meinen Arm und streichelte mich. Es dauerte nur Sekunden, dann wurden seine Bewegungen langsamer, bis sie ganz aufhörten und das Schnarchen einsetzte. Nicht alle im Bett waren wegen der Operation nervös.

Kapitel 14

Bis auf den Empfang lag das kleine Krankenhaus dunkel und verlassen da. Sascha hatte mich vor der Tür abgesetzt und aufmunternd gelächelt, als ich ausstieg. Mit reinkommen durfte er nicht. Ich hatte viel zu viel Angst, in Tränen auszubrechen, wenn er mich trösten würde. So stand ich mit meiner Reisetasche über der gesunden Schulter vor dem letzten Mohikaner der Nachtschicht, der sich die Augen rieb.

„Guten Morgen, Kay Bielefeld ist mein Name. Ich soll mich hier zur OP anmelden."

„Alles klar", antwortete der weiß gekleidete Pfleger und drückte den Rücken durch wie jemand, der unbequem geschlafen hatte. Er machte einen Haken auf einem Computerausdruck und nickte. „Fahren Sie in den zweiten Stock. Ich rufe den Kollegen an, der Sie einweisen wird."

Einweisen? In die Psychiatrie? Mein Gehirn produzierte gestochen scharfe Bilder, die mich festgeschnallt auf einer Liege zeigten, umringt von Ärzten, die mich für durchgedreht hielten.

Ich nickte. Meiner Stimme traute ich nicht. Als ich im zweiten Stock ausstieg, stand ein deutlich wacherer Pfleger vor mir, der mich anlächelte und die Hand ausstreckte.

„Hallo Frau Bielefeld, ich bin Alexander. Geben Sie mir Ihre Sachen, und dann zeige ich Ihnen Ihr Zimmer."

Wieder nickte ich stumm. Er griff nach der Tasche und ging voraus. Dass die Menschen ihn nicht so freudig begrüßten, wie er es andersrum tat, schien ihn nicht zu irritieren. Wir marschierten einen kurzen, orange gestrichenen Gang entlang, und er führte mich ins letzte Zimmer vor der Schwesternstation.

„So, hereinspaziert. Sie haben Glück und sind im Moment allein hier. Richten Sie sich ein, und dann gehen wir alles durch."

Alexander verließ das Zimmer. Wieso hatten Mitarbeiter in Krankenhäusern eigentlich keine Nachnamen? Wenn ich nicht mehr vor Angst schlotterte, würde ich das irgendwann googeln. Ich zog einhändig den Reißverschluss der Tasche auf und schmiss meine Mops-Kollektion in den schmalen Schrank aus Holzfurnier. Wenn der beige Linoleumboden nicht wäre und keine Halterung über dem Bett baumeln würde, hätte es ein Hotelzimmer sein können.

Die Kulturtasche stellte ich in ein kleines Bad, in dem am Klo, am Waschbecken und in der Dusche Haltegriffe angebracht waren.

Ich hockte mich auf einen von zwei stoffbezogenen Holzstühlen und drängte meine Ängste in eine hinterste Schublade im Kopf. Meine Zähne bekamen das nicht mit und schlugen so engagiert aufeinander, als ob eine Zimmertemperatur von minus zwanzig Grad herrschte.

Es klopfte. Eine Schale mit gefährlich aussehenden Dingen in der Hand und einem Stapel Stoff unterm Arm betrat Alexander das Zimmer.

„So, dann wollen wir. Bereit?"

Ich schüttelte den Kopf.

„Prima, dann kann es ja losgehen. Also, das hier ist das Klinikhemd. Das ziehen Sie an."

Er reichte mir einen weißen Kittel mit blauen Pünktchen, der hinten offen war und an dessen Halsausschnitt zwei Bändchen baumelten. Dann griff er nach einem weißen Apfelsinennetz und zog es in die Länge.

„Das ist die dazu passende Unterwäsche."

Von Schleifchen, Knöpfen oder Reißverschlüssen schien man bei Klinikwäsche nicht viel zu halten. Immerhin war der Schlüpfer aus Netzstoff. Quasi Reizwäsche.

„Und das hier ist der Sichtschutz für den Slip", ergänzte Alexander und legte mir eine Windel auf den Stapel.

Sichtschutz? Damit konnte man Dachböden gegen Kälte isolieren, wenn man sie zwischen die Latten nagelte. Himmel! Selbst wenn ich untenrum ein Elefant wäre, könnte ich alles züchtig bedecken.

„Jetzt die Schuhe, ein Paar Thrombosestrümpfe und der Mantel. Dann kann es auch gleich losgehen."

Er legte blaue Plastikhüllen mit Gummizug, weiße halterlose Strümpfe, die aussahen, als wären sie aus Lkw-Plane gefertigt, und einen Frotteebademantel auf den Tisch. Mein Outfit war komplett. Möge die Party beginnen, dachte ich.

„Jetzt müssen Sie nur noch ankreuzen, was Sie heute und morgen essen wollen, und Fernsehen sowie Telefon bestellen. Dann ziehen Sie sich um, und ich schiebe Sie in den Vorbereitungsraum."

Bruder Alexander legte ein paar Formulare auf den Tisch und verließ mich wieder. Hießen Krankenhausmitarbeiter überhaupt „Bruder", wenn sie keine Schwester waren? Oder galt das nur für die Kirche? Vorbereitungsraum? Wurde ich geschminkt und frisiert? Ich verbiss mich in Gedanken wie diesen, um nicht an die nächsten Stunden erinnert zu werden. Waren die Schmerzen nicht auch schon fast weg? Mein Gehirn betäubte alles, um uns für die Flucht bereit zu machen.

Ich seufzte und griff nach dem Stapel Papiere. Wollte ich fernsehen, das WLAN nutzen und auch das Telefon? Keine Ahnung. Vorsichtshalber kreuzte ich alles an. Solche Entscheidungen konnte ich jetzt nicht differenzierter treffen. Ich nahm mir das nächste Blatt vor und begriff nichts. Kolonnen von zusammenhanglos erscheinenden Lebensmitteln neben vertikal verlaufenden Überschriften füllten eine komplette Seite aus. War das ein Rätsel, das Patienten vor dem Aufschneiden ablenken sollte? Oder war das der Essensplan in Do-it-yourself-Rezeptform? Da ich noch nie in einer Klinik gelegen hatte, wusste ich nicht, ob aus Kostengründen die Patienten mitkochen mussten. Wenn die sowieso sinnlos im Bett herumlagen, wäre das eine schöne Ablenkung. Ich kreuzte die Dinge an, die klangen, als müsste ich nicht beim Kochen assistieren, und schob die Blätter zusammen.

Ein Blick auf die Uhr am Fernseher. Gleich wurde es ernst. Ich pulte mich aus meinen zivilen Klamotten und zog Kittel und Netzschlüpfer an. Dann faltete ich die größte Binde, die jemals hergestellt worden war, mitsamt Flügeln auseinander. Die konnte man auch als Verdunklungsrollo nutzen. Ich klebte sie vorschriftsmäßig ins Höschen, setzte mich probehalber auf einen der beiden Stühle und hatte das Gefühl, eine Etage höher zu sitzen. So wie in meiner Kindheit, als ich beim Friseur ein extra Kissen unter den Hosenboden bekommen hatte.

Zitternd saß ich in meinen Bademantel auf der vordersten Stuhlkante. Am besten stellte ich mir vor, dass gleich der Masseur kam, der mich für eine Wellnessbehandlung holen wollte. Ich blätterte in einer Kunstledermappe und entdeckte den Klinikplan, der von 6.30 Uhr bis 22 Uhr reichte. Himmel! Da konnte ich aber entspannter arbeiten gehen. 19.30 Uhr Hilfestellung bei der Körperpflege zur Nacht? Auf keinen Fall ließ ich mich untenrum von Bruder oder Schwester waschen. Es gab Grenzen. Um 22 Uhr stand noch ein Rundgang durch die Patientenzimmer auf der Liste. Polonaise? Verrückter Laden. Es klopfte. Alexander kam zurück. Mit einem Rollstuhl. Die Wellness-Illusion zerplatzte.

„Auf geht's!"

„Au ja", flüsterte ich und kletterte in den Rolli.

Alexander legte mir eine Mappe, Röhrchen und Spritzen auf den Schoß. Mittels Fahrstuhl gelangten wir eine Etage tiefer in einen mit Monitoren, Schläuchen und Schränken vollgestellten Raum.

„So, da wären wir. Den Bademantel bringe ich wieder aufs Zimmer. Sie klettern auf diese Liege, und dann übernehmen die Kollegen."

Ich wechselte wie vorgeschrieben die Position, als sich schon die nächste Schwester vorstellte und an meiner Hand rumnestelte.

„Das pikt jetzt ein wenig, während ich Ihnen den Zugang lege."

Zugang? Klar, kommt alle rein. In meinen Ohren rauschte es. Ich wollte zu Bernd, zu Sascha, ich wollte überall hin, nur nicht da sein, wo ich war. Wenn das hier schiefging, kehrte Sascha dann endgültig zu seiner Ex zurück? Oder war er da schon lange? Wie Maschinengewehrsalven schossen die Gedanken in meinen Kopf. Der Rest meines Körpers zitterte so sehr, dass ich Sorge hatte, mitsamt der Liege aufgrund der Eigenschwingung loszufahren.

Mein Arm wurde amputiert! Und auch noch der falsche. Ich schrie auf, als mein gesunder Arm immer weiter abgeschnürt wurde.

„Frau Bielefeld? Hallo! Ganz ruhig. Ich messe nur Ihren Blutdruck. Ist gleich vorbei."

Ich blinzelte. Wann hatte die Schwester mir die Manschette angelegt? Tief atmend versuchte ich, meine Hysterie zu beruhigen. Blutdruckmessungen waren ungefährlich.

„So, das wäre erledigt. Gleich schaut der Anästhesist vorbei und legt Ihnen einen Hals-Katheter."

Die Schwester, deren Namen mein Gehirn sofort aus dem Arbeitsspeicher gelöscht hatte, verschwand. Dunkle Wolken zogen auf – der Herbst trat ein.

„Hallo Frau Bielefeld. Da sind Sie ja wieder. Dann wollen wir mal. Hier kommt eine kleine Portion Propofol. Damit lasse ich Sie etwas träumen, während wir Ihren Arm ausschalten."

Propofol? Das kam mir unangenehm bekannt vor. Hatte das nicht Michael Jackson genommen? Noch bevor ich Diskussionsbedarf anmelden konnte, drückte er über den Zugang an der Hand mit einer Spritze milchige Flüssigkeit in meine Adern. Alles leuchtete hell. Für eine Sekunde.

Schuhsohlen quietschten, Schubladen wurden geräuschvoll aufgeschoben und Unterhaltungen geführt. Huch! War ich etwa kurz eingenickt? Jemand löste die Bremse am Bett, und wir fuhren los. Ich hob meine rechte Hand, die einen unter Pflaster versteckten Buckel hatte. Als ich die linke heben wollte, war sie weg. Genauer gesagt, der ganze Arm war verschwunden. Ich tastete mit der rechten Hand und fühlte den warmen Arm eines anderen, der neben mir auf die Liege gelegt worden war. Durch den Sirup in meinem Kopf kamen die Gedanken nur langsam voran.

Wir stoppten.

„Frau Bielefeld, krabbeln Sie bitte hier rauf“, sagte eine weitere namenlose Schwester zu mir.

Sie zeigte auf einen runtergeklappten Zahnarztstuhl, auf dem eine ausgebreitete viereckige Windel lag. Oh nee, nicht schon wieder. Die Dinger wurden jedes Mal größer. Was hatten die mit mir vor? Lag hier ein Irrtum vor und ich war im Kreißsaal gelandet? Hallo!? Das waren kleine Speckröllchen, kein Schwangerschaftsbauch.

„Ihr Arm sollte schön taub sein. Da helfe ich Ihnen.“

Mein Körper kletterte auf die Stuhl-Liege, während mein Geist noch mit der Ist-Analyse der verwirrenden Situation beschäftigt war. Ein Bruder – oder Pfleger; wie die hießen, wusste ich immer noch nicht – machte sich am unteren Ende meiner Thrombose-Strümpfe zu schaffen. Mit einem Ruck fixierte er meine Füße mit einem Ledergürtel.

„Hey, was machen Sie da?“, rief ich, als der Mann auch meine Schienbeine festschnallte.

Er schaute kurz hoch, schüttelte den Kopf und setzte sein Tun fort. Mittlerweile war er bei den Knien angelangt. Wieso wollten die mich am Weglaufen hindern? War das überhaupt eine richtige Klinik? Oder war ich der Organspende-Mafia aufgesessen?

„Ich widerrufe meinen Organspendeausweis!"

Das Gewusel im Raum hielt kurz inne. Mehrere Augenpaare blickten aus grünen Kitteln mit Mundschutz zu mir. Eines löste sich samt Kittel aus der Gruppe.

„Wir operieren Sie im Sitzen. Da wäre es besser, wenn Sie uns nicht vom OP-Stuhl rutschen", informierte mich ein Mundschutz.

Die Stimme kam mir vage bekannt vor. Noch während ich versuchte, ihr eine Jahreszeit zuzuordnen, drückte mir der grüne Kittel erneut eine milchige Flüssigkeit in das Gerät an meiner rechten Hand.

„Oh, wow ..."

Wieder durchströmte mich dieses Wahnsinnsgefühl. Eine Sekunde lang.

Stimmengewirr, quietschende Gummisohlen auf Linoleumfußboden. Täglich grüßte das Murmeltier. Ich öffnete die Augen und blinzelte in die Leuchtstoffröhren unter der Decke. Eine davon hatte noch ein Preisschild. Das kannte ich schon. Ich lag also genau da, wo ich schon mal aufgewacht war. Jetzt hatte ich nur zusätzlich Halsschmerzen. Ich schluckte. Bäh, das brannte ja.

„Willkommen zurück", begrüßte mich ein Kopf mit vielen Lachfalten, grauen Haaren und ohne OP-Haube.

„Der Himmel ist das nicht, oder? Da sind hoffentlich die Kerle jünger", stöhnte ich.

Ups! Erst beschwerte ich mich, dass alle so verflucht jung waren, und nach zwei Ladungen Propofol wünschte ich mir schon die Kinder zurück?

„Es ist alles gut gegangen. Wir passen hier noch etwas auf Sie auf, und dann schieben wir Sie in Ihr Zimmer. Ihr linker Arm liegt betäubt in einer Schiene und erholt sich", erwiderte das faltige Männergesicht unbeeindruckt. Offenbar hatten die hier im Aufwachraum Erfahrung mit unangemessenen Wortbeiträgen.

„Okay", krächzte ich.

„Hallo?", rief eine kieksende Männerstimme hinter einer mobilen Stoffwand.

Galt das mir?

„Hallo zurück", antwortete ich räuspernd.

Ich klang zwar total rau, aber mein Gehirn war voll da. Sollte ich nicht schläfrig sein oder so?

„Sie haben es schon hinter sich, Sie Glückliche."

Da hatte er recht. Ich schielte zu meinem ausgestellten Arm, der mit einer quietschorangen Hand in einem Gestell ruhte.

„Ich bin übrigens Dorian und komme aus Greifswald. Und Sie?"

„Ich nicht."

„Was?"

„Ich komme nicht aus Greifswald."

„Das wäre ja auch ein Ding, wenn Sie und ich ... zufällig ... Und auch noch beide ...", brabbelte es von der anderen Seite.

Dorian schien beim Sprechen noch über die zu sagenden Worte nachzudenken.

„Ich heiße Kay."

„Oh! Sind Sie ein Mann?"

„Nein."

„Aber warum heißen Sie dann wie einer?"

„Dorian, wie alt bist du?"

„Fast achtzehn. Und Sie?"

„Das erklärt einiges. Du kannst ruhig du zu mir sagen."

„Okay. Aber wie alt sind Sie?"

Ich verdrehte die Augen. Den hatte doch auch jemand zur Patientenablenkung bestellt.

„Haben Sie auch was am Arm?", fragte er. „Wie lange müssen Sie denn so eine Schiene tragen?"

So langsam ging er mir auf die Nerven. Ich wollte umsorgt und nicht ausgefragt werden.

„Der Arzt sagt, bei mir geht es viel schneller als bei dir." Meine Revanche kam prompt. „Maximal ein Jahr, dann kann ich wieder ohne."

„Was? Woher wissen Sie, was ich habe? Der Doktor hat gesagt, dass ich in ein paar Wochen wieder wie neu bin!"

„Minderjährige lügen die hier immer an."

Dorian heulte auf.

„Frau Bielefeld, das ist nicht nett", tadelte mich eine Schwester, die sich an meinem Bett zu schaffen machte.

„Dass es bei mir so schnell geht mit der Schiene?"

„Dass Sie dem Jungen so einen Unsinn erzählen!"

„Immerhin operiere ich ihn nicht." Ich grinste.

„Das stimmt alles gar nicht?", rief der Beinahe-Achtzehnjährige, während jemand mit einer milchig gefüllten Spritze und einem weißen Becherchen hinter dem Stoffschirm verschwand.

„So, dann wollen wir mal loslegen", erklang von dort eine tiefere Stimme.

„Was ist das?", vernahm ich Dorians ängstliche Stimme.

„Ein Gonaden-Schutz fürs Röntgen."

Ich spitzte die Ohren. Gonaden? Wo saßen die Biester denn? Das Wort hatte ich noch nie gehört. Und wieso waren meine Gonaden nicht geschützt worden? Hinter dem Vorhang wurde hantiert.

„Kommt da alles rein?", fragte mein kleiner Mitgefangener leise.

Ein dröhnendes Lachen folgte vom Gonaden-Schutz-Überbringer. Hach! Jetzt wusste ich es. Kein Wunder, dass ich das nicht brauchte. Ich gniggelte vor mich hin und konnte das Bild nicht abschütteln, wie Dorian versuchte, all seine Genitalien in einen Hodenschutz zu quetschen.

„Nur die Hoden", informierte ihn der Arzt dann auch folgerichtig. „Und danach lege ich Sie gleich schlafen."

„Dorian, lass es krachen! Michael Jackson hat das Zeug geliebt", rief ich. Hoffentlich dachte Dorian jetzt nicht, dass ich die Eierbecher meinte.

„Okay. Herr Doktor, wann ... oh! Wow!"

Es wurde ruhig hinter dem Schirm.

Mein Bett ruckelte. Die Fahrt ging zurück in Richtung Zimmer. Hoffentlich gab es in dem Laden einen anständigen Kaffee. Bis auf den toten Arm tobte in jeder meiner Zellen wieder Aktivität.

Mit Hilfe der Schwestern kletterte ich zurück in mein Bett. Geschafft! Eine Schwester goss mir aus einer Kanne dampfende Flüssigkeit in eine Tasse und schob den Beiwagen näher ans Bett. Was für ein Service. Wenn die nicht jeden aufschneiden würden, wäre es hier richtig gemütlich.

Die Tür ging auf, und ein quietschender Servierwagen wurde hereingeschoben. Obendrauf thronte R2D2. Eine Schwester stöpselte den Star-Wars-Kollegen ans Stromnetz, woraufhin dieser zu brummen begann. Sie legte mir eine mit Schläuchen durchzogene Matte, die mit dem Kasten verbunden war, auf die operierte Schulter.

„Zur Kühlung", erklärte sie und verschwand.

Ich angelte nach meinem Telefon und nahm einen Schluck aus der Tasse. Bäh! Was war das denn? Ich schielte zur Kanne, an der ein Teebeutel mit der Aufschrift „Roibusch" baumelte.

Mit einer Hand tippte ich an Sascha und Juli eine gleichlautende WhatsApp: „Bin aus OP zurück. Ist alles gut gelaufen. Einarmige Grüße Kay".

Mein Telefon klingelte. Sascha!

„Hallo, meine Schöne, wie geht es dir? Hast du Schmerzen?"

„Jetzt ja. Sie geben mir Roibuschtee."

„Wie? Bekommst du nichts dagegen?"

„Du meinst was Stärkeres als Roibuschtee? Dürfen die das?"

Sascha lachte schallend los. Hammer und Amboss tanzten vergnügt in meiner Ohrmuschel. Das Geräusch war Balsam für mich und meine Werkzeuge.

„Eindeutig bist du zurück. Soll ich heute Abend vorbeikommen?"

„Au ja!"

In mir übernahm Frauchen wieder die Oberhand.

„Dann melde dich nach der Visite und sag, wann ich da sein soll. Draußen steht schon die erste Kundin. Bis nachher!"

Sascha legte auf. Gab es eigentlich nur Kundinnen bei ihm? Er war doch kein Callboy. Wo gingen die männlichen Hundebesitzer hin? Propofol half schon mal nicht gegen Eifersucht.

Mein Telefon brummte. Juli hatte ein Foto von sich und Bernd geschickt mit der Unterschrift: „Wir vermissen dich!"

„Ich euch auch. Aber die Klinik ist wie Hitler."

Das Tippen mit einer Hand war umständlich.

Die Antwort kam umgehend: „Was? Schatzi!! Ich hole dich da raus!!"

„Wieso das? Gönnst du mir das etwa nicht?"

Was war denn mit Juli los? Ich starrte auf den Chat und wartete auf Julis Antwort. Oh! Diese dämliche Worterkennung hatte meine Nachricht eigenständig umgebildet.

„Stop. Alles zurück. Ich meinte Hotel, nicht Hitler. Einhändig schreiben wird nicht meine Stärke."

Juli schickte Smileys. „Meld dich, wenn ich mit einem ordentlichen Cappuccino rumkommen soll."

Sie konnte Gedanken lesen. Mit dem Telefon in der Hand dämmerte ich ein.

Die Tür wurde aufgerissen, und eine kleine Frau mit einem Haarnetz brachte ein zugedecktes Tablett. Wortlos räumte sie den Tee weg, stellte mir einen Teller hin und nahm den Deckel runter.

„Was ist denn das?"

Vor mir lagen zwei Scheiben Cervelatwurst mit einem Döschen Kaffeesahne und einer in Goldfolie verpackten Käseecke.

„Das haben Sie bestellt."

„Ich? Cervelatwurst mit Dosenmilch? Das kam Ihnen nicht komisch vor?"

„Patient ist König", erwiderte die Frau mit einem harten osteuropäischen Akzent. Sie zuckte die Schultern und ließ mich mit meinem exklusiven Menü allein. Dunkel erinnerte ich mich an den Ankreuz-Zettel, den Alexander mir dagelassen und den ich nicht kapiert hatte. War das wirklich alles erst heute früh passiert? Es kam mir vor, als hätte ich diese seltsame Zusammenstellung vor einer Woche angekreuzt.

Als die Schwester zum Blutdruckmessen ins Zimmer kam und auf mein Essen blickte, brach sie in Gelächter aus. Das schwoll noch an, als ich ihr erklärte, warum ich eine so eigenartige Speisenfolge vor mir hatte. Sie versprach Abhilfe, und eine halbe Stunde später tauschte die gleiche Pflegehelferin der ersten Lieferung das Tablett gegen ein neues aus. Wortlos.

So gut es ging, aß ich einarmig kurze Makkaroni mit Tomatensauce. Ein Gericht, das ich in den frühen Jahren meiner Erfahrung mit fester Nahrung zuletzt zu mir genommen hatte. Diese Mahlzeit war so weich gekocht, das war wie Ferien für die Zähne. Aus den Löchern der Nudeln tropfte die rote Sauce auf mein Krankenhausleibchen. Egal, ich aß alles auf.

Es klopfte. Endlich kam ein Arzt, um mich und meinen tauben Arm zu besuchen. Lächelnd näherte sich Doktor Sommer dem Bett und erstarrte in der Vorwärtsbewegung.

„Was ist denn hier passiert? Ist die Wunde wieder aufgegangen?"

Bevor ich antworten konnte, war er mit zwei Schritten am Bett.

„Warum informiert mich keiner?", fuhr er die Schwester an, die hinter ihm ins Zimmer trat.

„Tomatensauce", klärte ich ihn auf. „Das einarmige Essen erfordert noch etwas Übung."

Doktor Sommer lachte. „Na, Gott sei Dank. Hoffentlich mögen Sie Makkaroni mit Tomatensauce."

„Etwas mehr als Verhungern."

„Schmerzen haben Sie nicht? Der Arm dürfte noch taub sein."

Ich nickte. Vor mir stand der Mann, der mich jetzt an Stellen von innen kannte, die ich selber nie sehen würde. Und das hatte nicht mal was mit Sex zu tun. Trotzdem wirkte sich der Gedanke an die eigentümliche Intimität hemmend auf mein Sprachzentrum aus. In einer mir fremden Sprache, die aber bekannte Verben beinhaltete, erklärte er, was er in meiner Schulter mit Hilfe von Ankern und der Schlüssellochtechnologie repariert hatte. Mein Gehirn übersetzte: Bald ist alles, wie es vor dem Unfall gewesen war.

„Tragen Sie diese Woche auf jeden Fall die Schiene. Danach lassen Sie es ruhig angehen und gehen einige Stunden zur Physiotherapie. Morgen können Sie nach Hause, und in sechs Wochen sind Sie wie neu."

„Okay."

Den Doktor durch eloquentes Verhalten zu beeindrucken, musste ich auf später vertagen. Er nickte und verschwand durch die Tür. Die Schwester blieb zurück und wechselte den Verband.

Mit Stromanwendungen, Lymphdrainage und anderem Krankenhauskram verflog der Tag. Ich gähnte immer öfter und schrieb Juli und Sascha, dass ich morgen schon heimkonnte und für Besuch heute Abend zu müde sei. Beide zeigten Verständnis, und Sascha versprach, mich abzuholen, wenn ich entlassen wurde. Selig schaltete ich auf N24 und schlief bei einer Dokumentation über XXL-Staudämme friedlich ein.

Ich träumte, dass ein Kindergartenkind – ein Mädchen – vor mir stand und mich nach meinem Stuhlgang fragte. Da alles nur ein Traum war, schickte ich das Mädchen zum Spielen und verweigerte sämtliche Aussagen über meine Verdauung. Daraufhin nahm das kleine Ding meine Hand. Was sollte das denn jetzt? Ich konnte nicht einarmig, nachts, mit einer Mordsbinde zwischen den Beinen und einem unvorteilhaften Hemdchen mit zum Schaukeln kommen. Ich gab dem Mädchen einen Klaps und versuchte, trotz Kühlmaschinenbeschallung eine bequeme Rückenlage zum Weiterträumen zu finden.

Um mich herum erwachte die Welt zum Leben. Ich hatte nicht das Gefühl, auch nur eine Minute lang richtig geschlafen zu haben. Unbeeindruckt von der Tageszeit gab R2D2 auch weiterhin seine Kälte in Wellen ab. Leider schwoll das Geräusch im gleichen Rhythmus an und ab. Entweder summte es verschämt wie ein Vibrator, oder es dröhnte wie eine elektrische Zahnbürste für Flusspferde.

„Guten Morgen, Frau Bielefeld, dann wollen wir mal den Blutdruck messen", rief eine Schwester, die gerade zur Tür hereinkam, und drückte auf den Lichtschalter.

Auf meiner Netzhaut explodierten ein paar Sonnen. Während ich noch die Blendgranate verarbeitete, wurde mein Arm schon wieder von der Manschette gequetscht.

„Hundertzehn zu achtzig, sehr gut."

„Okay, dann bin ich jetzt dran. Her mit dem Stethoskop!"

Ich lächelte. Die Schwester schaute irritiert. Wusste ich doch, dass sie nicht „wir" meinte, wenn sie „wir" sagte. Ich seufzte. Es war alles wie immer.

„Sie waren das doch gestern, die das Mädchen im freiwilligen sozialen Jahr so abgekanzelt hat, nicht wahr?"

„Ich? Wann?"

„Gestern bei der Nachtrunde."

„Herrje. Das war kein Traum?"

Mittags sollte ich entlassen werden. Abschlussuntersuchung, Arztbericht, alles war erledigt. Ich saß mit baumelnden Beinen auf der Bettkante und wartete auf Sascha. Der operierte Arm lag in einer Schiene mit Klettverschlüssen und ruhte vor sich hin. Meine Mops-Kollektion lag unangetastet in der Reisetasche. Nachdem ich schon durch ungebührendes Verhalten auf mich aufmerksam gemacht hatte, wäre es mir unangenehm gewesen, in türkise Möpse gekleidet im Bett zu liegen. Ich trug die Sachen vom gestrigen Morgen. Würde Sascha mich pünktlich abholen? Ich hatte ihm meine Entlassungszeit per WhatsApp durchgegeben, darauf aber nichts von ihm gehört. Wenn er Stunden gab, schaltete er sein Telefon aus. Immer.

Es klopfte. Sascha! Pünktlich auf die Minute.

„Herein", rief ich und setzte mein geheimnisvolles Lächeln auf. Zumindest hoffte ich, dass es so wirkte. Als Mädchen hatte ich das ewig vorm Spiegel geübt, bis mich ein Klassenkamerad gefragt hatte, ob er mir etwas getan hätte, ich würde ihn immer so missmutig angucken. Und ich hatte gedacht, unser Blickkontakt wäre ein Flirt gewesen.

Die Tür ging auf, und Juli lugte um die Ecke. Juli?

„Was machst du denn hier?", begrüßte ich sie verdattert.

„Dir auch einen schönen Tag, Kay. Schau mal auf dein Telefon. Sascha hatte einen dringenden Termin und bat mich, für ihn einzuspringen."

„Termin? Er gibt Hundetrainingsstunden, und das nicht überraschend. Die werden vorher vereinbart."

„Irgendwas mit einem Vermieter? Für seine Wohnung vielleicht? Keine Ahnung. Aber ich bin hier, um dich auf andere Gedanken zu bringen."

Vermieter? Mir dämmerte was. Wollte nicht der Besitzer des Hundeplatzes den Pachtvertrag kündigen? Sascha hatte doch schon Gespräche bei der Bank vereinbart. Himmel! Durch diese Schultersache hatte ich das verdrängt. Er hatte das auch nie wieder angesprochen. War etwas schiefgegangen?

„Andere Gedanken? Was stellen wir an?" Ich riss mich zusammen. Vor heute Abend würde ich sowieso nichts Näheres erfahren, und es machte keinen Sinn, dass ich mir jetzt das Hirn zermarterte.

Juli wedelte mit zwei Eintrittskarten vor meinem Gesicht. „Freizeitmesse! Und weißt du, was das Beste ist? Im Auto wartet Bernd. Der darf nämlich mit."

„Freizeitmesse? Was machen wir da? Sollten wir nicht besser ins Büro fahren?"

„Das läuft gut ohne uns. Nele hat schon vom ersten Tag an kräftig mit angepackt. In einer der Messehallen gibt es eine große Hundeausstellung. Ich dachte, dass wir uns die Zeit mit Bernd so schön wie möglich machen und den kleinen Scheißer etwas verwöhnen."

„Ich weiß nicht. Was ist, wenn mir in so einer Halle schlecht wird. Schließlich wurde ich gestern früh aufgeschnitten und bin bestimmt heute noch nicht wieder so belastbar, als wäre nichts gewesen."

Juli grinste. „Warte es ab. Ich habe vorgesorgt."

Im Auto thronte ein Mops mit den Vorderpfoten an die Beifahrertür gelehnt. Als wir uns dem Wagen näherten, bellte Bernd wie entfesselt. Der kleine tapfere Kerl war eindeutig auch ein Wach-Mops. Als er uns erkannte, rotierte sein Kringel. Juli entriegelte die Tür und Bernd schoss raus, um mir die beste Bein-Massage seines Lebens zu verpassen. Ich kniete mich hin. Bernd roch interessiert an meinen Augen, schleckte mir die Wange ab und war kaum zu beruhigen. Mein Herz wurde schwer, wenn ich daran dachte, dass wir uns bald trennen mussten. Der kleine Mann war nun mal nur ein Leih-Mops.

Mit Bernd, widerrechtlich auf meinem Schoß hockend, fuhren wir zum Messeparkplatz. Juli hatte seinen Impfpass dabei, damit er mit in die Hallen durfte. Wir warteten am Infoschalter, während Juli und die Dame auf der anderen Seite des Schreibtisches miteinander tuschelten. „Das Beste an meinem Job ist, dass sich der Stuhl dreht", fiel mir wieder ein, als die Messefrau sich nach hinten wandte und einen Kollegen rief.

„So, alles erledigt. Gleich geht es los." Juli grinste mich an.

Hinter mir quietschte es.

„Bitte geben Sie ihn nachher hier am Schalter wieder ab. Vielen Dank“, sagte eine männliche Stimme in meinem Rücken.

Bekamen wir einen eigenen Guide, der nach Gebrauch zurückgebracht werden musste? Ich drehte mich um und blickte nach unten. Auf einen Rollstuhl. Nicht schon wieder!

Juli legte einen Finger an die Lippen und schaute mich warnend an. Völlig angespannt stand Bernd neben ihr und ließ das Gefährt nicht aus den Augen. Aus Mopsperspektive sah es vermutlich wie ein Schaufelbagger aus.

„Vielen Dank. Ab hier kommen wir allein klar“, sagte Juli und griff nach dem Rolli. „So, meine liebe Kay, hier ist dein extra angemieteter Fahrservice.“

„Ich steig da nicht ein. Das hatte ich gestern erst.“

„Umso besser, dann bist du ja mit den Basics bestens vertraut: Reinsetzen, Klappe halten.“

„Das Foltern von Einarmigen wird mit Freiheitsstrafe belegt“, murmelte ich.

Juli schob mir den Rolli in die Kniekehlen, sodass ich automatisch reinplumpste. Bernd kläffte los. Vorbeihastende Menschen drehten sich nach dem Geräusch um. Die Wiedergeburt von Joe Cocker. Zumindest seiner Stimme in Schienbeinhöhe.

„Bernd, aus!“ Juli legte Strenge in ihre Aufforderung.

Der Mops hörte auf zu bellen und guckte sie empört an. Er wollte uns vor einem gefährlichen Bagger beschützen und wurde getadelt? Mit einem Arm griff ich unter seinen Bauch und hob ihn auf meinen Schoß. Aus dieser Perspektive sah die Welt besser aus. Zufrieden setzte er sich hin und ließ sich, untenrum weich gepolstert von seiner Bagger-Sklavin, in die Messehallen schieben.

„So ein Rolli hat echt Vorteile. Bernd wäre von den Menschenmassen zertreten worden", stöhnte Juli.

„Wieso ist das so voll hier?"

„Irgendeine Familienkartenaktion, glaube ich."

Wir schlenderten durch eine ohrenbetäubend laute Halle, die vollgestopft war mit Hundeartikeln. Überall bellte es, und von dem permanenten Stimmengewirr wurde mir schwindlig. Bernds Kopf flog von einer zur anderen Seite. Die Gerüche erschlugen schon eine dumpfe Menschennase, wie musste der kleine Kerl das wahrnehmen?

Vor uns kam ein Stand in Sicht, hinter dem eine erwachsene, stämmige Mittfünfzigerin im pinkfarbenen Tutu hinter einem weißen Holzlattenzaun zusammen mit einigen weißen Pudeln tanzte. Eine staunende Menge hatte sich auf der anderen Seite des Zaunes eingefunden. Die Hunde standen auf den Hinterpfoten, und Frauchen tänzelte, im Rahmen ihrer Möglichkeiten, leichtfüßig um die Tiere herum. Hier tanzten siebenundneunzig Prozent Wolf auf Hinterbeinen mit fluffig gelocktem Fell und manikürten Krallen. Mir fiel es schwer, darin noch eine Verwandtschaft zu erkennen. Hinter mir prustete Juli los und dirigierte den Rolli in eine Neunzig-Grad-Kurve, fort von diesem Anblick.

„Sorry, Kay, aber diese Bilder krallen sich gerade auf ewig in mein Gedächtnis. Da muss ich gegensteuern."

Auf dem Weg zum nächsten Stand überholte uns eine rennende Matrone mit einer pinken Kinderkarre, aus der das Gesicht eines winzigen weißen Hundes rausschaute. Vor uns wendete die Karre und hielt direkt auf uns zu. Was sollte das denn? Hatte ich wieder irgendetwas laut gesagt? Bestimmt nicht, ich hatte ja nicht mal etwas Abfälliges gedacht. Was raste die dann so? Bernd und der Hund starrten sich wie Gladiatoren auf Kollisionskurs in die Augen.

Der Mops versteifte sich und wollte von meinem Schoß springen. Mit meinem gesunden Arm hinderte ich ihn an einem Sprung in die Tiefe. Kurz vorm Aufprall zog das Rentner-Schlachtschiff samt Galionsfigur nach rechts und galoppierte an uns vorbei.

„Sehen Sie, Frau Zimmer!“, rief eine resolut wirkende Frau vor uns, die, breitbeinig wie ein Feldherr, in einem Rudel von Kinderkarren stand. „Ich habe es doch versprochen: In den Kurven greift die Federung so schnell wie bei einem Porsche. Zack und weg!“ In jeder Karre saß eine Kopie des weißen Hundes mit Strass-Halsband, Mäntelchen oder anderem Gedöns. Bernd und ich hatten nicht gemerkt, dass unser Widersacher ein Plüschtier war. Wie peinlich!

„Warte kurz“, bat ich Juli.

„Was brauchst du? Röckchen, Mäntelchen mit Fellkragen? Ein Shirt mit ‚Mamas Liebling‘?“, zählte Juli die vor uns hängende Kollektion auf.

„Wir sollten dringend mit unseren Bloggerinnen sprechen. Das hier scheint ein riesiger Markt zu sein“, murmelte ich.

Ich riss mich vom Anblick der Accessoires los und schielte auf mein Telefon, um nachzusehen, ob Sascha sich gemeldet hatte. Insgeheim hatte ich mir verordnet, nicht öfter als halbstündig das Telefon zu überprüfen. Nichts.

Sascha würde in diesen Hallen durchdrehen und alle anschnauzen, ob sie vergessen hätten, dass Hunde immer noch Hunde seien und keine Spielzeuge.

Als wir den Stand erreicht hatten, stoppten wir vor einer glitzernden Nische und staunten. Die Feldherrin bemerkte unser Zögern.

„Man sieht es gleich: Sie haben Geschmack. Das, was Sie hier sehen, ist unsere Kollektion für standesbewusste Hundedamen. Da haben wir zum Beispiel das ‚My Princess'-Himmelbett, das hinter Gardinchen einen Traum aus rosasamtenem Plüsch verspricht. Dazu gibt es eine Hundehandtasche und Plüschpumps – natürlich ebenfalls in Rosa. Und selbstverständlich auch die passende Bekleidung in Form eines rosafarbenen Prinzessinnen-Pullovers mit trendigem Rautenmuster und einem Wintermantel mit Bommeln. Eine komplette Prinzessinnen-Ausstattung für gerade mal zweihundertfünfzig Euro! Na, was sagen Sie?"

„Jaul-Alarm", flüsterte Juli.

Ich konnte dem nichts hinzufügen. Mein Propofol-Gehirn blinkte in Rosa, dass es überlastet sei. Ich musste dringend was Vertrautes denken.

„Juli, eigentlich sind Hunde wie Tintenstrahldrucker."

„Was? Wie kommst du denn darauf?"

„In der Anschaffung überschaubar, aber die Folgekosten machen dich arm."

Juli lachte. „Aber nur fast. Druckerpatronen muss man kaufen, das Princess-Himmelbett mit Gardinchen nicht. Der Mops ist auch ohne Bettchen voll funktionsfähig."

Wir fuhren weiter durch die Hölle des Tierzubehörkonsums und erstanden ein Spielzeug, das so aussah wie unsere ehemalige Personalchefin Frau Schreiber.

„Hoffentlich nagt er da ordentlich dran rum. Vielleicht ist es eine Voodoo-Puppe, und ihr zwickt der Ischias, wenn Bernd seine Zähne reinhackt."

„Seien wir ihr doch dankbar. Ohne ihr dämliches Verhalten würden wir heute noch in ihrer Firma arbeiten, und ich müsste in bunten Mopshosen Absagen schreiben."

Die Degradierung ins Home-Office hatte mich damals schwer getroffen. Mit ein bisschen Abstand war in mir der Verdacht aufgekeimt, dass die Schreiber keine Nachfolgerin wollte. Der Hund war für sie ein willkommener

Anlass gewesen, mich abzuservieren. Ich streichelte der Voodoo-Schreiber-Puppe zärtlich über den Kopf und ließ mich weiterschieben. Bernd, erschlagen von den vielen Eindrücken, nickte auf meinem Schoß ein.

„Boah, ist das voll!", rief Juli. „Wollen wir mal irgendwo rein, wo keine Menschen sind und uns das Produkt kein bisschen interessiert?"

„Klingt verlockend."

Wir studierten den Plan, und Juli schob mich mitsamt Mops in eine Halle, die mit Wohnmobilen und Anhängern vollgestellt war. Das interessierte uns kein Stück. Perfekt.

„Himmel! Was ist denn das?"

Juli zeigte auf ein rollendes Einfamilienhaus mit Fahrerkabine. Hinten schoben unter wildem Geknipse von Journalisten zwei Blondies einen kleinen Fiat 500 in das geöffnete Heck. Oder taten zumindest so. Mit ihren High Heels sah es eher aus, als würden sie sich an das Auto klammern, damit sie nicht umfielen. Hach! Das kannte ich. Die Erinnerung an die Schmach beim Schuhkauf kroch in mein Bewusstsein.

„Alter Schwede!", staunte Juli.

„Nach Schweden können Sie damit auch. Sofern Sie es sich leisten können."

Hinter uns lachte jemand meckernd. Juli drehte den Rolli in die Sprech-Richtung. Bernd schreckte kurz hoch, musterte den meckernden Mann und verfiel wieder in Lethargie.

„Was für ein süßer Fratz", bemerkte der Schweden-Kenner. Sein Adamsapfel hüpfte über dem zu weiten Hemdkragen und der schief sitzenden Krawatte. Auf der Krawattennadel sauste ein vergoldetes Wohnmobil in Richtung Brusttasche. Ich hob eine Augenbraue und zeigte mit meinem gesunden Arm auf mich.

Der Adamsapfel hüpfte erneut los, als wäre er ein eingesperrter Squashball. Sein Gefängniswärter gniggelte.

„Der Hund, ich meinte den Hund."

„Ach was", schaltete Juli sich in den Dialog ein. „Man kann also bis nach Schweden damit."

Der Verkäufer hatte das S-Wort gesagt. Da sprang Juli sofort drauf an. Schweden war toll. Da lebte Mette. Die Augen des Verkäufers blitzten. Kaufsignale!

„Mit jedem der hier ausgestellten Modelle kann man problemlos nach Schweden fahren. Egal, ob teil- oder vollintegriert. Mit ein paar Extras bekommen wir auch den Schwerbehindertenumbau problemlos hin."

„Ich sitze nur vorübergehend in dem Ding", protestierte ich.

„Umso besser! Folgen Sie mir. Ich habe Ihre Lösung. Und das Beste: Sie können es mieten. Zum Messe-Vorzugspreis!"

Mieten? Schweden? Wohnmobil? Hatte Juli jetzt eine Ladung Propofol abbekommen? Der Rolli wurde gewendet, und wir dackelten hinter dem Verkäufer her.

„Juli, was machst du? Das war die Halle, in der uns rein gar nichts interessierte. Wir wollten hier nur ausruhen."

„Lass uns doch mal hören, was er so sagt."

„Nur, weil er das S-Wort erwähnt hat, müssen wir doch nicht gleich so ein Haus mieten."

„Gucken kostet ja nichts."

„Gut. Dann lass uns in die Fresshalle gehen und nach Knäckebrot Ausschau halten. Das ist auch aus Schweden, dafür aber billiger."

Unbeeindruckt schob Juli uns weiter, immer dem Verkäufer nach. Der verbeugte sich vor einem der Ausstellungsfahrzeuge und sagte: „So, meine Damen und Hund. Immer hereinspaziert."

Eine unbeteiligte Frau, die sich am Wasserspender bediente, schüttelte, empört über die Taktlosigkeit des Verkäufers, den Kopf. Wie sollte ich hereinspazieren, wo ich doch im Rolli saß? Nachdem Bernd von meinem Schoß gesprungen war und ich mich seufzend erhoben hatte, änderte sich die Miene der eben noch mitleidigen Frau schlagartig. Unter ihrem bösen Blick kletterten wir in die Küche.

„Sehen Sie nur: Satellitenfernsehen, vollintegrierte Fahrerkabine, zwei Einzelbetten, Dusche und Klo. Besser als jedes Hotelzimmer. Und vor allem mobiler. Das gute Stück bringt Sie bis nach Schweden – und noch viel weiter, wenn Sie möchten."

Juli grinste verzückt.

Hier lief was verkehrt.

„Kann ich dich mal einen Moment sprechen?", flüsterte ich.

„Alles kein Problem. Ich lasse Ihnen einen Kaffee bringen und hänge ein Schild vorne ran. So haben Sie Ihre Ruhe", antwortete der Verkäufer, der Ohren wie eine Raubkatze hatte.

Zwei Minuten später saßen wir in dem verrammelten Wohnmobil. Ich auf dem erstaunlich bequemen umgedrehten Fahrersitz und Juli auf der Eckbank. Mit großen Augen sah sie sich im Innenraum um.

„Was ist mit dir los?", wollte ich von Juli wissen.

„Och ... Ich hatte auf einmal so eine Idee. Ganz spontan."

„Die da wäre?"

„Ich habe so furchtbare Flugangst, dass ich mich sogar schon nach Seminaren erkundigt habe."

„Wohnmobile können fliegen? Geht das noch mit Klasse-3-Führerschein? Und überhaupt, das hast du mir nie erzählt."

„Gab bisher keinen Grund, dir alle Phobien offenzulegen."

„Was hat das mit der rollenden Wohnung zu tun?"

Es klopfte.

„Ein Hinweis für die Damen: Das Exemplar hier kann man bequem mit einem normalen Führerschein steuern."

„Himmel! Hat der Richtmikrofone installiert?", flüsterte ich.

„Danke schön!", brüllte Juli in Richtung Tür.

Bernd bellte los.

„Und Hunde sind gegen Aufpreis erlaubt."

„Danke schön!", brüllte nun ich.

„Du meintest doch, dass wir wieder mehr private Zeit miteinander verbringen und mal rauskommen sollten."

„Ja?"

„Was hältst du von der Idee, dass wir mit einem Wohnmobil nach Schweden fahren? Zu Mette. Wir hätten Zeit füreinander, Bernd wäre vor Klaras Rückkehr noch mal intensiv mit uns unterwegs ..." Juli stockte.

„Und?"

Das war fies. Sie hatte das B-Wort gesagt. Ich versuchte doch so gut wie möglich zu verdrängen, dass Klara heimkam und Bernd zu ihr zurückmusste.

„Und ich wäre nicht allein auf dem Weg zu Mette. Ich habe so furchtbare Angst, dass was schiefgeht. Dass sie mich fett und hässlich findet, dass ich alles falsch gedeutet habe und überhaupt."

Bernd, Urlaub, viel Zeit zum Nachdenken, Flucht vor Sascha, der vielleicht irgendwo mit Coco im Bett lag. Hatte der Arzt nicht auch gesagt, dass ich mich schonen sollte?

„Meinst du wirklich?"

Juchzend stürzte sich Juli auf mich und drückte meine gesunde rechte Schulter.

„Kay, ich freu mich so. Das wird der beste Trip unseres Lebens."

Die Tür flog auf. Der Verkäufer sprang auf die erste Stufe und wedelte mit Formularen.

„Und zwanzig Prozent Messerabatt, wenn Sie hier und heute alles unterschreiben, sind Ihnen sicher. Darauf mein Wort."

Kapitel 16

Mit jedem Tag kam ich dem normalen Arbeitsleben wieder ein Stück näher. Mein netter Nachbar, Waldemar Ritter, fuhr mich täglich erst zur Physiotherapie, wo er während der Behandlung mit Bernd spazieren ging, und danach zur Arbeit. Ich konnte mit dem Arm schon wieder am Rechner arbeiten und trug die Schlinge nur noch stundenweise. Der Physiotherapeut war sehr zufrieden mit mir.

Vor einigen Monaten hatte Herr Ritter zufällig mitgewirkt, als wir Bernd beizubringen versuchten, dass er, wenn es an der Tür klingelte, im Korb zu bleiben hatte. Mein Nachbar hatte stundenlang Klingelstreiche verübt, bis Bernd endlich das dauernde Gekläffe aufgab.

Obwohl seit der OP nur wenige Tage vergangen waren, hatte ich das Gefühl, dass eine ganze Welt dazwischen lag. Leider hatten die Welten holprige Verbindungen. Ich wusste nicht, wie ich mit Saschas Heimlichkeiten umgehen sollte. Seine Ex tauchte auf, und irgendwas lief schief mit seiner Hundeschule und dem Verpächter des Trainingsgeländes. Da ich alle Informationen von anderen und nicht von ihm selbst hatte, wollte ich Sascha damit nicht konfrontieren. Was war das für eine Beziehung, in der einer der Partner nicht über Probleme sprechen konnte oder wollte?

Über seine Vergangenheit als Hundeausbilder bei der Bundeswehr kannte ich nur Bruchstücke. Von Angela wusste ich außerdem, dass er nach einem missglückten Einsatz den Dienst quittiert hatte. Jetzt arbeitete Sascha als ziviler Trainer für neurotische Stadthunde, und alle Versuche, über die Zeit bei der Bundeswehr zu sprechen, erstickte er im Keim. Je nach Laune brachte er mich mit Küssen zum Schweigen, blieb stumm oder verließ unter einem Vorwand meine Leih-Wohnung.

Sein Verhalten machte mich wahnsinnig. Ich war immer so mitteilsam, egal in welcher Stimmung ich mich gerade befand, und er schwieg. Wenn ich doch wenigstens wüsste, ob er eher zum Bund, zur Ex oder zum Mond wollte. Oder bei mir bleiben.

Angela hatte mich gewarnt, dass er nie viele Worte verlor und alles – aber auch alles! – mit sich selbst ausmachte. Jetzt bekam ich das auf zu vielen Ebenen zu spüren und konnte nicht damit umgehen. Schlimmer noch, ich wurde bockig.

Obwohl es genug Gelegenheiten gegeben hatte, über Julis und meinen bevorstehenden Schweden-Trip zu sprechen, hatte ich sie verstreichen lassen. So hatte ich endlich auch mal ein Geheimnis, und Sascha konnte am eigenen Leib spüren, wie sich das anfühlte. Das war kindisch, zumal bei Juli auf dem Schreibtisch schwedische Straßenkarten, ausgedruckte Fährverbindungen und Reiseführer zwischen all den Stoffmustern herausragten. Wenn Sascha einmal genau hinschauen würde, müsste er wissen, was wir vorhatten. Falls es ihn interessierte. Was ich im Stillen bezweifelte. Ich seufzte.

„Klopf, klopf! Haben Sie Schmerzen?"

Ich schreckte hoch. „Was? Ich? Warum?"

„Sie gucken so verkniffen", erwiderte Nele Nagel, an

deren Anwesenheit ich mich noch nicht gewöhnt hatte. Nele arbeitete engagiert, war wissbegierig, klug und attraktiv. Sehr zu Julis Missfallen war sie allerdings heterosexuell.

„Nein, alles prima."

„Das muss ja auch so sein. Juli hat mir gerade von Ihrem geplanten Trip nach Stockholm erzählt. Das finde ich toll. Ich würde mich nie trauen, so ein großes Wohnmobil zu steuern."

Ich starrte Nele an. Himmel! Sie hatte recht. Irgendjemand musste das Ding ja auch fahren. Ich hatte anfangs bei Klaras SUV schon das Gefühl gehabt, einen Gelenkbus zu steuern. Und dieses Haus auf Rädern war noch um einiges größer.

Nele beobachtete, wie die Erkenntnis in mein Gehirn sickerte.

„Bestimmt ist Juli fit in so was", tröstete sie mich.

„Bestimmt", murmelte ich und ließ den Blick ins Lager schweifen.

Da stand Sascha und winkte. Was machte der denn hier? Seit meiner Rückkehr kam er täglich vorbei. Nele winkte strahlend zurück. Was sollte das? Finger weg! Das war mein Winker. Ich hatte schon genug mit den anderen Menschen und Situationen zu tun, die links und rechts von unserer Beziehung Schlange standen.

Sascha kam ins Büro, stellte mir einen Cappuccino hin und Nele einen schwarzen Kaffee.

„Ohne Milch und Zucker, richtig?", fragte Sascha.

„Perfekt, wie immer." Nele lächelte.

Woher wusste er, wie Nele ihren Kaffee trank? Ich schob den Gedanken weg und Sascha mein Gesicht für einen Kuss hin. Noch mehr Eifersucht und Geheimnisse konnte ich nicht ertragen.

„Ist das nicht toll, dass meine Chefinnen einen Trip mit

dem Wohnmobil nach Schweden machen? Ich würde mich das ja nie trauen, so ein großes Ding zu fahren."

Okay, jetzt hatte ich wieder Platz für ein neues Geheimnis. Mein aktuelles Ich-sage-nix-Projekt war soeben aufgeflogen.

„Ja, ganz toll", erwiderte Sascha, blickte mich an und zog die Augenbrauen hoch.

Bernd kroch gähnend unterm Schreibtisch hervor. Die Stunde, die Herr Ritter mit ihm täglich stramm durch die Gegend marschierte, betäubte ihn bis mittags.

„Hallo Bernd, auch für dich habe ich hier was", lockte Sascha, nicht ohne einen fragenden Blick in meine Richtung zu schicken.

Bernds Kringel, der schläfrig und müde nach unten gehangen hatte, spannte sich zu einer Sprungfeder. Wie ein Zirkuspferd trabte der Mops zu Sascha und setzte sich vor ihn hin. Er brauchte den Mann nur zu sehen, und er war wie ausgewechselt. Kein Wunder. Auf mich hatte Sascha eine ähnliche Wirkung. Ich ließ mich nur nicht auf den Hintern plumpsen und erwartete Süßigkeiten. Sascha hielt dem Mops ein organisches, getrocknetes Etwas hin. Der kriegte riesige Augen, seine Nasenlöcher blähten sich auf. Er schnappte zu und raste mit der Beute unter den Tisch.

Wir smalltalkten gezwungen. Nele schien nicht zu bemerken, dass sie was ausgeplaudert hatte.

„So, ich will dann auch mal wieder", sagte Sascha und zielte mit dem leeren Pappbecher auf den Mülleimer.

„Bernd, komm mal da raus. Herrchen will sich verabschieden", zwitscherte Nele und steckte den Kopf unter den Schreibtisch. „Komm, gib das mal her und sag tschüss."

Wildes Geknurre und Gejaule folgten. Nele schrie auf, sprang zurück und stieß sich den Kopf an der Tischkante.

Entsetzt schnappte sie nach Luft. In der erhobenen Hand hielt sie ein vollgespeicheltes Stück Trockenfleisch. Vor ihr stand mit gefletschten Zähnen der Hund.

„Bernd, aus!"

Sascha sagte das völlig ruhig, aber mit einem Nachdruck in der Stimme, die den Mops innehalten ließ. Ich starrte auf Neles Unterarm, in dem zwei winzige Wunden bluteten. Wenn ich es nicht besser gewusst hätte, hätte ich gesagt, dass unterm Tisch ein Vampir Durst gehabt haben musste. Bernd hatte Nele gebissen? Unfassbar. In Sekundenbruchteilen spielte mein Gehirn noch andere Szenarien durch, aber da kamen Außerirdische oder Untote drin vor. Realistisch betrachtet konnte es also nur der Hund gewesen sein.

Mit festen Schritten ging Sascha um den Tisch herum und schickte Bernd in seinen Korb.

„Nele, zeig mal her", sagte er zärtlich und nahm ihr das Trockenfleisch aus der Hand. Mit einem Papiertaschentuch säuberte er die kleinen Wunden und drehte den Arm. „Bist du gegen Tetanus geimpft?"

Nele nickte. Augenscheinlich stand sie etwas unter Schock. Ihre Augen füllten sich mit Tränen. Sascha zog sie zu sich heran und hielt sie im Arm.

„Alles okay, gleich vorbei. Ganz ruhig", flüsterte er und hielt Nele fest, die zu schluchzen begann. Er strich ihr beruhigend über den Rücken. Ich schluckte.

„Was ist denn hier passiert?"

Juli stand in der offenen Tür. Sascha und Nele eng umschlungen, Kay auf einem Stuhl und Mops im Korb.

Ich räusperte mich. Leben kehrte in mein Gehirn und in den Rest meines Körpers zurück.

„Nele hat nach Bernds Leckerli gegriffen. Daraufhin hat er nach ihrem Arm ... ähm ... gegriffen."

Nun schaute noch ein weiteres Augenpaar zu Sascha und Nele. Sascha wollte sich sanft von ihr lösen, aber Nele schluchzte nur noch mehr.

In mir tobte ein Sturm. Seit wann duzten die beiden sich? Was sollte das Theater? Das waren zwei winzige Kratzer! Wann hatte Sascha jemals mich so fürsorglich behandelt? Der holte mich ja nicht mal aus dem Krankenhaus ab. Ich hasste Nele für die Bisswunden und mich für meine dämliche Eifersucht. Irgendwas lief aus dem Ruder.

„Ich hole Pflaster", murmelte ich und verließ den Raum. Alles war besser, als dem im Schmerz vereinten neuen Paar zuzuschauen.

Als ich mit dem Verbandskasten zurückkam, saß Nele auf einem Stuhl, und Bernd hockte betreten in seinem Korb. Ich hielt Sascha die Pflaster hin. Er klebte sie behutsam auf die Wunden. Aus Neles Schneewittchen-Augen sickerten sofort wieder Tränen, die sich gleich darauf die Wangen herunterstürzten.

„So, das war es schon. Der Schock war auf jeden Fall größer als die Wunden."

Nele schniefte. Juli nickte. Ich schwieg.

„Der Hund ist okay. Er hat im Grunde nichts Falsches gemacht, sondern sein Instinkt hat die Oberhand gewonnen. Er sah nur die unbekannte Hand, die nach diesem höchst attraktiven Futter gegriffen hat. Da waren die Monate der Erziehung mal kurz vergessen. Er weiß aber, dass das ein Fehler war. Schaut ihn euch doch mal an."

Wie beim Tennis wanderten alle Augen von Sascha zu Bernd. Tatsächlich, der Unglückswurm saß zitternd und mit hängendem Kopf im Korb.

„Ich gehe dann mal wieder. Kay, nimmst du Bernd an die Leine und führst ihn um den Block? Er sollte etwas Adrenalin abbauen."

„Warte, ich gehe mit dir raus", rief ich Sascha hinterher, der schon Richtung Tür unterwegs war.

Schweigend gingen wir über den Parkplatz. Ich wusste nicht, wie ich ein Gespräch beginnen sollte, und Sascha hatte da augenscheinlich keine Lust zu. Bernd schlug die Stimmung ebenfalls aufs Gemüt. Mit gesenktem Kopf trottete er neben mir her.

„Seit wann duzt du Nele Nagel?"

Super, Kay. Toller Aufschlag. Mit dem wichtigsten Thema nach vorne geprescht.

„Keine Ahnung."

„Das weißt du nicht?"

Ich blieb stehen. Sascha drehte sich zu mir um.

„Kay, das ist doch vollkommen egal. Ich habe echt andere Sorgen als die Anrede deiner Assistentin."

„Dann sag mir doch, welche das sind!"

Ich hob die Schultern hoch. Ein Schmerz durchzuckte den linken Arm.

„Verflucht", murmelte ich und wartete, dass der Schmerz abebbte.

„Komm du erst mal mit der Schulter klar."

„Das geht schon."

„Ja, sogar so gut, dass du in Urlaub fährst und mir kein Wort davon erzählst."

„Tja, so haben wir alle unsere Geheimnisse."

Ich klang schnippisch wie eine Dreijährige und war machtlos dagegen.

„Du bist albern."

„Und du verschlossen."

„Na und? Du ja ebenfalls. Wann wolltest du mir sagen, dass du einen Urlaub mit Juli planst?"

„Morgen."

„Morgen? So ein Zufall aber auch.“

„Ja, in drei Tagen fahren wir los.“

Sascha schnaubte verächtlich.

„Tut mir leid. Es hat sich einfach nicht ergeben. Die Schulter, Termine beim Physiotherapeuten, du bist dauernd weg und triffst Gott weiß wen ...“

Ich biss mir auf die Lippe. Bloß nicht auch noch von Coco anfangen.

„Es ist mein Job, Menschen zu treffen und ihnen mit ihren Hunden zu helfen“, erwiderte Sascha frostig.

Das Gespräch lief in eine völlig verkehrte Richtung. In den Stimmungskeller, um genau zu sein. Und es verlor den Halt am Geländer.

„So meine ich das nicht“, versuchte ich den Absturz zu verhindern.

„Ich leite ab morgen früh für drei Tage einen Hundeführerlehrgang in Dortmund und fahre heute los. Das hat sich kurzfristig ergeben, weil ich für einen Kollegen einspringe. Um es dir zu sagen, bin ich heute in die Firma gekommen.“

Ich schwieg. Meine Gedanken waren mit Kopfrechnen beschäftigt. Ergebnis: Wir sehen uns vorm Urlaub nicht mehr. Bravo, Kay.

Wir standen vor Saschas Auto. Er drehte sich zu mir um, ging in die Knie und kraulte Bernd hinter den Ohren. Der kriegte sofort einen rotierenden Kringel.

„So, mein Alter. Für heute hast du genug Spaß gehabt. Pass mir schön auf dein Frauchen auf, wenn ihr unterwegs seid.“

Sascha sprach in einem so weichen Ton, wie er ihn seit Wochen nur für Tiere und neuerdings auch für Assistentinnen reserviert zu haben schien.

„Fahrt ihr erst mal in Urlaub. Danach sehen wir weiter. Wieso eigentlich nach Schweden? Und das im Frühjahr?“

„Warum nicht?“, erwiderte ich lahm.

Ich hatte Juli geschworen, dass ich niemandem den wahren Grund für unseren Trip verriet. „Geheimnis“ war ab jetzt mein zweiter Vorname. Den hatte ich mit Sascha gemein. Er zog mich zu sich ran und gab mir einen Kuss auf die Stirn.

„Sei vorsichtig mit der Schulter. Die brauchst du noch.“

Abrupt drehte er sich zum Wagen um, stieg ein und fuhr mit quietschenden Reifen davon. Ich stand wie eine falsch gelieferte Palette auf dem Parkplatz und verstand gar nichts mehr.

Hatte er gerade Schluss gemacht? War er traurig, dass ich für ein paar Tage weg war? Oder war er gar erleichtert? Freute er sich auf den Lehrgang und dass er nun freie Bahn hatte bei seiner neuen Duz-Freundin oder der alten Ex?

Wieso brach immer alles auseinander?

Während mich auf der Runde mit Bernd all diese Fragen beschäftigten, fiel mir ein, dass in meinem Posteingang seit gestern eine ungelesene E-Mail von Klara mit dem Betreff „Freudige Botschaft“ lag. Bisher hatte ich Angst gehabt, die Nachricht zu öffnen. Und auch jetzt schaffte ich es nicht, mich damit zu konfrontieren. Womöglich kam Klara früher als geplant zurück – ich mochte nicht mal daran denken!

Nach unserem Spaziergang trottete Bernd in seinen Korb und rollte sich zusammen.

„Was war denn das vorhin?“, fragte Juli, als ich mich seufzend auf meinen Stuhl fallen ließ.

„Ich habe keine Ahnung.“

„Bernd hat sie echt gebissen!“

„Ja, aber er ist deswegen nicht gefährlicher als vorher. Es war eine Verkettung von unglücklichen Umständen. Das meint auch Sascha."

„Ja, das sagte er. Aber wieso hat Nele so getan, als hätte Bernd ihr den Arm abgetrennt?"

„Schock?"

„Das hat Sascha ja ganz gut aufgefangen. Ich habe sie trotzdem nach Hause geschickt. Sie war sich nicht mehr sicher, ob ihre Impfung noch aktuell ist."

„Nele hat Sascha kurz vor dem Biss von unserer Reise erzählt."

„Ja, und?"

„Er wusste bis dato noch nichts davon."

„Was? Warum?"

„Hat sich irgendwie nicht ergeben."

„Kay, du spinnst. Du machst alles nur noch komplizierter. Sascha ist der große Schweiger, und du konterst als genauso große Verheimlicherin? Wie alt bist du? Fünfzehn?"

„Ich will nicht drüber reden", murmelte ich.

Juli wusste, wann sie es gut sein lassen musste. Sie strich mir über die gesunde Schulter und marschierte ins Lager, um die Lieferungen der nächsten Wochen zu klären.

Nele würde gemeinsam mit einer anderen Mitarbeiterin, die nur vormittags da war, den Telefondienst erledigen. Wir hatten auf unserer Website Betriebsurlaub eingetragen und die noch offenen Anfragen auf unsere Nähbloggerinnen verteilt. Einschlägige Zeitschriften aus der Nähszene berichteten immer öfter über uns, und schon kamen die nächsten Bestellungen rein. Ich liebte unser Homemade-Kombinat. Leider liebte ich auch Sascha und Bernd. Letztere waren wacklige Angelegenheiten.

Ich setzte mich an den Rechner und checkte die neuen Aufträge. Lächelnd stellte ich fest, dass die meisten Besteller den Stoff von einer ganz bestimmten Designerin wollten. Mettes Stoffe waren wirklich außergewöhnlich. Bunt, ohne kitschig zu sein, in Farben, die wunderbar harmonierten und für die sie nicht nur Kinder verehrten. Juli hatte sich gleich in die ganze Frau, ich mich in ihre Designs verliebt.

Wir bekamen immer mehr Anfragen für Wickelkleider, Jacken oder Shirts. Zwei unserer kreativen Bloggerinnen, Pamela und Eva, hatten aus den fröhlichen und bunten Stoffen Kleider genäht und diese in einer Foto-Community im Internet präsentiert. Schon waren begeisterte Anfragen für weitere Damenmode reingekommen. So hatten wir ein zusätzliches Standbein gewonnen. Nach unserer Tour wollten wir die Damenkollektion offiziell in unser Sortiment aufnehmen und mal wieder kräftig die Werbetrommel rühren.

„Kay, Herr Ritter wartete schon auf euch", rief Juli durch die offene Tür.

„Bin gleich fertig."

Immer, wenn ich in Designs, Stoffmuster und andere spannende Dinge rund um die Firma versank, vergaß ich die Zeit. So stolz war ich auf unser kleines Unternehmen.

Zuhause angekommen öffnete ich endlich Klaras Nachricht.

„Liebe Kay,

langsam kehren wir in die Zivilisation zurück. Immer öfter gibt es fließendes Wasser und Englisch sprechende Menschen. Ich fühle mich auch nach Monaten in diesem Land immer noch machtlos. Machtlos gegenüber der Armut und den damit verbundenen Krankheiten. Mit ein wenig Geld und viel Engagement kann man hier so viel bewirken. Moskitonetze für Kinder senken die Malariahäufigkeit und kosten nur ein paar Dollar.

Wenn ich mich nicht oft gemeldet habe, dann lag das daran, dass ich nach einem Zwölfstundentag meist zu müde war. Ich hatte auch Probleme, mich in eure Welt, die ja in einem anderen Leben meine eigene ist, hineinzudenken. Schaumbäder, ins Kino gehen oder Shopping sind im Moment nur ferne Erinnerungen. So, als wenn mir jemand davon erzählt hätte. Nicht, als wenn das eigentlich Teil meines Lebens ist.

Wir brechen noch zu einer letzten Impftour auf, bearbeiten einige Hilfsanträge, und dann geht es in einigen Wochen auch schon wieder heim. Ich freue mich sehr auf euch! Lass dir mit der Wohnungssuche unbedingt Zeit. Wir passen da zu zweit rein, und ich habe dann erst mal jemanden zum Reden. Nach so vielen Nächten in Zelten oder unter freiem Himmel erscheint mir mein Zuhause fast unanständig geräumig. Ich freue mich auf dich, meinen kleinen Bernd und all die Geschichten, die ihr erlebt habt. Ich will jedes Detail über die Firma hören!

In großer Vorfreude auf euch

Klara"

Seufzend schloss ich die E-Mail. Nun war es also bald vorbei. In Klaras Abwesenheit war so viel passiert, dass wir vermutlich noch ein Jahr zusammen wohnen bleiben konnten, bis wir uns alles erzählt hatten. Die Formulierung „mein kleiner Bernd" stach mir ins Herz. Aber da musste ich wohl durch.

Ich kreiste mit dem Arm, der an der operierten Schulter hing. Das klappte erstaunlich schmerzfrei. Der Physiotherapeut hatte mir beim letzten Termin das Autofahren wieder erlaubt. Mit Boxen, Volleyball und Klimmzügen sollte ich mich allerdings noch einschränken. Kein Problem. Mein einziger Sport für heute: Koffer packen für Frau und Mops.

Kapitel 17

Juli und ich standen vor einem fahrenden Reihenhaus. Es sah aus, als hätte es jemand von den übrigen Häuschen abgeschnitten, Räder druntergeschraubt und zwei Fahrersitze in den Wintergarten genagelt.

„Alter Schwede, so groß hatte ich das nicht in Erinnerung. Wer soll das fahren?"

„Kein Problem. Geht alles mit normalem Führerschein."

„Ja, aber nicht mit meinen Fähigkeiten und einem nur begrenzt einsetzbaren Arm."

„Das üben wir."

„Bist du jemals ein Reihenhaus gefahren?"

„Ich war schon in der Ausbildung für den Puppenexpress zuständig. Das lernt man schnell."

„Was immer auch ein Puppenexpress macht, ich kann es nicht."

„Wo ist das Problem? Hat ein Lenkrad, vier Räder, fährt vorwärts, rückwärts, und es kann hupen, wenn du es veranlasst."

„Was ist denn überhaupt ein Puppenexpress?"

„Wenn man im Einzelhandel lernt, bekommt man eine multifunktionale Ausbildung verpasst. Unser Betrieb hatte nur eine Schaufensterdekorateurin und mich als ihre Azubine, aber vier Filialen. Also fuhren wir immer durch die Gegend."

„Und was hat das mit Puppen zu tun?"

„Die Schaufensterpuppen reisten von Laden zu Laden, ebenso die Klamotten und was sonst noch so gebraucht wurde. So konnten wir alle zwei Wochen umdekorieren. Und ich bin den Laster gefahren."

Juli war ein Füllhorn an Überraschungen. Ich ging näher an das Reihenhaus heran.

„Ich habe nicht mal eine Beifahrertür!"

„Wozu auch? Einen Meter hinter dem Beifahrersitz ist die Eingangstür in den Wohnbereich", antwortete Juli lachend.

Sie öffnete die Tür. „Willkommen in unserem neuen Zuhause. Such dir die Schränke aus, die du magst, und sag, wenn du Hilfe beim Einräumen brauchst. Und hier kommt mein Schweden-Geschenk für dich!"

Juli gab mir ein Paket mit roter Schleife.

„Was ist das?"

„Damit kriegst du ein Gefühl für Stockholm. Während ich bei Mette bin, soll dir ja nicht langweilig werden."

Ich wickelte drei Bücher des Autors Stieg Larsson aus. Die Millennium-Trilogie. Davon hatte ich schon gehört.

„Spielt alles in Schweden und ist sauspannend."

„Ähm ... wie lange bleibst du bei Mette?", fragte ich mit einem Blick auf die dicken Bücher.

„Mal gucken", murmelte Juli. Ihre Wangen zauberten ein wunderschönes, natürliches Rot unter das Rouge.

Bernd sträubte sich zunächst, als ich ihn in unser mobiles Heim heben wollte, aber dann schaute er sich in der hinteren Hälfte um. Seine geduckte Haltung zeigte mir, dass ihm das wuchtige Teil nicht geheuer war. In der Messehalle hatte das Wohnmobil nicht so monströs gewirkt wie hier auf dem Firmenparkplatz.

Der Mops tastete sich mit klackernden Krallen über helles Linoleum in Laminat-Optik, mit dem bis auf die Fahrerkabine der Innenraum ausgelegt war. Rechts gelangte man in den fürs Fahren zuständigen Bereich, dessen Sitze man zu einem kleinen Tisch mit einer Bank umdrehen konnte. Überall im Innenraum waren Fächer eingebaut, die Stauraum boten. Zwischen Bank und Bett hatte der Erbauer eine Küche gequetscht. Gegenüber dem Herd öffnete ich eine winzige Tür. Ich lugte in einen Raum, der so groß war wie eine Telefonzelle. Aber statt eines Fernsprechapparates fand ich einen weißen Blumenübertopf mit Deckel, ein müslischalengroßes Waschbecken und weitere Fächer, die über dem Waschbecken in die Wand eingelassen waren. Rechterhand befand sich eine Plastikdusche, deren Bodenfläche winziger war als der Fußabtreter vor meiner Haustür. Beim Zähneputzen stand man in der Dusche, die mit einem Stück Teppich ausgelegt war. Ich griff nach dem Deckel vom Blumenübertopf, um zu sehen, ob sich darin weiterer Stauraum befand.

„Das vergiss mal lieber. Das benutzen wir nicht", sagte Juli, als ihr Kopf in der Tür erschien.

Wir benutzten den Blumentopf nicht? Ich hob den Deckel hoch.

„Das ist ja ein Klo!"

„Yep."

„Und warum benutzen wir das nicht?"

„Weil keiner von uns ein vollgeballertes Chemieklo zur Entsorgung wegbringen möchte."

Ich untersuchte den Topf genauer. Keine Spülung, kein Wasser. Es sah eher aus wie eine Flugzeugtoilette. Und die sollte ich, wenn sie voll war, rausbringen und auskippen?

„Boah, ist das ekelhaft."

„Schön, dann haben wir das ja geklärt."

Ich ging rückwärts aus dem Badezimmereinbauschrank und inspizierte die winzige Kochnische. „Wofür sind die Knöpfe?"

„Griffe, um die Schubladen rauszuziehen", schlug Juli vor. „Wie in jeder normalen Küche."

Wir räumten alle Fächer voll, verstauten Bernds Körbchen unter dem Klapptisch, setzten ihn in seine Box und sahen uns an.

Alles war vorbereitet. Die Reise nach Schweden konnte starten.

Juli setzte sich ans Steuer, wendete das Reihenhaus auf dem Parkplatz und trat aufs Gaspedal. Auf dem Beifahrersitz hockend erstarrte ich in unendlicher Bewunderung. Meine Freundin war so vieles, und heute kehrte sie die routinierte Truckerin raus.

„Juli, ich bete dich an, weil du so tolle Sachen kannst."

„Das könntest du auch. Aber das Anbeten gefällt mir trotzdem."

Wir lachten so laut, dass wir fast den Lärm im Innenraum übertönten.

„Ich habe uns eine schöne Route ausgearbeitet und alles ins Smartphone eingegeben", schrie Juli.

„Weiter als bis zum Ortsschild kommen wir nicht", brüllte ich zurück in der Hoffnung, das Geklapper zu übertönen. Bernd stand aufgeregt in der Box und bellte wie irre.

„Die Geräusche sind erst mal ungewohnt. Ist halt ein Laster-Unterteil und oben drauf Sperrholz mit Fächern. Das ist was anderes als ein Auto."

In der ersten lang gezogenen Linkskurve flogen alle Küchenschubladen auf.

„Juli, die Töpfe hauen ab!"

Es schepperte, klirrte und unsere sorgfältig verstaute Einrichtung verteilte sich im Innenraum. Bernd schwieg in Schockstarre und starrte aus sicherer Position auf das Durcheinander. Warum man kleine Hunde während der Fahrt in einer Box verstauen sollte, verstand jeder, der schon mal versucht hatte, ein Wohnmobil zu steuern.

Juli hielt an, und wir kletterten nach hinten. Ich schloss probehalber eine Schublade und stellte fest, dass sich der Griffknopf komplett reindrücken ließ. Schon war die Schublade arretiert. Ich drückte erneut auf den Knopf – die Lade ging wieder auf. Vielleicht war das hier doch nicht so wie in einer normalen Küche?

Nachdem alles wieder an seinem Platz und diesmal sicher verstaut war, sprang Juli erneut auf den Fahrersitz und startete den Motor.

Im ersten Kreisel lauschte ich nach hinten. Die Einrichtung blieb, wo sie war. Von rechts raste ein Fiat heran, der unbedingt vor uns einscheren wollte.

„Pass auf, der knallt uns gleich hinten ins Schlafzimmer!“

So einen Satz hatte ich vorher noch nie gesagt.

Der Fiat scherte vor uns ein und machte sich aus dem Staub.

Worauf hatte ich mich nur eingelassen?

Kapitel 18

„Langsam zurück, ein Stück noch. Jetzt ist es perfekt.“

Der Platzwart des Campinggeländes streckte einen Daumen hoch und nickte zufrieden. Unser erstes Etappenziel, die Insel Fehmarn, war erreicht. Juli stellte den Motor aus und stieg aus der Fahrerkabine. Ich hatte beim Einweisen nur zugeschaut. Eigentlich hatte ich den Ehrgeiz gehabt, das selbst zu machen. Aber nachdem Juli durch mein Gefuchtel beinahe das Klohäuschen gerammt hatte, war der Platzwart aus seinem Häuschen gestürmt. Unser Einchecken hatte ihn nicht am Fußballgucken gehindert, unser Einparken hingegen schon. Klohäuschen zusammenschieben war vermutlich verboten. Ob das stimmte, konnte ich auf Anhieb nicht rausfinden, denn die Benimm-Liste, die er uns ausgehändigt hatte, umfasste drei eng beschriebene Seiten. Vieles schien immer verboten, manches nur nachts oder während der Mittagsruhe. Oder an ungeraden Tagen in der Nebensaison. Man durfte auf keinen Fall zu nah an fremden Campinggefährten vorbeigehen, und schon gar nicht mit nicht angeleinten Hunden. Das wurde mit Platzverweis geahndet.

Am meisten gefiel mir, dass Kinder unter sechs Jahren nur in Begleitung ihrer Eltern in die Waschräume durften. Waren sie mit Tante oder Oma unterwegs, blieben die Kleinen also einen langen Urlaub hindurch ungewaschen.

„Noch so junge Damen, aber schon so ein großes Auto. Klopfen Sie einfach ans Fenster, wenn ich Ihnen helfen kann. Walter ist immer im Dienst."

Er tippte sich an die speckige Schirmmütze und watschelte zu Fernsehen und Fußball zurück.

„Wir können tauschen", trompetete mir jemand von oben ins Ohr. „Dann passt es auch mit der Größe besser."

Ich zuckte zusammen, während mein Trommelfell noch mit dem Abarbeiten der Lautstärke beschäftigt war. Ein Berg stand hinter mir und verdunkelte die Sonne. Aus dem Felsen löste sich ein riesiges Paddel und streckte sich mir entgegen.

„Hallo, ich bin Hermann, und das ist Hansi. Wir campen auf dem Stellplatz neben euch."

Ich drehte mich zu einer schwarzen Wand um. Eine Pranke baumelte in Halshöhe vor mir. War das Hansi? Hatten seine Hände Namen? Aus Hermanns Schatten schälte sich eine zierliche Kinderhand, an der ein zweiter Mensch hing.

„Was ist mit welcher Größe?", fragte ich und griff erst die Pranke und dann die kleine Hand.

„Hermann macht nur Spaß", erwiderte der zierliche Mann, der hinter dem Berg auftauchte. „Er meint, dass ihr wohl besser in unseren Bus passen würdet."

Hansis freie Hand zeigte auf einen VW-Bus, dessen Dach

aussah wie ein riesiger Blasebalg. Hermann trat einen Schritt zur Seite und gab den Blick auf seinen Freund frei. Der schien in jeder Hinsicht die Hälfte zu sein: halb so dick, halb so laut, halb so groß.

Juli hatte Bernd aus seiner Box gelassen, der kläffend auf uns zustürmte.

„Was ist denn das?" Hermann lachte so dröhnend, dass Bernd in vollem Lauf stoppte und seinen Kopf in den Nacken legte, um zu schauen, woher dieses Geräusch kam. „Ist der irgendwo gegengelaufen?"

„Den Spruch habe ich ja noch nie gehört", stöhnte ich.

Hermann ging in die Hocke, sodass Bernd und ich sein Gesicht sehen konnten, und grinste breit. Dabei blitzten schneeweiße Zähne unterhalb einer schief verheilten Nase mit einigen Narben hervor. Zusammen mit den militärisch kurzen Stoppeln erinnerte alles an einen etwas in die Kilos gekommenen Schwergewichtsboxer.

„Hallo, mein Kumpel. Du bist ja ein ganz Feiner."

Er hielt Bernd die Hand zum Schnuppern hin. Der Mops trabte näher, wedelte mit dem Kringel und ließ sich bereitwillig kraulen. Okay, vermutlich benahm sich der Herminator nur etwas bollerig, denn wenn Bernd sofort Freundschaft schloss, musste der Kerl in Ordnung sein.

Juli kam dazu, stellte sich vor und musterte interessiert den Bus der ungleichen Männer.

„Was ist mit eurem Dach passiert?", fragte sie.

„Das gehört so. Da ist das Bett drin versteckt."

„In deiner Größe?"

„Na ja, nicht ganz. Deswegen habe ich ja einen Tausch vorgeschlagen."

„Wenn Hermann noch größer wäre, würden eigene Monde um seinen Kopf kreisen", sagte Hansi lachend.

„Nur, weil du nicht rechtzeitig fertig geworden bist?“, konterte Hermann und wandte sich an uns. „Bei zwei Drittel hat er aufgehört und dafür direkt mit Falten angefangen.“

„Sag mal, hast du Sprechperlen bekommen?“

Ich schaute zwischen den beiden Männern hin und her wie beim Tennis.

„Also, dich kriegen wir auf jeden Fall mit unter“, schaltete sich Juli ein und stupste Hansi an, der sofort rot wurde.

Alles an ihm schien zierlich. Stupsnase, kleine Hände, winzige Öhrchen und seine Gesamtgröße ließen ihn neben Hermann zu einem Kind schrumpfen. Auch der Bart spross bei seinen aschblonden Haaren nur spärlich. Und ein paar Lachfalten hatte er obendrein. Die beiden Jungs hatten offenbar viel Spaß miteinander.

„Wir lassen euch mal in Ruhe aufbauen. Wollt ihr nachher zum Grillen rüberkommen? Wir haben solche Fleischberge, dass alle satt werden.“

„Klar, gerne“, antwortete Juli sofort.

„Unbedingt“, bestätigte ich.

Die Versorgung an unserem ersten Abend war gesichert.

Juli leinte Bernd an, damit wir nicht des Platzes verwiesen wurden, und wir spazierten über die Anlage.

„Hat Sascha sich gemeldet?“

„Der? Einfach so? Niemals.“

„Vermisst du ihn?“

„Ich weiß nicht. Ich glaube, ich vermisse Teile von ihm, aber das überwiegend schweigende Gesamtpaket zermürbt mich. Wenn ich nie weiß, was los ist, weiß ich auch nie, wie ich reagieren soll.“

„Hast du ihm das gesagt?“

„Einmal?"

„Ich meinte nicht den Teil, wenn du beleidigt bist, ihn anfauchst oder anderen Unsinn veranstaltest."

Missmutig stapfte ich vor mich hin. Gefühlt hatte ich ihm das bereits in jeder Tonlage und in jeder Situation gesagt. Oder zeterte ich so sehr, dass nur die Tonlage, aber nicht die Botschaft ankam? Ich ließ den Gedanken vorüberziehen und gab ihm einen Schubs. Ich wollte nicht mehr über diesen Mann und seine Beweggründe grübeln. Der Urlaub sollte meine Reha-Maßnahme nach der Operation sein, und die wollte ich genießen. Ich war mittendrin in einer Wohnmobil-Tour mit meiner besten Freundin, die ich in die Arme ihrer schwedischen Prinzessin übergeben würde.

Juli lachte und zeigte auf eine Wand mit Aushängen.

„Morgen um 17.50 Uhr sollten wir unbedingt von hier verschwunden sein. Die spinnen doch."

Ein mit Reißzwecken befestigter Computerausdruck drohte in schwarzen fetten Buchstaben: „Achtung! Samstags Gästeschießen ab 18 Uhr."

Juli wanderte das Schwarze Brett entlang und las die Preise für einen Anfänger-Angelkurs vor: „Einheimische zahlen nichts, Gäste das Doppelte."

Wo waren wir hier gelandet? Ich musterte das nächste Angebot: „Heute ab 19 Uhr Seniorenschießen. Ein Eintritt in den Verein ist nicht erforderlich."

Juli guckte mir über die Schulter und kicherte: „Das lohnt ja auch kaum für das eine Mal."

Tief in mir löste sich ein Knoten. Ich brach in ein solches Gelächter aus, dass Bernd mich mit schief gelegtem Kopf musterte.

Meinten die das ernst? Oder waren das kleine Witze von Walter, um die Camper bei Laune zu halten? Galten die drei Verbotsseiten überhaupt? Vielleicht konnte man mit nicht angeleinten Hunden, Fuhrwerken und seinen Nichten nachts den Waschraum stürmen? Dabei die Türen für Mücken, Ameisen und Möwen offenlassen und den Inhalt der Chemietoiletten großflächig im Gemeinschaftsraum verteilen?

Als wir bei den sanitären Anlagen ankamen, wollte ich die Toiletten testen. Ich ging an einem Plastik-Känguru vorbei, das statt eines Beutels ein Waschbecken umklammerte, und schloss mich in eine der Kabinen ein. Ich friemelte an meinem Gürtel rum, als es neben mir raschelte und stöhnte. Oh, bitte nicht! Da hatten sich eindeutig zwei Personen eingeschlossen. In den seltensten Fällen taten die das, um sich wechselseitig beim Pinkeln zu beobachten.

„So ist es gut. Nur ein kleines Stück noch“, rief eine Frauenstimme.

Mein Gehirn produzierte unerwünschte, für Kinder und Jugendliche verbotene Bilder. Es wurde wieder gestöhnt. Dann klatschte jemand in die Hände und irgendwas ins Wasser.

„Na also, da hat die Schlange Kuckuck gemacht!“

„Mama, nicht so doll, das Papier ist ganz kratzig!“, jammerte eine Kinderstimme. „Darf ich gleich meine Hände im Känguru waschen?“

Jetzt passten Bilder und Texte nicht mehr zusammen. Ich zog den Gürtel wieder zu und flüchtete aus der Kabine. Hatte ich etwa bei meinem ersten Besuch auf einer Campingtoilette ein Kind beim Kacken belauscht? Mein schlechtes Klo-Karma verfolgte mich bis nach Fehmarn.

Nachdem ich wieder ins Wohnmobil geklettert war, umkreiste Bernd meine Beine und eskortierte mich zu seinem leeren Napf. Es war Essenszeit. Während ich mich zu der

Schublade runterbeugte, in der wir sein Futter verstaut hatten, ruckte der Mopskopf alarmiert hoch. Bernds gesamter Körper spannte sich an, und er legte den Kopf abwechselnd nach rechts und links, bevor er in höchster Erregung aufsprang und durch die offene WoMo-Tür rannte.

„Bernd, halt!", rief ich, aber ich sah ihn nur noch um die Ecke galoppieren. Ein Marzipanferkel auf der Flucht.

„Was ist denn los?", fragte Juli, die aus dem Heck des WoMos auftauchte.

„Bernd ist abgehauen!"

„Hinterher! Sonst werden wir des Platzes verwiesen."

Wir rannten los. Vorbei an den Dauercampern, die mit Vorgärten und Gedöns ihr Zuhause kopierten. Kein Mops zu sehen. Dafür schmetterte jemand Arien. Hatte ihn das alarmiert?

„Lauf zum Gesang", rief ich Juli zu.

„Warum?"

„Mach einfach. Ich habe da so eine Ahnung."

Wir bogen um die nächste Ecke und stoppten abrupt. Ein Rentner saß mit einem Glas Rotwein in der Hand neben einem Radiorekorder, aus dessen runden Boxöffnungen eine Operndiva ihre Arien rausschrie. Der Mops stand zitternd davor, holte tief Luft, warf den Kopf in den Stiernacken und jaulte im Rahmen seiner Möglichkeiten das gesamte Lied mit.

Mir stand vor Staunen der Mund offen. Ich hatte von dem Phänomen schon gehört, es aber noch nie live erlebt. Alle paar Sekunden unterbrach der Mops seine persönliche Darbietung, um mit besorgtem Gesicht den Rekorder zu fixieren. Hektisch rannte er dann hinter das Gerät, zur Wohnwagentür, zurück, und das alles mit einem tiefen Jaulen und rollenden Augen.

Der Camper stellte sein Glas hin und schaltete den

Rekorder aus. Lied vorbei, Spuk vorbei. Er drückte auf „Play", der Mops jaulte los und rannte wieder zur Tür.

„Danke, dass Sie unseren Hund gefunden haben. Jetzt ist aber genug. Der wird ja noch heiser."

Ich griff nach Bernd und nahm ihn auf den Arm. Sein Herz raste.

„Was hatta denn, der Kleene?", fragte der Camper interessiert und schaltete den Rekorder ab.

„Ein gewisser Ton aus klassischen Musikstücken ähnelt dem Heulen eines Wolfsjungen, das von seinem Rudel getrennt wurde. Damit es zurückfindet, antwortet das Rudel in der gleichen Tonlage. Das ist der Grund, warum unser Hund die ganze Zeit sucht und so aufgeregt ist."

Juli und der Camper schauten mich beeindruckt an.

„Was du alles weißt! Armer Mops-Wolf! Er wollte nur einem Familienmitglied ohne Orientierung den Weg zurück in unsere Welt zeigen", sagte Juli und kraulte Bernd hinterm Ohr.

Wir verabschiedeten uns. Der Wohnwagen-Rentner versprach, seine Musik bis morgen nur leise zu hören. Erst nach unserer Abreise wollte er den Platz wieder beschallen.

Nachdem unser Wolf sein Trockenfutter verschlungen hatte, kroch er in sein Körbchen. Lebensretter zu sein, schien Möpse anzustrengen. Uns wehten Grillgerüche in die Nase. Juli hatte aus den Vorräten einen Salat als Beitrag zu unserer Grilleinladung gemixt. Wir klemmten uns Campingstühle, die im Mietpreis inkludiert waren, unter den Arm und gingen zum VW-Bus der Nachbarparzelle.

Nebeneinander stiegen drei Rauchsäulen auf. Ein eckiger Grill, ein runder mit Deckel und einer mit einer kleinen

Gasflasche an der Seite standen ordentlich vor Hermann aufgereiht.

„Willkommen im Grillparadies", begrüßte er uns und winkte mit seiner Zange.

Ich schaute auf die Mengen an Fleisch, die in unterschiedlichen Bräunungsgraden auf den Rosten zischten.

„Wer kommt noch alles?"

„Das reicht gerade für uns und ... Hermann", rief Hansi aus den Tiefen des VW-Busses.

Hermann stach mit einem dünnen Laserschwert, an dessen Ende ein Tamagotchi – oder war es ein Geigerzähler? – angebracht war, in eines der Stücke.

„Du, ich glaube, das ist schon tot", informierte ich ihn.

Juli kniff mich in den Arm. Das war ihre Geste, wenn ich besser schweigen sollte. Hermann hatte meinen Einwand nicht mal wahrgenommen, so konzentriert las er die Ergebnisse auf dem Display des ominösen Geräts ab. Es piepte. Hermann zog den silbernen Stachel aus dem Fleisch und häufte den Output des Grillgerätes mit der von mir geistig zugeordneten Ordnungszahl eins, also dem eckigen Exemplar, auf einen Teller.

Nachdem ich mich anfangs noch gefragt hatte, wer das alles essen sollte, lagen nach der ausgiebigen Mahlzeit nur noch abgenagte Hähnchenbeine und Kotelettknochen auf den Tellern. Ich hatte noch nie einen Menschen so viele Fleischstücke verschlingen sehen.

„Was treibt euch nach Fehmarn?", fragte Juli und versuchte gleichzeitig, ein Bäuerchen zu unterdrücken.

Das misslang, und es hörte sich an, als würde sie die Männer anröhren. Ich hustete, um ein Lachen zu verbergen. Das wiederum klang so, als müsste ich aufstoßen. Gott, was sollten die beiden Kerle nur von uns denken? Erst vernichteten wir ihre Vorräte, bekundeten das lautstark, und dann interessierten wir uns endlich auch mal für die Reisepläne der beiden? Okay, wir hatten großen Hunger gehabt, da war es egal gewesen, wer wohin wollte.

„Wir sind auf Männertour", antwortete Hermann und schob sich den allerletzten Bissen Fleisch in den Mund.

„Hermann möchte seine Grillkünste erweitern. Wir haben ohne Ende Bücher über die richtige Zubereitung von Fleisch und Fisch dabei", ergänzte Hansi.

„Und wohin fährt man da am besten?", fragte ich.

„Nach Schweden", echoten beide.

„So ein Zufall", murmelte ich.

„Wieso?"

„Da fahren wir auch hin."

Hermann und Hansi musterten uns mit einem eigentümlichen Blick. Hatten die Freunde Angst, von zwei rülpsenden Stalkerinnen mit einem knautschigen Hund verfolgt zu werden?

Unter mir fiepte es, neben mir schnorchelte es, und draußen schrien sich Frauen an. Was für ein Klangteppich beim Aufwachen. Ich blinzelte und schaute aus dem Seitenfenster des Wohnmobils. Die schreienden Frauen entpuppten sich als Möwen, das fiepende Etwas vorm Bett hieß Bernd, und Juli schlief geräuschvoll. Vorsichtig bewegte ich die Schulter, die jeden Tag besser funktionierte, und richtete mich auf.

Rums! Etwas knallte an meine Stirn, und ich sah Sterne. Wie mit einem Faustschlag niedergestreckt, sackte ich aufs Kissen zurück. Juli grunzte, drehte sich um und schnarchte weiter. Welcher bösartige Wohnmobileinrichter brachte die

Oberschränke so dicht über dem Bett an? Ich rollte mich auf die Seite und öffnete das Klappfenster. Die Stimmen unserer Nachbarn klangen so nah, als lägen sie mit uns in der Koje. Frühstückten die etwa schon? Mir rumpelten noch die Wackersteine im Bauch. In diesem Quartal würde ich keine feste Nahrung mehr nachlegen.

„Wollen wir uns das Brötchen teilen, oder haben wir noch welche?", hörte ich Hansi fragen.

„Ein ganzes Halbes oder halbes Halbes?"

„Teilen wir uns das halbe Halbe?"

„Ich muss jetzt erst mal ausrechnen, was für mich übrig bleibt", erwiderte Hermann und grölte los.

Ich kicherte – leise, um Schnarch-Juli nicht zu wecken – und kletterte in meine Klamotten. Bernd fiepte nach einer Morgenrunde.

Als wir zurückkamen, wurde nebenan noch gegessen. Ich ging um das Wohnmobil herum, um die Jungs zu begrüßen. Ein fieser Gestank wehte mir entgegen.

„Hat hier jemand gepupt?" Ich verzog das Gesicht.

„Nee, das sind die Eier", sagte Hermann.

„Ihr esst etwas, das riecht, als hätte jemand gepupt?"

Beide nickten kauend. Ich schüttelte mich. Das war echt eklig.

Juli schlief noch. Also fütterte ich den Mops und schnappte mir die Tasche mit den Dusch- und Wechselsachen. Wann hatte ich zuletzt zum Waschen in ein anderes Haus gehen müssen?

Da es noch so früh war, konnte ich den Charme der dreißig Jahre alten Gemeinschaftsduschen allein genießen.

Am Eingang, kurz vor den durch graue Plastikwände getrennten Duschen, hing ein Stahlkasten mit fünf Wurfschlitzen an der Wand. Daneben klebte ein Bild von einem Eurostück. Keine weitere Erklärung. Nirgendwo.

In griff in meine Hosentasche und tastete nach dem Euro, den ich sonst immer für den Einkaufswagen benutzte. Probehalber drehte ich die einzige Dusche auf, die einen richtigen Brausekopf zu bieten hatte. Bei den anderen ragte nur ein Rohr aus der Wand. Nichts passierte. Also kostete das Duschen Geld. Ich zog mich aus, steckte den Euro in den ersten Schlitz und lief zu der Brausekopf-Dusche. Nichts passierte. Was sollte das?

Unter dem von mir gewählten Schlitz leuchtete es grün. Darüber stand eine Fünf. Auf meiner Dusche stand aber eine Eins. Ach so! Ich raffte Shampoo und Duschgel zusammen, lief zur fünften Kabine auf der entgegengesetzten Seite und drehte den Hahn nach links auf. Ein Schwall eiskaltes Wasser übergoss mich. Ich kreischte und sprang zur Seite. Prustend drehte ich den Hebel nach rechts. Das Wasser, das nun kam, war noch kälter. Also wieder zurück.

Zitternd wartete ich knapp außer Reichweite des Strahls. Als es gefühlt ein Grad wärmer wurde, hielt ich meinen Kopf unter das Wasser, damit ich mir zumindest die Haare waschen konnte. Todesmutig schäumte ich mir den Kopf ein und prustete wieder. Verdammte Axt, war das kalt! Ich ging schon nicht in die Sauna, weil ich den eisigen Guss danach nicht ertragen konnte. Und nun wurde ich sogar mit Eiswasser beworfen.

Endlich wurde der Strahl etwas wärmer. Dann klackte es laut, und der Wasserfluss versiegte.

„Oh nee“, rief ich, „das kann nicht wahr sein!“

Eingeschäumt und triefend stand ich in der Kabine. Ein einzelner Tropfen löste sich noch aus dem Rohr und klatschte auf meinen Fuß. Ende der Waschung. Kein Geld, keine Dusche. Wie wurde ich jetzt das Shampoo los?

Das Känguru! Auf Zehenspitzen tänzelte ich über die Fliesen zum Eingang der Gemeinschaftsduschen und untersuchte das Kinderwaschbecken, das seitlich davor stand. Es gab nur einen Kaltwasserhahn. Egal. Ich beugte mich über das tief aufgehängte Becken und wusch mir kreischend und zitternd die Haare aus.

„Guten Morgen! Na, das ist ja mal ein Anblick", rief eine bekannte Stimme hinter mir. Gleich darauf setzte ein dröhnendes Lachen ein.

Das durfte nicht wahr sein. Ich hing nackt über einem Plastik-Känguru, und der eine von zwei Männern, die ich im Umkreis von Hunderten Kilometern kannte, erwischte mich dabei.

„Das ist hier für Damen!", kreischte ich und schnellte hoch. Eisiges Wasser lief mir über die Schultern.

„Ja, auch." Hermann grinste und zeigte auf die Schilder.

Das dämliche Känguru stand genau zwischen den beiden Waschräumen. Immer noch lachend betrat Hermann den Männer-Bereich. Ich zitterte vor Kälte. Nur mein Gesicht glühte. Ich wrang mir die Haare aus und tapste zurück zu meiner Dusche. Mir würden auf diesem Boden noch die Füße abfrieren. Jetzt aber schnell abtrocknen. Ich wühlte in meiner Tasche. Wo war das Handtuch? Als ich alles vergeblich durchsucht hatte, fiel es mir ein. Ich hatte mir am Abend in der Müslischale des integrierten Badklos das Gesicht gewaschen, dann das Handtuch aus der Tasche gezogen, mich abgetrocknet und es danach zum Trocknen aufgehängt. Ich griff nach meinem alten Shirt, feudelte mich notdürftig ab und schlang es mir um die Haare.

Juli stand vor dem Wohnmobil und reckte sich, als ich um die Ecke kam.

„Schicker Hut." Sie lachte.

„Frag nicht. Und frag vor allem auch nicht Hermann. Sonst reise ich sofort ab."

Natürlich würde sie ihn umgehend zu den Morgenerlebnissen interviewen.

Im Bad grinste mich das Handtuch an. Ich überlegte, es in kleine Stücke zu zerschneiden.

„Steck dir genug Geld ein, wenn du zum Duschen gehst", informierte ich Juli. „Eurostücke!"

Als Juli vom Duschen zurückkam, versuchten wir, das Wohnmobil fahrbereit zu machen.

„Juli, im Kühlschrank brennt beim Aufmachen kein Licht, und das Thermometer hier drinnen zeigt 14 Grad. Sollte das Ding nicht eine Heizung haben?"

„Eigentlich schon. Irgendwas hat der Typ auch bei der Übergabe gesagt."

Ratlos standen wir vor dem Bedienfeld über der Eingangstür und drehten an allen Knöpfen.

„Wenn diese Schalter auf OFF stehen, meinst du, das hat was zu sagen?"

„Jetzt erinnere ich mich", rief Juli und drückte auf den Drehknopf. Die Anzeige sprang auf ON, es klackte und ein Gebläse schaltete sich ein.

„Voilà! Hier kommt die Heizung."

Wir zurrten die Mops-Box fest, zogen den Stecker aus der externen Stromversorgung und verstauten das Geschirr.

„Seid ihr schon fertig?"

Hermann steckte seinen Kopf in das Wohnmobil.

„In fünf Minuten abfahrbereit", informierte Juli ihn.

„Fein. Dann sehen wir uns gleich auf der Fähre nach Dänemark."

„Dänemark? Wir wollten doch nach Schweden." Jetzt war ich völlig durcheinander.

„Kay, vertrau mir. Da fahren wir ja hin, aber vor Schweden hat der liebe Gott das andere Land gesetzt. Da müssen wir auch noch durch."

„Ach so."

Wie peinlich. Juli hatte unsere Reise euphorisch allein organisiert. Sie liebte alle Tätigkeiten, die auch nur im Entferntesten mit Mette zu tun hatten. Ich war bis jetzt noch nie in einem skandinavischen Land gewesen. Woher sollte ich wissen, dass A zu durchqueren war, wenn B das Ziel sein sollte?

Nachdem im Reihenendhaus alles verstaut war und wir sämtliche Gebühren bezahlt hatten, fuhren wir zur Fähre und reihten uns in die Schwertransporter-Spur ein.

„Moin, die Damen", begrüßte uns ein wettergegerbter bulliger Fährmitarbeiter, der kaum in das kleine Wärterhäuschen passte, und nannte uns den Fährpreis.

Fährpreis, Fährmann, Sascha. Die Brücke baute mein Gehirn ohne Einmischung von außen. Ich brauchte Ablenkung.

„Entschuldigung, dürfen wir zu unseren Freunden in die Spur fahren?", fragte ich den Mann und zeigte auf Hermanns Bus, der sich soeben in eine Autoschlange einreihte.

Der Kassierer guckte mich an, als hätte ich gefragt, ob ich ihm die Nägel pink lackieren dürfe.

„Die Männer gehen Ihnen schon nicht verloren. Es reicht doch wohl, dass sie auf der gleichen Fähre sind wie Sie."

Kopfschüttelnd winkte er uns weiter und gab dem Transporter hinter uns ein Zeichen, dass er vorfahren könne. Kaum war ein Fährmann im Spiel, mutierte ich zum Idioten. Juli steuerte unser Gefährt souverän erst in die Schlange und gleich danach auf die Fähre. Die Einweiser in ihren neongelben Westen reihten alle eintreffenden Wagen dicht an dicht auf.

Schilder in mehreren Sprachen verboten das Sitzenbleiben im Auto während der Überfahrt. Wir ließen Bernd in seiner Box im Wohnmobil und gingen die Eisentreppen hoch. Als wir die schwere Sicherheitstür aufzogen, standen wir in einem modernen Bistro, in dem ein Frühstücksbuffet bereitstand. Kaffeegeruch und der Duft frischer Brötchen zogen durch den Raum.

„Was habe ich für einen Hunger! Komm schnell, bevor alle anderen da sind. Wir ordern für die Jungs gleich das zweite Frühstück."

„Nachdem ich gesehen habe, was Hermann essen kann, sollten wir die Portionen großzügig bemessen."

Wir bestellten XXL-Frühstücke und balancierten mit den Tabletts einen Fensterplatz an.

„Geschafft!" Juli seufzte und ließ sich auf den Sitz fallen. „Schau mal, wir fahren ja schon."

Ich konnte Hermann und Hansi nirgends entdecken. Da wir beim Grillen die Telefonnummern getauscht hatten, rief ich Hermann an, damit der Kaffee nicht kalt wurde.

„Wo steckt ihr? Wir warten hier, und alles ist bereit."

„Na, wir sitzen im Wagen."

„Was? Seid ihr wahnsinnig? Überall steht doch dran, dass das während der Überfahrt verboten ist."

„Ja, und?"

„Kommt da sofort raus!"

„Aber warum denn jetzt schon?"

„Wann denn dann? Wenn wir da sind?"

„Nee, wenn wir ablegen."

„Hermann, wir fahren doch schon."

„Hast du was geraucht? Wir stehen an Land. Die Schlange hat sich noch keinen Meter bewegt."

„Was? Wir sind schon auf dem offenen Wasser und haben für alle Frühstück bestellt."

„Ihr seid auf der Fähre, die gerade ablegt? Das gibt es doch nicht. Na, dann guten Hunger. Wir sehen uns irgendwann nachher auf der Insel Dragsö. Gute Fahrt."

Ich ließ das Telefon sinken.

„Wo stecken die beiden?"

„An Land. Ihre Reihe ist nicht auf die Fähre gekommen."

Juli guckte mich so ungläubig an, dass ich loslachen musste. Und sie gleich mit.

„Das scheint ja ein lustiger Platz zu sein. Ist hier vielleicht noch was frei?"

Ich wischte mir die Lachtränen aus den Augenwinkeln und blinzelte. Vor mir stand der blonde Sänger von ABBA, aber diese Ausgabe war höchstens dreißig Jahre alt. Dazu trug er das Porträt einer zu dem Zeitpunkt der Aufnahme noch jungen Agnetha auf seinem T-Shirt. Der echte Björn musste schon mindestens siebzig sein.

„Äh, ja klar. Logisch", stotterte ich.

Juli summte „Dancing Queen" und zeigte auf den freien Platz.

„Hallo ABBA-Mann, ich bin Juli, das ist Kay, und hier ist noch frei."

Sie wechselte summend auf „Waterloo".

„Ich bin Benjamin, genannt Benny."

„War ja klar", antwortete ich. Also hieß der blonde Sänger der Band doch Benny? Ich verwechselte die beiden Männer immer.

„Dein Name ist falsch. Du siehst aus wie ein Björn", sagte Juli.

„Ich weiß, aber immerhin heiße ich wie einer aus der Band. Das war schon großes Glück. Stell dir vor, ich wäre ein Günther oder ein Dietmar."

Das jugendliche Double setzte sich zu uns.

„Hoffentlich hast du Hunger. Wir haben zwei Frühstücksgäste an Land verloren und jede Menge übrig."

Juli zeigte auf die XXL-Frühstückstabletts. Benjamin hatte Hunger – und wie. Er kam aus Aschaffenburg und fuhr seit zwei Tagen fast ohne Unterbrechung. Er wollte nach Stockholm, um da vor der Insel Helgö zu campen. Als fanatischer ABBA-Fan wusste er alles über die Band, kannte jeden Songtext und wollte einmal im Leben Agnetha in echt sehen. Bei allen anderen Bandmitgliedern war ihm das gelungen. Die traten immer mal öffentlich in Erscheinung. Nur Agnetha lebte zurückgezogen auf einer einsamen Insel. Auf Helgö.

Kaum hatten wir aufgegessen, dröhnte die Durchsage aus den Lautsprechern, dass sich alle Passagiere bei ihren Fahrzeugen einfinden sollten. Wir verabschiedeten uns von Mister ABBA und gingen zu Mops und Wohnmobil zurück. Als wir von der Fähre rumpelten, zeigte Juli auf ein Auto weiter vorn.

„Ich weiß, wer da fährt."

Ich schaute auf das Kennzeichen eines Volvos und lachte laut los: AB-BA 1972.

Während ich auf dem Beifahrersitz Schulterübungen machte, lenkte uns Juli durch Dänemark. Bernd pennte, eingelullt von dem Geruckel, in seiner Box.

„Achtung! Gleich sind wir auf der Brücke."

„Und?"

„Da wurde eine tolle dänisch-schwedische Krimiserie gedreht. Die heißt sogar so."

„Tolle dänisch-schwedische Krimiserie?"

„Boah ... Kay! Die heißt ‚Die Brücke'."

„Ach so." Ich gähnte.

Meine Gehirnleistung war vergleichbar mit der des schnarchenden Mopses. Ich reiste nicht wie ein verknallter Teenager der Liebe entgegen und stand daher auch nicht permanent unter Strom. Ich checkte nur zwanghaft mein Telefon, aber natürlich kam keine Nachricht von Sascha. Er hatte sich für die Zeit meines Urlaubs verabschiedet, also gab es keinen Grund, sich zu melden, solange nichts Wichtiges passierte.

Wieder hielten wir an einem Häuschen an, fuhren anschließend durch einen Tunnel und kamen auf der Öresundbrücke wieder raus.

„Wir befinden uns auf der weltweit längsten Schrägseilbrücke für kombinierten Straßen- und Schienenverkehr", zitierte ich einen Wikipedia-Eintrag. „Mehr kann ich nicht erkennen. Das Netz bricht dauernd zusammen."

Ich schielte auf Julis iPhone, das in einer Halterung der Lüftung als Navigationsgerät fungierte. Der blaue Punkt fuhr ohne Aussetzer über den Bildschirm.

„Wieso ist das bei dir nicht?", fragte ich.

„Ich brauche das Mobilnetz nicht. Um der Route zu folgen, nutzt das iPhone GPS."

„Und?"

„GPS ist das, was einem sagt, wo man ist."

„Aha."

„Mobilfunknetz ist dafür da, um es anderen mitzuteilen."

„Oh."

Zwei Dinge gelernt, und wir fuhren immer noch auf der Brücke. Wenn wir in Stockholm ankamen, war ich Einsteins kleine Schwester.

„So, bald wird es Zeit für die erste Rast im Land der Liebe und schönen Designerinnen."

„Meine Blase ist deiner Meinung."

Wir fuhren bis Ystad und suchten uns einen Parkplatz mit angeschlossenem Toilettenhäuschen. Bernd und ich gingen nacheinander an unterschiedlichen Stellen pinkeln, während Juli uns Kaffee kochte und einen zum Parkplatz gehörenden Picknicktisch deckte. Die Sonne kroch hinter den Wolken hervor und wärmte das Land. Überall sah es aus wie in Bullerbü. Landstraßen, die sich durch Wäldchen schlängelten. Dazwischen rote Schwedenhäuschen an Seen sowie perfekt gemähte kleine Gärten. Vielleicht war dieses Land eine Filmkulisse mit Kunstrasen? Ich sah nie Menschen, immer nur Häuser, Wäldchen und manchmal Weiden, auf denen Pferde grasten. Die schienen echt zu sein. Ihre Köpfe bewegten sich beim Kauen.

Bernd sonnte sich im Gras und nagte an einem verknoteten Kauknochen. Früher hatte er die einfache Ausführung „Rinderhaut ohne Schnick und Schnack" mit Hingabe zerlegt. Seitdem er irgendwann festgestellt hatte, dass im Inneren des Knotens kein Topping auf ihn wartete, verschmähte er die Teile. Dann waren gefüllte Knochen auf dem Markt gekommen. Von da an hatte Bernd wieder mit Feuereifer daran gegnibbelt und ließ sich auch heute noch nur von läufigen Hündinnen ablenken. Meist stieg er denen aber mitsamt dem Knochen im Maul nach.

Neben uns hielt ein Gespann. Vorn ein silberner Mercedes mit einer gehäkelten Klorolle auf der Ablage, hinten ein beigefarbener Wohnwagen. Ein älteres Ehepaar stieg aus – beide sahen sich auch noch erstaunlich ähnlich – und belegte den Tisch neben uns. Die Frau trug zwei Körbe nach draußen, aus denen Plastikboxen rausragten. Ich ahnte, wo bestimmte Klischees ihren Ursprung hatten. Es gab diese Menschen wirklich.

„Juli, hast du eine Tupper-Tante für eine Party gebucht? Käse-Max, Klima-Oase und den Gewürz-Riesen könnten wir für die Tour gebrauchen", flüsterte ich über meine dampfende Kaffeetasse hinweg.

Juli kicherte und hielt ihre Nase weiter in die Sonne.

Fasziniert beobachtete ich, wie Mutti Schalen in verschiedenen Größen auf die Tischplatte stellte. Als sie die Deckel entfernte, waberte ein bekannter Geruch herüber. Pups.

„Nicht schon wieder gekochte Eier", stöhnte ich.

Mutti packte auch noch Buletten und panierte Koteletts aus. Bernd ließ seinen Knochen aus dem Mund plumpsen und besuchte den Nachbartisch.

„Oh! Du bist ja ein ganz Feiner. Wenn unsere Isolde dich sieht, wird sie begeistert sein. Die schläft nur gerade bei Vati im Bett. Da wollen wir die alte Dame besser nicht stören. Nicht wahr, du Süßer?"

Rotierender Mopskringel. Erwartungsvoller Blick, der sagt: Hör mit der Quatscherei auf und gib mir was.

Mutti schnappte sich schneller ein Ei als ich nach Luft und hielt es dem Mops vor die Nase. Der biss zu wie ein Krokodil und rannte sofort mit seiner Beute unter den Tisch. Sprachlos verfolgte ich die Szene. Mutti winkte mir zu und lächelte.

„Möchten Sie vielleicht eine Bulette?", fragte sie mich.

Ich schluckte. Mein Gehirn hatte in Erwartung der Fleischklöpse bereits Spucke auf die Reise geschickt.

„Gerne."

Während sie mir einen Klops reichte, kam Vati zurück und umrundete unser Gefährt mit kritischem Blick.

„Warum haben Sie einen Vollintegrierten genommen?

Die Teilintegrierten mit Alkoven lassen sich doch viel einfacher bewegen."

Was meinte er? Hund? Auto? Er zeigte mit dem Daumen auf unsere Fahrerkabine. Ach so.

„Wir haben den genommen, weil an der Seite ‚Sportline' steht und er am wenigsten peinlich aussieht", sagte ich und biss in die Bulette. Boah, himmlisch!

Vati runzelte die buschigen Augenbrauen und schüttelte den Kopf.

„Viellicht ist ‚am wenigsten peinlich' nicht die netteste Anspielung auf andere Camper?", flüsterte Juli und kicherte.

„Steuern Sie beide das Wohnmobil?", hakte er nach.

Ich zeigte auf Juli. „Sie ist die Spezialistin. Ich bin an der Schulter verletzt und genieße die Reise auf dem Beifahrersitz."

Hinter Vatis Stirn arbeitete es. Mutti beobachtete die Szene. Sie dachte vermutlich, dass unsere Männer, die nur und ausschließlich solche gefährlichen Geräte wie Panzer, Wohnmobile und Aufsitzrasenmäher fahren durften, auf dem Klo weilten. Wir brachten gerade ein paar Vorurteile durcheinander.

„Sind Sie Fema... Fem... Feministin?", fragte Vati.

„Das Wort klingt so ungebumst", antwortete Juli mit ihrem süßesten Lächeln.

Mutti fiel die Naschkätzchenbox aus der Hand, und ein paar gepellte Eier kullerten der Freiheit entgegen. Der Mops konnte sein Glück kaum fassen und schnappte nach dem ersten. Ich hingegen schnappte nach Bernd, der das Ei hastig runterwürgte, bevor ich es ihm streitig machen konnte.

Wir sollten weiterfahren. Hier gab es Kommunikationshürden, die wir mit ein paar erklärenden Sätzen zu unterschiedlichen Lebensformen nicht glatt ziehen konnten.

Hastig verabschiedeten wir uns, räumten Tassen und Hund zurück ins Reihenendhaus und fuhren wieder auf die Straße.

„Das Gesicht! Hast du ihr Gesicht gesehen?", japste Juli und wischte sich die Tränen weg.

„Du hast nicht ‚ungebumst' gesagt, oder?"

„Und wie! Wie sollte ich Vati erklären, dass lesbisch und feministisch nicht das Gleiche ist?"

Gut gelaunt erreichten wir den Campingplatz auf einer Insel bei einem Ort namens Karlskrona. Wir fuhren über eine Brücke und checkten ein. Auf der Anlage gab es zusätzlich zur Duschmarke noch einen Pin-Code, den man in ein Bedienfeld neben der Klotür eingeben musste. Ich prägte ihn mir genauestens ein.

Wir parkten das Ungeheuer mit Blick auf eine wunderschöne Bucht, schlossen den Strom an und gingen mit Bernd die wenigen Meter zum Wasser. Kleine Boote schaukelten am Anleger, Kinder spielten, und mich überkam das erste Mal auf dieser Reise ein Gefühl der Ruhe. Sascha und der Rucksack meiner weiteren Probleme wanderten gerade in die andere Richtung.

Hinter uns hupte es. Tschüss Ruhe. Hansi und Hermann fuhren in ihrem Bus zu den Stellplätzen. Hansi winkte mit einem knallorangefarbenen Telefon aus dem Beifahrerfenster. Ich schaute auf mein Display. Angerufen hatte er mich nicht. Was wollte er mir sagen? Die beiden parkten den Bus und kamen zu uns an den Strand.

„Eines ist für euch. Reicht bis maximal neun Kilometer weit auf dem platten Land."

Ich hielt mein Telefon hoch. „Meins reicht bis Boa Vista und zurück."

„Das sind Walkie-Talkies."

„Wofür soll das gut sein? Ich besitze ein Telefon."

„Damit wir uns nicht mehr verlieren. Hermann hat die Dinger extra noch gekauft. Wir sitzen aber sowieso nebeneinander und brauchen sie nicht. Jetzt können wir zusammen funken."

Hansi schaute so erwartungsvoll, dass ich ergeben nickte und die Hand ausstreckte. Knisternd erwachte das Gerät zum Leben.

„Hier Black Eagle, Reihenendhaus, bitte kommen!"

Ich starrte auf das Gerät. Bernd bellte hysterisch und rollte mit den Augen. Hansi zeigte mir, auf welchen Knopf ich drücken musste.

„Hier Kay, Roger, over and out."

So oder ähnlich sprachen die in Filmen immer in die Dinger. Hansi schlug sich mit der Hand an die Stirn.

„Die Feinheiten der Funkdisziplin können wir ja später noch klären", sagte Juli.

Sie beugte sich zu Bernd runter, der das Walkie-Talkie unverwandt anstarrte, und kraulte ihn hinterm Ohr.

Wir richteten uns ein, deckten den Tisch fürs Abendessen und kauften Postkarten und Briefmarken. Hansi und Hermann hatten ihren Kühlschrank geplündert und zwei der drei Grills mit Fleisch bestückt. In der Mitte stand eine Kiste Starkbier, von dem wir uns bedienten. Bernd war von den vielen Eindrücken müde geworden und lag nun in seinem Korb.

Nachdem wir erneut Fleischberge vertilgt hatten, füllte Juli Karte um Karte mit Grüßen an Freunde.

„Darf ich eine haben?", fragte Hansi.

„Klar." Juli schob ihm eine Postkarte und den Stift rüber.

„So, Hermann. Auf geht's!" Hansi klatschte in die Hände und grinste.

„Ich? Was?" Hermann musterte die Karte, als wäre sie ansteckend.

„Komm, wir haben das besprochen. Zier dich nicht so."

„Ihr habt was besprochen?", hakte ich nach.

„Er hat kurz vor der Abreise eine Imkerin kennengelernt und ihr versprochen, eine Karte zu schicken. Sie findet das romantischer als WhatsApp."

Hermann bekam tatsächlich einen roten Kopf und stürzte sein Bier herunter. Er tat geschäftig und öffnete für jeden eine neue Flasche. Wäre er ein Hund gewesen, hätte er sich jetzt die Pfoten geleckt und sich mit den Hinterbeinen am Ohr gekratzt. Hermanns Verlegenheitsgesten würden uns alle noch sturztrunken machen.

„Na los, wir helfen dir auch", ermunterte ihn Juli.

„Au ja! Liebeskarten sind meine Spezialität", legte ich nach.

„Seit wann?" Juli sah mich an und grinste.

„Ab jetzt! Los, fangen wir an. Der Anfang ist leicht: Hallo, meine Biene, während du daheim bist, fliege ich hier von Blüte zu Blüte und vermisse dich."

Hermanns gequälter Blick ließ vermuten, dass er am liebsten davonrennen würde. Juli spuckte vor Lachen das Bier aus.

„Sag ihr was Positives", schlug Hansi vor. „Zum Beispiel, dass du mehr schwitzt als dein Kumpel."

Juli hustete. „Das ist positiv?"

„Na ja, mittelbar. Er kann sie wärmen, wenn ihr kalt ist. Solche Botschaften helfen herauszufinden, ob die Frau mitdenkt."

Vielleicht war ein schweigsamer Sascha doch nicht so

übel? Hach! Dieses Bier öffnete den Problem-Rucksack in meinem Kopf. Schnell was anderes denken.

„Wie heißt sie denn?", wollte ich wissen.

„Sabine", antwortete Hermann widerwillig.

„Wurde ihr das Imkern in die Wiege gelegt? Oder mochte der Vater bereits Bienen?"

„Stell dir vor, der hätte Schweine gezüchtet. Dann wäre sie eine Piggy. Und als Löwendompteur hätte Leonie prima gepasst."

„Kay, komm zum Punkt. Wir suchen keine verwandten Namen aus der Tierwelt, sondern wollen Sabine eine Karte schreiben."

Nach langen Diskussionen verwarfen wir die Bienen-Anrede und einigten uns auf „Hallo, meine Schöne". Dann stockte der kreative Fluss. In meinem Gehirn kreisten sowieso nur noch Tiernamen, hübsch eingelegt in Alkohol. Jetzt wusste ich, was das Wort „Starkbier" meinte. Teufelszeug!

Kurz bevor die Kiste leer war, musterte Hansi seinen Freund, der fortwährend auf der Unterlippe kaute, und fragte mit schwerer Stimme: „Hält dein Suspensorium?"

„Was?" Hermann stoppte das Kauen und erwachte aus seiner kreativen Trance.

Hansi sammelte sich, blinzelte und murmelte: „Provisorium, tschuldigung."

„Wo genau is'n das eingebaut?", wollte ich wissen.

Hermann schaute mich mit glasigen Augen an, als würde er mich zum ersten Mal im Leben sehen. Danach schickte er seinen Blick zum Himmel und murmelte vor sich hin.

„Ich hab's", verkündete er, schrieb etwas auf die Karte und wankte zu den Campingtoiletten.

Ich schielte zu dem krakelig geschriebenen Text. „Hallo,

meine Schöne, da draußen ist ein Stern, ich hab dich gern. Hermann“

„So isses gut“, lallte ich.

Unsicher stand ich auf und torkelte zum Briefkasten am Gemeinschaftshaus. Es war alles gesagt, also weg damit. Als ich zurückkam, sah ich noch, wie Juli mit einem Telefon am Ohr in Richtung Wasser ging.

„Sie muss mal ...“ Hansi suchte das passende Verb. Alkohol schien sich negativ auf sein Wortfindungszentrum auszuwirken.

„Pinkeln“, schlug ich vor.

„Genau, irgendwen wollte sie anpinkeln“, bestätigte er und zeigte auf die telefonierende Juli.

Wir räumten notdürftig auf und krochen in unsere Schlafwagen. Bernd hob die Augenlider nur einen Spaltbreit an, als ich ihn mitsamt Körbchen ins WoMo stellte. Während ich noch überlegte, wen Juli um diese Uhrzeit anrief, schlief ich auch schon ein.

Das Plätschern des Wassers, das über die Steine ans Ufer schwappte, weckte mich. Ich musste mal. Sofort und dringend. Blinzelnd versuchte ich wach zu werden. Trieb das WoMo auf dem See? Dieses Geschwanke war doch nicht normal. Ich streckte einen Fuß Richtung Boden. Alles erschien wieder fest und am richtigen Platz. Boah, war mir komisch.

Juli war beim Telefonieren nicht ertrunken, sondern lag eingerollt auf ihrer Seite. Ich fischte nach meinen Schuhen und stützte mich an den Seitenwänden ab. Erstmals fand ich die Enge im fahrenden Wohnraum hilfreich.

Wankend überquerte ich im Mondlicht den Campingplatz. Die kühle Nachtluft wehte durch mein Gehirn und ich fühlte mich klarer. Ich rüttelte an der Klotür. Abgeschlossen. Fluchend ging ich erst zur Herrentoilette und dann zum Behindertenklo. Alles war abgesperrt. Spinnen die Schweden?, fragte ich mich. Die können doch nachts nicht die sanitären Anlagen zusperren! Mein Blick fiel auf eine Telefontastatur ohne Hörer. Hatte jemand einen öffentlichen Fernsprecher demoliert? Wieso war der an einem Gebäude angebracht?

Silberne Zahlen von null bis neun und eine rote Lampe. Der Pin-Code! Na klar. Hier kam man nur mit einer Zahlenkombination zu den ersehnten Schüsseln. Aber wie lautete die? Ich kramte in den wabernden Tiefen meines Gehirns. Da fand ich nicht mal meine Bank-Geheimzahl. Geburtsdatum ging, aber der Klo-Code? Nee, echt nicht.

Ich musste jetzt wirklich sehr, sehr dringend pinkeln.

Geduckt schlich ich um das Toilettenhäuschen und blickte mich nach allen Seiten um. Keiner da. Ich kämpfte mich zwischen die Büsche und zog mir die Hose runter. Mein Gleichgewichtssinn schlief noch seinen Rausch aus. Mit einer Hand an einem Ast ging ich breitbeinig in die Hocke.

Aber die Erlösung kam nicht, denn hinter mir hörte ich Zweige knacken. Schlich sich etwa jemand an? Es polterte. Eine Männerstimme fluchte leise. Da näherte sich wirklich jemand von hinten! Ich griff fester nach dem Ast, um mich hochzuziehen. Der knickte ab. Ich verlor das Gleichgewicht und fiel nach vorne. Es gab keinen Halt, weil die Hose, die ich bis zu den Füßen heruntergezogen hatte, jeden Schritt zur Stabilisierung verhinderte. Nun lag ich mit blankem Hintern auf den Knien, nachdem mein Kopf kurz ins Gras geditscht war.

„Das darf doch nicht wahr sein!", rief der nun nicht mehr fluchende Kerl jetzt prustend aus.

Erde auftun, einsaugen, fertig. Die Stimme wollte ich nie

wieder hören, wenn ich irgendwo mit freiem Po rumlungerte. Schon gar nicht, wenn ich gerade beim Pinkeln umgefallen war. Wieso musste es immer Hermann sein? Ich rappelte mich auf die Füße, zog die Hose hoch und rannte weg. Geschwindigkeit stabilisiert. Peinlichkeit machte nüchtern. Schlagartig. Der Inhalt meiner Blase schwankte wie auf hoher See. Ich war anscheinend nicht die Einzige, die den Klo-Code im Suff vergessen hatte. Oder wurden betrunkene Männer von Büschen und Bäumen magisch angezogen und kamen gar nicht auf die Idee, dass sie ihren kleinen Wunsch auch indoor erledigen konnten?

Morgen würde ich alles abstreiten. Ich musste nachts nie aufs Klo, und schon gar nicht nach einer halben Kiste Bier. Mit zusammengekniffenen Beinen schlich ich ins Wohnmobil zurück. Raus konnte ich nicht mehr. Nie mehr. Sehnsüchtig blickte ich zur Tür vom Duschklo. Sollte ich? Oder besser nicht? War der Blumentopf überhaupt angeschlossen? An was auch immer. Mich krümmend vor Blasendruck fällte ich eine Entscheidung. Ich öffnete die papierdünne Tür und setzte mich auf das Chemieklo. Ah, das tat so gut. Keine Sekunde länger hätte ich es aufhalten können. Endlos lange plätscherte die Flüssigkeit in den Trichter des Chemieklos. Aber wie spülte man so was nach? Ich tastete, nur erhellt vom Oberlicht, durch das der Mond schien, nach einem Schalter. Und fand ... nichts. Am Klo selber, hinterm Klo, darunter. Nichts. Ein Zahnputzbecher mit Wasser stand neben der versenkten Müslischale. Ich nahm ihn und kippte seinen Inhalt ins Klo. Irgendwo klapperte was. Kein Wunder. Die Leitungen bestanden alle aus billigem Plastik. Ich kroch zurück ins Bett und wurde kurze Zeit später ein weiteres Mal wach. Meine Blase funkte erneut Höchststand und rief um Hilfe. Nie wieder Bier, schwor ich mir.

Ich setzte mich auf, diesmal ohne die Oberschränke zu rammen, und stellte fest, dass ich noch die Klamotten vom ersten Ausflug in die Nacht anhatte. Ein Gedankenblitz durchzuckte mich. Viermal die Eins. Der Klo-Code war wieder da! Mein Gehirn arbeitete mit Unterstützung des Areals, das noch eine Blasenentleerung anmahnte, angezogen war ich auch. Also machte ich mich erneut auf den Weg zu den Gemeinschaftstoiletten.

Bei den Gemeinschaftsräumen hämmerte und klapperte es. Die schwedischen Handwerker waren aber früh auf den Beinen. Ich schätzte, dass es noch nicht mal sechs Uhr war. Ich bog um die Ecke und sprang umgehend einen Schritt zurück. Da stand schon wieder Hermann. Dieses Mal umklammerte er eine rote Kiste. War das ein Toilettenbecken to go? Nein! Das war der Briefkasten! Da hatte ich vor einer gefühlten Ewigkeit seine Postkarte eingeschmissen. Hermann zerrte am Briefkasten und stützte sich mit einem Bein an der Außenwand ab. Der Kasten riss aus der Wand. Hermann landete rücklings im Gras und hielt seine Beute im Arm. Kichernd duckte ich mich hinter die Hausecke und beobachtete, wie er stöhnend aufstand und mitsamt dem Briefkasten in den VW-Bus kletterte.

Als ich mit leerer Blase wieder im Bett lag, kicherte ich so lange, bis mich der Schlaf überfraute.

Irgendwann knisterte das Walkie-Talkie auf dem Tisch, und Bernd bellte. Ich setzte mich auf. Wie spät war es? Juli gähnte, während ich die winzige Gardine zur Seite schob. Vor unserem Fenster verschwand die Welt im Nebel. Was war denn jetzt los? Vorhin hatte ich doch noch den Mond sehen können.

„Juli, schau mal raus. Draußen sieht man gar nichts mehr."

„Warum soll ich dann rausgucken?“

„Morgengrauen ...“

„Das ist auch nur eine andere Art von Grauen.“

Juli bewegte ihren Unterkiefer und stöhnte: „Aua, ich hab in der Nacht meine Beißschiene vergessen. Jetzt ist alles verspannt.“

Sie schwang die Beine aus dem Bett, schob sich an mir vorbei und ging ins Badklo. Schranktüren wurden aufgeklickt und wieder geschlossen. Gekruschel und Gewühle in irgendwelchen Taschen folgte.

„Was macht sie denn da?“, rief Juli aus.

„Wer macht was wo?“

„Meine Schiene liegt im Klo. Ist der Zahnputzbecher umgefallen? Der ist auch leer.“

Oh nein. Ich hatte ihren Beißring ins Klo geschüttet. Das war also die Ursache des Geklappers gewesen. Ich lugte um die Ecke und sah, dass das Ding unten im Trichter lag. Oberhalb des Spaltes, der zu klein war, als dass das Plastikteil hätte durchrutschen können, hing sie fest. Juli spülte die Schiene ab und setzte sie ein, bevor ich ihr erklären konnte, was während der Nacht alles passiert war.

Kapitel 22

Als ich nach dem Hundespaziergang vom anschließenden Duschen zurückkam, sah ich endlich den Zettel hinter der Windschutzscheibe.

„Sehen uns in Gamleby. Wir sind schon los und besichtigen das Schloss in Kalmar. Bis nachher. Hansi“

Dann würde meine Drohung in Richtung Hermann noch warten müssen. Erzählst du von meinem Hintern, erzähle ich von deinem Kasten, und zwar dem hiesigen Platzwart.

Juli und mir war nicht nach einem ausgiebigen Frühstück zumute. Wir holten uns an der Rezeption einen Kaffee und ein Brötchen und fuhren los. Ich konnte Julis Drang verstehen. Schließlich wartete Mette ungeduldig auf ihre Ankunft. Tat sie das überhaupt?

„Sag mal, was hast du denn mit Mette vereinbart?"

„Wieso?"

„Na, weiß sie, dass wir mit dem WoMo durch ihr Land reisen, damit du sie besuchen kannst? Und wann wir ankommen?"

„Nicht so direkt."

„Aha."

„Sie weiß, dass wir irgendwie in Stockholm zu tun haben und ich auf einen Kaffee vorbeikomme."

„Das ist alles?"

„Ich wollte das nicht so groß aufziehen. Stell dir vor, sie findet mich dick und hässlich. Und sie wünscht sich, dass ich ganz schnell wieder verschwinde."

„Warum sollte sie das? Du bist wunderschön, lustig, und spätestens, wenn du sie anlächelst, schmilzt sie dahin. Niemand kann so viel Gefühl in ein Lachen legen wie du."

Juli kicherte, und wieder überzog ein leichtes Rot ihr Gesicht. Sie war wirklich verliebt. Hoffentlich ging das alles gut aus.

Wir setzten unseren Weg durch Bilderbuch-Schweden fort. Ich fing an, mich in dieses Land zu verlieben. Wir durchquerten Wälder und Birkenhaine. Dazwischen standen wie für eine Postkarte adrette Schwedenhäuschen. Schilder warnten uns alle paar Kilometer vor einer Elch-Kollision. In Schweden galten Elche vermutlich als heilige Tiere. Quasi die nordische Variante der indischen Kühe.

Wir fuhren einen Hügel hinauf und erreichten den Campingplatz von Gamleby, der direkt an einem See lag. Vor uns checkte ein verkniffen dreinschauendes deutsches Ehepaar mit Wohnwagen ein.

„Henrike Müller-Fleißig, mit einem scharfen S in der Mitte", sagte die Frau und pochte mit dem Finger auf ein Formular vor sich.

„What?", fragte ein Mann in Handwerker-Montur, der hinter dem Empfangstresen stand.

„Hot S in the middle. Typical german", erwiderte Henrike Müller-Fleißig.

Die Mundwinkel des Monteurs zuckten verdächtig. Er räusperte sich und rief etwas auf Schwedisch in den Nebenraum. Gelächter folgte.

Herr Scharfes S rollte mit den Augen und bat seine Gattin: „Lass das doch. Das kann man denen nicht erklären."

„Ich gehe schon mal eine Runde mit Bernd", flüsterte ich Juli zu. „Kannst du uns allein einbuchen?"

„Ich versuche es."

Bernd und ich stromerten über die Hügel des Platzes bis zu einer Bank am See. Dort setzte ich mich hin und hielt mein Gesicht in die Sonne. Bernd seufzte und parkte zwischen meinen Füßen in seiner Mopsgarage ein. Wir dösten vor uns hin. Den ganzen Tag im Wohnmobil durchs Land fahren war anstrengender als gedacht. Nur meiner Schulter schien der Trip nichts auszumachen. Ich spürte kaum etwas. Die Narbe war komplett verheilt. Vielleicht kamen meine verworrenen Beziehungen ja auch wieder in Ordnung. Mit aller Macht verdrängte ich beinahe jeden Gedanken an Sascha, Klara und meine private Zukunft. Wenn ich diese Gedanken zuließ, kam jedes Mal ein Tsunami an Fragen und Problemen hinterher.

Surrend näherte sich etwas von der Seite. Bernd schoss kläffend aus seiner Garage. Ich sprang auf. Die Leine glitt mir aus den Händen. Der Mops jagte los. Vor uns bog eine auf einer fahrenden Parkuhr stehende Frau ab. Was war das denn? Bernd folgte ihr. Plötzlich quakte es hinter einem Busch. Eine Ente setzte dem Mops und der flüchtenden Parkuhr mit ausgebreiteten Flügeln nach. Die Ente hatte Bernd erreicht und attackierte ihn mit dem Schnabel. Bernd hatte in seinem Jagdfieber den Angriff von hinten gar nicht bemerkt und machte vor Schreck einen Satz zur Seite. Die Ente benahm sich wie ein Adler und pickte wieder nach ihm.

„Bernd, hierher! Komm!"

Der Mopskopf ruckte hoch. Er galoppierte in meine Richtung zurück. So prompt hatte er noch nie gehört. Aber er war auch noch nie von Donald Duck angegriffen worden.

Bernd rannte über den Rasen zurück und stoppte mitten im Lauf, als wäre er gegen eine Glasscheibe gerannt. Die Ente flog hinter der fahrenden Frau her, und beide verschwanden langsam aus unserem Blickfeld.

Breitbeinig bellte der Mops mich an und ging rückwärts. Was war denn jetzt los? Hinter mir surrte es wieder. Ich drehte mich um. Kurz vor der Bank bog eine Gruppe Parkuhren auf Betriebsausflug in Richtung Rezeption ab. Sie sausten an einem Wohnmobil vorbei, in dem eine fröhlich winkende Juli fuhr.

„Einmal im Leben hätte ich eine Kamera dabeihaben wollen", sagte sie beim Aussteigen und bog sich vor Lachen.

„Was waren das für Dinger?"

„Segways. Kennst du die nicht?"

„Ach ja. Die hatte ich hier nur gar nicht erwartet."

„Darauf sieht man auch wirklich komisch aus. Ich glaube, das fand der Hund auch."

„Bernd, komm!", rief ich in die Richtung des Mopses, der wie angewurzelt immer noch an der gleichen Stelle stand.

„Der hat ein Segway-Enten-Trauma", diagnostizierte Juli. „Der Mann am Empfang hat mir erklärt, dass man die Segways mieten kann. Man sollte nur aufpassen, dass man nicht über eine Ente fährt, die sich in eines der Teile verliebt hat."

„Die Ente liebt ein Segway?"

„Jeder so, wie er mag. Bei uns in Deutschland hat sich ein Schwan in ein Tretboot verknallt."

Bernd gesellte sich wieder zu uns. Nicht ohne sich misstrauisch nach Parkuhren oder Federvieh umzuschauen. Wir fuhren zu unserem Stellplatz, der erhöht auf einem der Hügel lag. Von dort konnten wir den See und die beiden scharfen S sehen, die näher am Wasser ihr Lager aufschlugen.

Als wir uns mit einem heißen Kaffee auf unseren Klappstühlen niederließen, um die Frühlingssonne zu genießen, und Bernd auf einer Decke in bevorzugter Haltung seinen Bauch in die Sonne streckte, näherte sich ein Volvo. Er hielt vor einer der Hütten. ABBA-Benny! Noch während der seine Hütte einräumte, hielt ein VW-Bus neben seinem Volvo. Hermann und Hansi waren auch eingetroffen und hatten wohl genug vom Schlafen im Bus. Kein Wunder, darin wohnte ja jetzt neben den drei Grillgeräten auch noch ein Briefkasten.

Juli winkte und der Inhalt von zwei Hütten winkte zurück. Hermann, der mitbekam, dass auch Benny auf Julis Winken reagierte, schaute verdutzt zu seinem neuen Nachbarn und sprach den für ihn Fremden an. Man schüttelte sich die Hände, lachte und räumte weiter. Wir beobachteten die Szene mit unseren noch warmen Bechern in der Hand.

Die drei Jungs schnappten sich ihre Stühle und kamen rüber.

„Das ist also der junge Mann, der auf der Fähre unser Frühstück verdrückt hat", sagte Hermann.

„Und schon treffen sich alle wieder."

„Kein Wunder", sagte Benny, „das hier ist einer der schönsten Campingplätze auf dem Weg nach Stockholm. Er gilt in jedem Reiseführer als Geheimtipp. Schließlich ist es ein alter Wikinger-Friedhof."

„Hallo Benny", riefen Juli und ich im Chor.

„Gehört der zu euch?" Benny schaute auf den träge blinzelnden Mops.

Der hatte beschlossen, dass es keinen Grund gab, den neuen Menschen zu begrüßen, solange ihm selbst die Sonne so wohlig auf den Bauch schien.

Juli und ich schüttelten den Kopf.

„Wir gehören zu ihm", erklärte ich.

Zwei der drei Männer setzten sich zu uns, während Hermann ins WoMo ging und eine neue Rutsche Kaffee kochte. Im Haushalt war der Mann tatsächlich zu gebrauchen. Ich schlich ihm unter dem Vorwand hinterher, Kekse zu holen.

„Ich habe dich gesehen", ließ ich beiläufig fallen und wühlte in den Schränken.

„Ich stehe neben dir. Ist nicht so schwer."

„Das meine ich nicht. Vielleicht habt ihr heute eine Hütte gemietet, weil es im Bus zu eng geworden ist ..."

„Wovon sprichst du?"

„I gave a Letter to the postman ...", summte ich einen alten Elvis-Song.

Hermanns Hand verharrte in der Luft. Ich lächelte zuckersüß.

„Ich musste die Nacht zweimal aufs Klo. Kein Wort über

meine Missgeschicke – kein Wort über deine Missgeschicke."

Summend verließ ich mit Keksen in der Hand die Mini-Küche und gesellte mich wieder zur Gruppe.

„Bei den Wikingern wurden die Leichen mitsamt ihren Booten verbrannt", las Benny aus seinem Buch vor.

„Wie gut, dass die das geändert haben. Das würde ja Wochen dauern, wenn der Kapitän der Queen Mary 2 das Zeitliche segnete", erwiderte ich wenig geistreich.

„Da waren wir auch schon mal drauf", schaltete sich hinter mir eine Stimme ein. „Udo Müller, guten Tag."

Ich blinzelte in die Sonne. Vor mir stand der eine Teil vom scharfen S. Er trug einen kleinen, gemütlichen Bauchansatz vor sich her und hielt eine Campingwanne in der Hand. Wir stellten uns gegenseitig vor.

„Ob ich bei euch wohl einen Kaffee bekommen könnte? Meine Frau ist engagierte Basenfasterin. Bei uns gibt es leider nur Getreidekaffee mit Birkenzucker und Bambus."

Umgehend schloss ich den gutmütig lächelnden Mann in mein Herz, schließlich war ich in einem früheren Leben mal mit einem fanatischen Veganer und Läufer zusammen gewesen. Das prägte fürs Leben. Ich würde immer Verständnis für die Partner von Essbehinderten jeder Art haben.

„Kommt sofort", sagte ich und sprang auf.

„Danke schön. Solange meine Frau schläft, kriegt sie davon ja nichts mit."

Und schon waren wir eine eingeschworene Gemeinschaft. Wir Normalos gegen die Basenfastenden. Udo schnupperte mit geschlossenen Augen am dampfenden Kaffee.

„Manchmal stürze ich während des Bezahlens an einer

Tankstelle einen Espresso runter, wenn Henrike aufs Klo geht", raunte er uns zu.

„Macht ihr Urlaub in Schweden?", erkundigte ich mich.

„Meine Frau möchte zu einem Camp hinter Stockholm. Basisches Fasten-Wandern."

„Bitte was?", prustete Hermann los.

„Basenfasten befreit den Körper von Stoffwechselschlacken und entfernt Ablagerungen im Darm", dozierte Udo mit verstellter Stimme. „Der Verzicht auf Koffein, Nikotin und alle tierischen Lebensmittel macht uns gesünder. Mehr dazu gerne von meiner Frau."

Wie aufs Stichwort ging die Tür des Wohnmobils auf, und die Silhouette der hageren Frau erschien. Udo ließ den Kaffee hinter der Tüte Milch verschwinden und winkte.

„Huhu, Henrike, hier bin ich!"

„Wolltest du nicht Wasser für das Fußbad holen?", rief sie über den Platz und kam die paar Meter zu uns.

„Ja, aber dann habe ich festgestellt, dass sich diese Runde auch fürs Basenfasten interessiert."

Udo schaute uns flehend an.

„Genau! Wie geht das eigentlich?", fragte ich hastig, bevor Hermann widersprechen konnte.

Hansi und Juli traute ich eine gewisse Feinfühligkeit zu, Hermann jedoch nicht.

Henrike traute uns offenbar gar nichts zu. Sie musterte die Runde mit zusammengekniffenen Augen. Hoffentlich zählte sie keine Kaffeetassen.

„Ich hole mal das warme Wasser. Erklär du doch in der Zwischenzeit den anderen das basische Fußbad", sagte Udo, nachdem er uns alle miteinander bekannt gemacht hatte.

„Das ist aber nichts für Tiere."

„Kein Problem. Der Mops hat ein stabiles Selbstbewusstsein und fühlt sich nicht so schnell ausgegrenzt."

Henrike schaute in die Runde. Ich auch. Wie alle anderen blickte ich den Neuzugang interessiert an. Henrikes Augen blitzten, und sie lächelte. Bühne frei für den Vortrag über Basen, Gedärm und anderen Kram.

Sie klatschte in die Hände. „Bitte holt doch alle mal eure Abwaschschüsseln und füllt sie mit warmem Wasser. Man versteht das Prinzip am besten, wenn man mitmacht. Wir starten mit einem basischen Fußbad."

Bernd schreckte ob des Befehlstons von seinem Sonnenbad hoch und bellte.

„Wie klingt der denn?"

„Joe Cocker", schlug ich vor.

„Na, der ist ja auch völlig übersäuert. Aber da habe ich eine Idee."

Zehn Minuten später saßen wir alle mit hochgekrempelten Hosenbeinen vor unseren mit einer milchigen Flüssigkeit gefüllten Campingwannen und hielten die nackten Füße rein. Hermanns dicke haarige Waden schauten wie Baumstämme aus der Suppe. Die von Hansi waren blass und nicht mal halb so dick.

Juli schaukelte mit epilierten und mit Selbstbräuner besprühten Beinen vor sich hin. Ein Schränkchen im Wohnklo war randvoll mit Haarkuren, Bräunungsmitteln, einem batteriebetriebenen Epiliergerät, Gesichtsmasken und anderem Gedöns. Das meiste davon hatte sie kurz vor der Reise eingekauft. Sie wollte jeden Tag bis zum Treffen mit Mette für Beautybehandlungen nutzen.

Eines Abends hatte sie mit Pinzette und Lupe vor mir gestanden. Als sie mich bat zu prüfen, ob sie irgendwo auf dem Rücken ein dunkles Haar hätte, war ich in Gelächter ausgebrochen. Ich hatte sie ja gut verstanden, aber das war selbst mir zu viel geworden.

Hingerissen lauschte Juli Henrikes Ausführungen, seit

diese irgendwas von spontaner Schönheit durch Entschlackung erzählt hatte. Alle Mittel waren recht, um für Mette gut auszusehen. Bernd saß mit hängendem Kringel neben mir und meiner Wanne und hatte einen getränkten Waschlappen auf dem Rücken. Udo schaute zufrieden in die Runde und wackelte mit den Zehen in der weißen Brühe. Endlich konnte sich seine Frau an neuen Opfern austoben.

„Wir Menschen sind basische Lebewesen. Aus dem Chemieunterricht wissen wir vielleicht noch, dass der pH-Wert ein Maß für den sauren oder basischen Charakter einer Lösung ist. Ist der Wert unter 7, nennt man das sauer, 7 ist neutral und über 7 basisch."

Henrike schaute in die Runde, um festzustellen, ob alle ihr folgen konnten. Ich war in Chemie schon immer eine totale Niete gewesen. Für eine Chemiearbeit hatte ich mir mal – zum Glück war es im Sommer gewesen – die gesamte Vorbereitung einer Klausur auf die Beine geschrieben und diese mit einem langen Rock bedeckt. Während der ersten Aufgabe hatte ich meinen Rock bis zum Schlüpfer hochgezogen und verständnislos die Notizen angestarrt. Nichts, was da stand, passte zu den gestellten Fragen. Dann war die Lehrerin gekommen, hatte auf meine Beine gesehen, hinterhältig gelächelt und mich kommentarlos weiterschreiben lassen. Auch ohne Entzug der Klassenarbeit wegen Täuschung war mir eine krachende Sechs sicher gewesen.

Aber die Wörter „basisch" und „sauer" hatte ich schon gehört. Das musste an Fachwissen für ein Fußbad reichen.

Henrike holte Luft und fuhr fort: „Schon im Mutterleib wächst der Mensch alkalisch heran, denn das Fruchtwasser hat einen pH-Wert von optimal 8 bis 8,5. Dies führt dazu, dass das heranwachsende Baby neun Monate lang eine

Körperreinigung erfährt. Die Alkalität zieht Schadstoffe und Säuren aus dem Babykörper ins basische Fruchtwasser."

Ihr vielsagender Blick schweifte zu unseren Schüsseln.

„Igitt!", rief Hermann und zog die Füße hoch.

Hansi drückte Hermanns Beine wieder runter und nickte aufmunternd. Er schien Spaß an dem Fußbad zu haben. Juli spülte sich mit dem Wasser auch noch die Waden ab. Viel half viel. Und wenn man davon babyzarte Haut bekam, würde sie das Zeug zur Not auch trinken.

„Eine basenfastende Freundin war nach vier Monaten Kur von ihrem Heuschnupfen befreit."

Benny und mir schoss vermutlich der gleiche Gedanke ins Gehirn, denn wir kicherten gleichzeitig los. Wenn die Freundin im April angefangen hatte, war klar, warum sie im Herbst keine Probleme mehr mit den Pollen gehabt hatte. Wir schwiegen taktvoll und ich musterte meine wackelnden Zehen, um nicht loszubrüllen.

Henrike griff in eine mitgebrachte Tasche und zog ein breites Gummiband raus, an dem zwei Brustimplantate im Frotteekleid befestigt waren. Jetzt wurde es spannend.

„Ist das ein Umschnall-Busen?", fragte Juli.

Udo lachte schallend los und wurde sofort mit einem bösen Blick bestraft.

„Das sind basische Achselkissen."

„Ach was." Juli schaute die Teile an, als würden die gleich anfangen zu singen.

„Diese Kissen können trocken als Schweißfänger oder in Lauge getränkt unter der Kleidung getragen werden. Sie sind nahezu unsichtbar und angenehm zu tragen. Lästige Schweißflecken am Hemd gehören damit der Vergangenheit an." Henrike strahlte und zeigte das Gebamsel in die Runde.

„Wir kaufen eines in XXL", meldete sich Hansi und kassierte eine Kopfnuss von Hermann.

„Bernd trägt aktuell einen basischen Kopfwickel auf seinem Rücken. So werden auch bei ihm Schadstoffe und Schlacken nach außen geleitet", erklärte Henrike weiter.

Beim Mops führte das zu einer sichtlichen Entspannung. Er verschlief den Vortrag. Auch meine Aufmerksamkeitskurve näherte sich dem Nullpunkt. Die Fruchtwasser-Nachbildung schwappte mittlerweile eiskalt an meine Waden, und außerdem hatte ich Hunger.

„Also, ich brauche jetzt ein paar ordentliche Steaks", sagte der Gedanken lesende Hermann und zog seine aufgeweichten Füße aus der Abwaschschale. „Wir haben unterwegs einen Wagen voll eingekauft. Das sollte für alle reichen."

Henrike schaute ihn mit offen stehendem Mund an, als hätte er vorgeschlagen, Autoreifen zu grillen.

„Ist Fleisch nicht basisch?", erkundigte ich mich.

„Fleisch", antwortete sie aufgebracht, „ist eine Attacke auf den Organismus! Körperverletzung! Habt ihr denn gar nichts verstanden?"

Sie raffte Wickel und Kissen zusammen und stapfte zu ihrem Wohnmobil zurück. Kurz davor drehte sie sich um und rief: „Kommst du, Udo? Du musst noch das Schwarzwasser wegbringen."

Udo seufzte, nahm die Füße aus dem Bad und zog seine Latschen an. „Meine Lieblingsbeschäftigung", kommentierte er den Aufruf seiner Frau, „und danach gibt es gedünstete Lauchstangen mit Kräutertee."

Während Hermann die Grillgeräte auspackte, legte Juli im WoMo-Bett eine basische Vlies-Maske auf, die die Alterung der Haut aufhalten sollte, und blätterte in Henrikes Prospekten.

Benny verzog sich, um ein paar ABBA-Lieder auf seinem iPod zu hören. Der brauchte seine tägliche Dosis. Ich fütterte Bernd, den die Fleischdiskussion geweckt hatte, und beobachtete, wie Udo am Wohnwagen rumfummelte und mit einem weißen Plastik-Rollkoffer verschwand.

„Ey, schaut mal! Der zieht aus", rief ich.

Hansi, der gerade Kohlen auf den Grill kippte, warf einen Blick in die Richtung des Wohnwagens und kicherte los.

„Was ist daran witzig?"

„Der haut nicht ab. Der kümmert sich ums Schwarzwasser. Das ist ein Kacke-Trolley."

„Nee, oder? Der bringt jetzt ... mit diesem Teil ... also, er fährt ... da drin ist wirklich ..."

„Yep."

„Das ist ja ekelhaft." Mir fiel mein nächtlicher Klo-Ausflug ein. „Und wenn man nur pinkeln geht ..."

„Gleiches Prinzip."

Ich hatte Juli das mit der Zahnspange noch nicht gebeichtet, aber es war klar, dass es irgendwann auffliegen würde, wenn ich nichts unternahm.

„Juli", rief ich in das WoMo. „Das mit dem Trolley machen wir auch. Sonst ist das doch kein richtiges Camping. Heute Abend wird indoor gelullt."

„Was für ein Trolley?"

„Der, mit dem man nicht-buntes Wasser wegbringt."

„Was trinkt ihr da draußen?"

„Gleich ein Bier. Möchtest du auch?"

„Wurde das mit Mondschein-Wasser abgefüllt? Oder etwa mit einem, das mit Gewalt aus der Erde geholt wurde?"

„Was machst du da?"

„Ich lese höchst interessante Prospekte. Hier steht, dass das beste Schönheitsmittel eine basische Vliesmaske und vier Liter Wasser sind. Am nächsten Tag ist das Gesicht prall und rosig."

„Also kein Bier?"

Hansi und ich stießen an und beobachteten die Kohle beim Glühen, während Hermann mit einer Schüssel voller Fleisch und Würste aus der Hütte trat. Kurz schwankte der große Kerl, fing sich dann aber wieder.

„Igitt. Ich bin auf eine Nacktschnecke getreten."

„Kein Problem. Stell den Schuh einfach neben Bernds Napf", sagte ich und nahm einen Schluck aus meiner Flasche.

„Ihhhhh! Ihr seid eklig", rief Juli aus dem WoMo.

„Jetzt schmeiß deine Mumienmaske weg und komm raus."

Mit zwei Flaschen Wasser unterm Arm setzte sich Juli zu uns. Hermann hatte die Schuhe im Gras abgeputzt und widmete sich seinen Grillaktivitäten.

„Warum habt ihr drei verschiedene davon in dem winzigen VW-Bus?", fragte Juli zwischen zwei großen Schlucken Wasser und sah von einem Grill zum anderen.

„Gas, Elektro und Holzkohle. Hermann will auf der Tour durch Selbstversuch herausfinden, welche Zubereitungsart für welches Fleisch am besten ist."

„Was ist das überhaupt für eine Tour bei euch?"

„Urlaub."

„In einem winzigen Bus, der bis unters Dach voll ist mit Grillgeräten, durch Schweden fahren – das nennt ihr Urlaub?"

„Hansi sucht auch noch Lösungen, die er daheim nicht finden kann", ergänzte Hermann geheimnisvoll und erntete einen finsteren Blick von seinem Freund.

„Ihr habt nur ein größeres Fahrzeug, macht aber doch das Gleiche, oder?" Hansi schien vom Thema ablenken zu wollen.

„Wir haben da auch noch was Geschäftliches zu erledigen. Wir treffen eine Lieferantin", schaltete sich Juli ein.

Ich grinste in mich hinein. Genau. Unser WoMo war vollgestopft mit Repair-Cremes und anderem Beauty-Zeug, weil wir eine Lieferantin auf einen Kaffee trafen.

„Außerdem ist Kay an der Schulter operiert worden und brauchte mal eine Auszeit", ergänzte Juli.

„Operiert? Was hast du denn angestellt?"

„Gestürzt."

Juli kicherte.

„Gestürzt? Wie ist das passiert?"

Juli hustete.

Hansi schaute von der grinsenden Juli zu mir, bemerkte, dass es nicht mein Lieblingsthema war, und zuckte mit den Schultern. Ich dankte ihm mit einem Nicken für seine Feinfühligkeit. Am Ende würde ich sonst auch noch von Sascha, meiner Sehnsucht nach ihm und unseren Problemen erzählen.

„Und was ist das Ziel unserer Dancing Queen?", fragte Hermann und zeigte mit der Grillzange auf Benny, der ein Poster von Agnetha ins Fenster hängte.

„Der möchte einmal im Leben Agnetha in echt sehen und will vor ihrer Insel in Schweden campen, bis sie rauskommt."

„Das ist doch ein Scherz."

„Leider nein. Aber lasst ihn damit besser in Ruhe. Der ist sonst ganz nett", bat ich, als sich Benny unserer Runde wieder näherte.

Als die Steaks und Würste fertig waren, bewegte sich die Gardine des scharfen S und Henrike knallte das Fenster zu.

Diese Gerüche brachten vermutlich ihren basischen Körper aus dem Gleichgewicht. Wir verbrachten eine entspannte Mahlzeit, bei der Benny jede Menge ABBA-Anekdoten erzählte und wir anderen amüsiert lauschten. Es schien, als würde jeder von uns sein Paket voller persönlicher Sorgen vergessen haben. Ich fühlte mich wohl und geborgen.

Nachdem alles vertilgt war, rannte Juli zum Gemeinschaftsklo. An ihrem Platz standen zwei leere Wasserflaschen. Gleich darauf kam sie zurück.

„Ich habe die Karte vergessen."

„Was für eine Karte?"

„Dieses Mal ist es eine Plastikkarte, kein Pin."

Notiz an mich selber: Karte nicht vergessen. Kein nackter Po im Gebüsch. Als Juli vom Klo zurückkehrte, holte sie eine neue Flasche Wasser aus dem Wohnmobil.

„Sind bei den Herren auch so komische Löcher in der Wand, durch die man in einen Nebenraum sehen kann?" Juli trank einen großen Schluck. „Das ist doch voll unhygienisch."

„Wieso?", fragte Benny nach.

„Ist es nicht besser, man schmeißt das benutzte Papier ins Klo? So wie in Deutschland."

„Bestimmt. Aber was hat das mit den Löchern zu tun? Die sind doch für Müll."

„Oh. Ach so." Juli biss sich auf die Zunge.

„Wollen wir unsere eigene Toilette nutzen?", fragte ich, bevor jemand wissen wollte, was genau sie da durchgeworfen hatte. „Bei deiner Wasserkur rennst du sonst die ganze Nacht."

„Unbedingt, das testen wir!" Juli streckte nacheinander die Arme gen Himmel, bis es knackte. „Boah, bin ich verspannt. Das Schlafen auf diesen Betten ist kein Geschenk."

„Da kann ich helfen! Ich bin der weltbeste Masseur", sagte Hermann und sprang auf.

Er stellte sich hinter Juli und fing an, ihren Hals und Rücken zu kneten. Seine Hände waren groß wie Torwarthandschuhe. Juli quiekte.

„Hermann, deine Nackenmassage fühlt sich an, als würde mich ein Adler in seinen Horst schleppen."

„Für die filigraneren Arbeiten ist Hansi zuständig." Hermann schmollte und setzte sich wieder hin.

Benny verabschiedete sich schon gleich für den morgigen Tag. Er wollte früh mit dem Zelt in Position sein. Falls Agnetha aufs Festland zum Einkaufen musste, würde sie am Ufer sein Auto mit dem prägnanten Kennzeichen und den Aufklebern stehen sehen. Und hoffentlich begeistert sein. Ich brachte es nicht übers Herz, ihm den Unsinn auszureden, und umarmte ihn zum Abschied. Wir hatten unsere Nummern ausgetauscht und gaukelten uns vor, dass wir uns in Deutschland sicher mal besuchen würden. So lief es immer mit Urlaubsbekanntschaften. In der abgeschotteten Welt einer Reise kam man sich näher und verbrachte Tage oder Wochen miteinander. Zurück im Alltag vergaß man die neuen Bekannten genauso wie die Gewürze, mit denen man exotische Speisen nachkochen wollte.

„So, ich gehe heute ein bisschen früher ins Bett. Wenn wir schon eine Hütte mit richtigen Matratzen haben, will ich das genießen", sagte Hansi und stellte seine leere Bierflasche auf den Tisch. „Reste räumen wir morgen weg."

Hansi war nach der kryptischen Antwort zum Reisegrund den Rest des Abends auffallend still gewesen. Was er wohl hatte? Unsere Runde löste sich auf. Juli kippte noch die letzte Wasserflasche in sich rein, und ich weckte Bernd zum abschließenden Toilettengang für heute. Das Wasser des Sees lag schimmernd da. Es war windstill, der Mond spiegelte sich auf der ruhigen Oberfläche. Was für ein schöner Ort. Ich setzte mich auf einen Stein und ließ Bernd ohne Leine am Ufer rumlaufen. Enten und Segways hatten hoffentlich Nachtruhe.

Was sollte werden, wenn wir zurückkehrten? Ich vermisste Sascha, auch wenn ich mir das nicht eingestehen wollte. Mir fehlten sein Lachen und seine ruhige Art, mit Bernd umzugehen, der ihn dafür anhimmelte. Aber wenn das Ruhige in etwas Verstocktes überging und ich immer nur raten musste, was los war, dann fehlte mir nichts. Ich wollte nicht rätseln, mit wem er in einem Bistro saß oder ob er etwas für Nele Nagel empfand und sich deswegen ihr gegenüber so freundlich benahm. Ich wollte, dass ich mich sicher fühlte. Er sollte treffen, wen er mochte, aber ich brauchte die Gewissheit, dass das nie was mit uns zu tun hatte. Ich wollte die Idee einer Zukunft weiterdenken. Eine gemeinsame Wohnung, Verbindlichkeit. Ich wollte doch nur was total Normales, wenn man sich bereits ein Jahr kannte. War das überhaupt möglich?

„Wäre es möglich ...", flüsterte eine männliche Stimme hinter mir.

Ich fuhr zusammen und rutschte vom Stein.

„Psst ... entschuldige. Ich wollte dich nicht erschrecken."

„Udo? Ich hätte fast einen Infarkt bekommen."

„Wieso irrst du auch ohne deinen Wachhund durch die Nacht?"

„Was heißt denn ohne? Och nee, wo ist der hin? Eben war er doch noch da." Suchend blickte ich mich im Mondschein um.

„Beeernd", zischte ich leise, um nicht den ganzen Campingplatz zu wecken.

In einiger Entfernung sah ich in der Dämmerung etwas Beigefarbenes in Ferkelhöhe vor den Servicehäuschen leuchten. Udo und ich liefen los. Bernd hockte mit gekrümmten Rücken direkt vor einem Segway und kackte diesem vor die Reifen.

„Die Rache des kleinen Mannes." Ich kicherte und leinte ihn an.

Unter den missbilligenden Blicken des Mopses packte ich seinen großen Wunsch in eine Tüte und schmiss ihn in den Müll.

„Wieso bist du eigentlich am Wasser gewesen?"

„Ich hatte dich gesehen und wollte etwas fragen."

„Was denn?"

„Habt ihr noch was von dem Fleisch übrig? Ich sterbe vor Hunger und kann kein gedünstetes Gemüse mehr sehen."

„Na klar! Hansi hat noch nichts weggeräumt. Steht alles bei uns auf dem Tisch. Komm mit!"

Während die anderen schliefen, schaute ich Udo beim Essen von mindestens drei kalten Schnitzeln zu.

„Was macht Henrike, wenn sie Hunger bekommt?"

„Sie isst eine Mandel."

„Verstehe."

Ich döste im Bett vor mich hin. Noch die morgige Nacht, dann standen sich Mette und Juli gegenüber. Ob Mette genauso aufgeregt war wie Juli und ebenfalls literweise Wasser trank, um pralle Gesichtshaut zu bekommen? Julis Lächeln hatte in Erotik-Katalogen und im Shoppingkanal alle bezaubert. Das würde auch bei Mette klappen. Über diesen Gedanken schlief ich ein.

Ein Knall und ein Schrei weckten mich. Ich fuhr hoch. Was war passiert? Bernd kläffte los. Wurden wir angegriffen? Die Geräusche kamen aus dem Wohnklo. Juli fluchte wie ein Bierkutscher.

„Ist alles okay?"

„Verdammte ... Nee! Aua."

„Was ist passiert? Brauchst du Hilfe?"

Juli drückte die Tür auf und kam mit einer Hand vorm Mund raus.

„Scheissse, tut dasss weh."

Julis Stimme klang komisch. Sie zischte beim Sprechen.

„Was um Himmels willen ist geschehen?"

„Diess winsssige Badklo issst die Hölle. Bin beim Sssuchen nach der Sspülung gegen den Wassserhahn geknallt."

Juli nahm die Hand runter und öffnete den Mund zu einem schiefen Grinsen. Sie sah aus wie eine Fünfjährige mit Zahnlücke, die spontan zu einer erwachsenen Frau gealtert war. Allerdings ohne die Zähne.

„Oh nein! Du hast dir die Zähne ausgeschlagen!"

„Verdammter Missst. Und die waren ssso teuer! Und aussserdem: Wie sssehe ich denn jetssst ausss?"

„Teuer?"

„Dass waren die bessten Kronen, die ich je hatte."

Es klopfte.

„Ist bei euch alles okay?"

„Eher nicht", sagte ich und öffnete die Tür. Heute Abend schien jeder der Männer einen zweiten Gastauftritt zu haben. „Mit Julis Lächeln ist jetzt erst mal nix. Es sei denn, jemand steht optisch auf Vorschulkinder."

Hansi machte einen Schritt über Bernds Körbchen und musterte die frontzahnlose Juli interessiert.

„Waren die echt?"

Juli schüttelte den Kopf.

„Hast du sie noch?"

Sie nickte und öffnete die Hand. Da lagen zwei Zähne,

die dringend einen passenden Mund suchten. Hansi nahm die beiden Kronen, drehte sie und griff Juli ans Kinn. Die machte vor Schreck einen Satz zurück.

„Was tust du da?", rief ich erschrocken aus.

„Das kriegen wir wieder hin. Zumindest so, dass ihr eure Lieferantin treffen könnt."

„Wieso weißt du so was?"

„Ich bin Zahnarzt."

Juli fiel ihm um den Hals. Das war zu schön, um wahr zu sein. Hansi stolperte und ließ die Zähne fallen. Bernd sprang aus seinem Körbchen.

„Bernd, aus!", rief ich. Der Mops dachte, dass ihm jemand Leckerlis zuschmiss, und fing das erste Mal in seinem Leben etwas mit der Schnauze auf.

„Nein!", riefen wir alle im Chor.

Vor Schreck spuckte er die Zähne wieder aus. Wir hechteten zu ihm, und Hansi brachte die Keramikteilchen in Sicherheit.

„Gott sei Dank. Ich will nie wieder, dass dem Hund Apomorphin gespritzt wird."

„Was?", fragte Hansi, der die Zähne sofort abspülte.

„Egal. Das war in einem anderen Leben, ein anderes Verschlucken. Hauptsache, Juli kriegt ihre Beißer zurück."

Hansi schlich zum VW-Bus und kam mit einer Tasche zurück. Außer ihm war noch niemand auf uns und Julis Malheur aufmerksam geworden. Er bat Juli, sich auf den Beifahrersitz zu setzen, den er ganz zurückklappte. Ich assistierte ihm, indem ich eine Stirnlampe über seinen Kopf hielt und in Julis Mund leuchtete. Auf der Mittelkonsole legte er auf einem Stück Küchenkrepp seine Instrumente bereit.

„Soll ich den Tischsauger holen?", erkundigte ich

mich. Ich nahm meinen Job als Zahnarzthelferin sehr ernst.

„Kay, halt einfach die Lampe und den Mund."

„Okay."

„So, das wäre geschafft", sagte ein zufriedener Hansi zehn Minuten später und lehnte sich zurück. „In der nächsten Zeit keine Kaubonbons, und wenn ihr wieder daheim seid, geh zu deinem Zahnarzt, Juli, damit er das noch mal ordentlich macht. Das hier ist nur ein Provisorium."

„Wie bei Hermann! Das meintest du also neulich!"

Ich würde neben meiner Zahnarzthelfer-Prüfung auch gleich noch das Detektivzertifikat erwerben.

Juli fiel Hansi um den Hals, ich umarmte beide. Bernd nagte an seinem Mitternachtsmahl, einem gefüllten Kauknochen. Nur zur Ablenkung, falls Julis kurzfristig extern aufbewahrte Zähne während des Einsetzens wieder Bodennähe gesucht hätten.

Kapitel 23

„Ganz langsam ein Stück weiter nach rechts." Ich winkte wie ein Fluglotse.

Juli stellte den Motor aus und beugte sich aus dem Fenster der Fahrertür. „Kay, wenn du hinter dem Wagen stehst und fuchtelst, sehe ich dich nicht."

„Ach so." Ich stellte mich neben den Wagen und fuchtelte.

Nach mehreren Rangierversuchen parkte das Mobil direkt neben einem riesigen Schlauchwurm, dessen Kopf eine verzinkte Wanne mit Rädern darstellte. Der Wurm sah aus wie der Schlauch eines riesigen Staubsaugers. Der sog bestimmt ganze Kinder ein. Ich studierte die Schilder. Hier konnte man Grauwasser abgeben. Für Camping-Idioten wie uns hatten die Hinweis-Anfertiger eine Dusche und ein Waschbecken abgebildet. Schwarzwasser hatte ein Klo auf dem Schild und einen separaten Entsorgungsplatz, der, mit einem Pfeil gekennzeichnet, hinterm Haus war. Ich hatte mich freiwillig bereit erklärt, den Pipi-Trolley, wie ich ihn nannte, zu leeren, und folgte dem Pfeil. Wenn Juli wüsste, was das alles mit ihrer Zahnhygiene zu tun hatte, würde sie in Ohnmacht fallen.

Das Ausleeren ging besser als erwartet, ich würde es aber hoffentlich nur einmal im Leben tun müssen. Um es mir leichter zu machen, stellte ich mir die ganze Zeit vor, es sei Apfelsaft, den ich entsorgte. Ich klickte den Tank wieder ein und kehrte zu Juli zurück, die meine Campingklo-Episode für ein Telefonat genutzt hatte und sofort auflegte, als ich zurückkam. Ich beschloss, sie nichts zu fragen, was ihre Nervosität steigerte.

Neben dem Kinder fassenden Grauwasser-Wurm hing aufgerollt ein fingerdicker Schlauch. Ein Schild direkt darüber zeigte einen Wasserhahn mit dem Hinweis „Weißwasser". Campen war im Grunde einfach. „Weiß" hieß „frisch", „Grau" stand für „gebraucht", und „Schwarz" war gleichbedeutend mit „Klo".

Wir schoben den Wurm unter die Seite des Wohnmobils und beobachteten das Geschehen. Nichts passierte.

„Juli, woher weiß das Grauwasser, wann es da raus soll?"

„Ach so."

Juli beugte sich unter das Gefährt und drehte an einem Zapfhahn. Eine milchige Brühe schoss heraus und lief in die Wanne. Als es nur noch tröpfelte, drehte sie den Hahn zu und hielt den Frischwasserschlauch in eine weiter oben angebrachte Öffnung. Da die Anzeige im Innenraum gestern Abend behauptet hatte, dass wir nur noch fünf

Prozent Füllstand hätten, plätscherte das Wasser unendlich lange. Währenddessen holte ich uns von der Rezeption einen Kaffee. Als ich zurückkam, standen schon vier weitere Wohnmobile bereit, die aufgetankt werden wollten.

Aus dem ersten stieg ein grauhaariger Herr mit beachtlichem Trommelbauch und marschierte energisch auf uns zu.

„Was denken Sie eigentlich, was Sie hier machen?", fragte er und zeigte auf den Schlauch.

„Weißwasser aufnehmen", sagte ich, um das neue Wort auszuprobieren.

Er rollte mit den Augen. „Kommen Sie mal mit."

Ich folgte ihm hinter unser Wohnmobil, das jetzt einen eigenen kleinen See hatte.

„Oh!"

„Ja, oh. Schon mal was von Überlaufventilen gehört?"

Eilig lief ich zu Juli, drehte den Schlauch zu, während sie wieder etwas in ihr Telefon tippte, und hängte ihn zurück.

„Wir sind voll", flüsterte ich ihr zu. „Schnell weg!"

Nachdem wir losgefahren waren, zogen wir eine Wasserspur bis zur Hauptstraße hinter uns her. „Überlaufventil" kam auch in meinen aktiven Camper-Wortschatz.

Auf einer Landstraße schaukelten wir Stockholm entgegen. Bernd durfte einen Teil der Strecke zwischen meinen Füßen schlafen. Da wirkte er entspannter als in seiner Box.

Juli wurde immer fahriger in ihren Bewegungen und schielte wie ein Junkie auf ihr Telefon.

„Sag mal, bist du noch fahrtüchtig?", erkundigte ich mich.

„Was? Fahrtüchtig? Ich? Na klar."

Die Antwort klang so geistesabwesend, dass ich mich

lieber artig auf das Biegen meines Gummistabs konzentrierte, mit dem ich die verordneten Schulterübungen absolvierte. Juli klinkte ihr Telefon in die Halterung und der vertraute blaue Punkt wies uns den Weg zum letzten Campingplatz vorm Showdown.

Als wir nachmittags ankamen, checkte ich uns ein und schrieb mir den Toiletten-Code auf den Unterarm. Ich kriegte sonst noch ein Klo-Trauma. Es gab keinen Campingplatz, auf dem mich nicht irgendeine Entsorgungskatastrophe ereilt hatte. Dieser Platz wartete als Schikane mit gemischten Toiletten für Männer und Frauen auf. Damit die Reinigungskräfte in der Vorsaison nicht so viel reinigen mussten, waren zudem bis auf eines alle Toilettenhäuschen gesperrt. Ebenso die Waschräume – aber immerhin waren die Duschen getrennt. Ich wurde bescheiden in meinen Ansprüchen.

Wir rollten durch ein Tor, und ein Platz, der so groß war wie mehrere Fußballfelder, erstreckte sich vor uns. Teerwege unterteilten die Parzellen, aus denen an den Enden Metallstäbe mit Steckdosen ragten. Ganz rechts auf dem Platz stand ein Wohnwagen, der von einem kniehohen Zaun umgeben war. Dahinter kläffte ein Yorkshire-Terrier unter einem mit Schalen überladenden Klapptisch, der mit einer fixierten Wachstuchdecke gedeckt war. Eine Outdoorküche teilte sich die Parzelle hinter dem Zaun mit zwei Liegen und dem Essbereich. Gartenfiguren aus Terrakotta, Plätscherbrunnen und ein Windspiel rundeten die Außengestaltung ab.

„Juli, wie heißt das, wenn die Möbel an allem schuld sind?"

„Feng Shui. Wieso?"

„Guck mal da", antwortete ich und wies auf den vollgestopften Vorzeltplatz.

Juli lachte. „Au weia. Aber vielleicht hebt das Windspiel das schlechte Karma wieder auf."

Auf der anderen Seite des Platzes baute jemand mit hängenden Schultern ein kleines Iglu-Zelt auf.

„Ist das nicht Benny?" Ich zeigte auf den Unglückswurm.

„Na klar. Was macht der denn hier?"

Juli steuerte das Wohnmobil in seine Richtung und hupte. Der Terrier von der anderen Seite rannte in seinem Gefängnis hin und her und bellte uns an. Bernd hob zwischen meinen Beinen den Kopf, während Benny, blind für Lebenszeichen seiner Umwelt, das Zelt in Zeitlupe weiter aufbaute.

„Huhu! Benny!", rief ich.

Der hob die Hand und winkte lahm zurück. Juli rangierte das Fahrzeug auf den Platz neben dem Zelt. Ich stieg aus.

„Benny, du solltest doch vor deiner Insel sein. Was ist passiert?"

„Ich hatte noch nicht mal das Zelt aus dem Auto geholt, als schon die Polizei kam."

„Was? Wieso?"

„Ich war wohl nicht der Erste, der da kampieren wollte, um Agnetha näher zu sein."

Er schien so unglücklich zu sein, dass ich ihn in den Arm nahm.

„Du hast doch noch uns. Ich habe morgen nichts vor, wenn Juli die ... äh ... Lieferantin trifft. Wollen wir uns Stockholm ansehen?"

„Ich weiß nicht", antwortete Benny lahm.

Wie tröstete man einen Mann, der bei seinem vierzig Jahre älteren Idol nicht vor der Insel kampieren durfte? Ich hatte keine Erfahrung mit solchen Sachverhalten.

„Vielleicht will Benny morgen lieber seine Ruhe haben und mag den Tag mit Bernd verbringen?“, schaltete sich Juli ein.

Ich hatte zwar wenig Ahnung von trauernden Groupies, aber in einem fremden Land in einem Zelt mit einem fremden Hund – und dann noch allein? Sollte ein nicht hundeverrückter Mensch nicht besser unter Artgenossen sein und abgelenkt werden? Das war von Juli gar nicht gut durchdacht.

Noch bevor ich den Gedanken vertiefen konnte, hielt an der Rezeption ein vertrauter VW-Bus an. Hermann und Hansi. Und direkt dahinter ein Wohnwagen, der mir ebenfalls bekannt vorkam. Ich kniff die Augen zusammen. Das war doch der Wagen von Udo und seiner Basenfastenden?

„Juli, schau mal. Verfolgen die uns alle?“

„Es gibt in der Gegend von Stockholm nur zwei Campingplätze. Und der andere ist unter einer Autobahnbrücke“, antwortete Juli achselzuckend.

Zwei Frauen, ein trauernder ABBA-Fan und ein Mops standen Spalier, als die kleine Karawane einfuhr. Während der VW-Bus neben uns in der Nachbarparzelle einparkte, fuhr das Wohnwagengespann in Richtung Yorkshire-Einfamilienhaus mit Maschendrahtzaun und Terrakotta-Gedöns durch. Herr und Frau Scharfes S suchten den größtmöglichen Abstand zu uns. Für Henrike musste es bei Ankunft bestimmt ausgesehen haben, als hätte ihr Udo unsere Nähe oder die unserer Schnitzel gesucht.

Hermann sprang aus dem Bus und sah sich um.

„Wir sind da! Fast kein Mensch außer uns auf diesem riesigen Platz. Feiern wir heute eine Party? Ich grille allen was, und dann lassen wir es krachen.“

Ich stupste Juli an und lächelte. „Komm, das ist keine

schlechte Idee. So bist du von der Aufregung abgelenkt, Benny von seinem Kummer, Hansi von was auch immer, und ich kriege was zu essen."

„Ich hatte für heute Abend ein Beauty-Programm geplant", flüsterte Juli mir zu.

Ich antwortete genauso leise: „Du bist beauty. Deine Zähne sind wieder im Mund, damit bist du perfekt. Dann feiere Hansi zuliebe. Der hat dir immerhin das Lächeln zurückgegeben und trägt einen für uns namenlosen Kummer mit sich herum. Lass uns ihn am letzten Abend ablenken."

„Ich habe ja sowieso nichts vor", stimmte Benny Hermanns Vorschlag geistesabwesend zu.

„Doch, hast du! Du bist für die Musik zuständig." Ich stupste ihn an.

„Und wir kaufen ein", rief Hermann und schlug Hansi auf die Schultern. Der nickte gequält.

„Ich muss noch mal kurz wohin. Und das ‚wohin' ist wieder außerhalb unseres Wohnmobils", sagte Juli. „Okay?"

Ich nickte ergeben. Meine Trolley-Karriere wollte ich nicht fortsetzen. Es war entwürdigend, mit einer Plastikbox voller Pipi durch die Weltgeschichte zu marschieren.

„Wenn wir uns hier sowieso schon wieder treffen, wollen wir die übrigen Camper auch einladen? Du kaufst für die Basenfastende ein paar Lauchstangen zum Dünsten, und ich füttere Udo heimlich mit Kurzgebratenem. Ist doch sonst doof."

Zustimmendes und gleichgültiges Gemurmel folgte. Das musste reichen. Ich hatte schon mit weniger Feedback Kampagnen gestartet und schnappte mir Bernds Leine, um die Höhle der basenfastenden Löwin aufzusuchen.

Gezischte Stimmen drangen durch die Wand an mein Ohr. Oha!

Ich klopfte. Sofort wurde die Tür vom Wohnwagen aufgerissen. Mit hochrotem Kopf stand Henrike vor mir. Bernd war einen Satz zur Seite gesprungen und bellte.

„Du? Ausgerechnet!", rief sie.

„Äh ... ja."

„Willst du ihn abholen? Dann kannst du ihn gleich mitnehmen."

„Mitnehmen? Udo? Nee, danke. Mir reicht einer."

„Ach? Ist die Anzahl das Problem? Dann tauschen wir halt. Alles ist besser, als so hintergangen zu werden. Und dann besitzt du noch die Frechheit ..."

„Rike, es reicht. Ich habe in der Nacht nicht Kay vernascht, sondern ihre Schnitzel!"

Udo erschien in der Tür und wirkte peinlich berührt, weil ich als ahnungsloser Streitgrund jetzt auch noch leibhaftig vor der Tür stand und alles abbekam. Er atmete tief ein und wieder aus. „So, jetzt ist es raus."

War Schnitzelessen besser oder schlimmer als Fremdgehen?

„Du hast gar nicht mit ihr ...?"

„Nein. Ich hatte Hunger."

„Aber ich habe euch doch zusammen weglaufen sehen. Am Wasser seid ihr ja nicht ungestört genug gewesen."

„Das war wegen des Mopses. Der war abgehauen", stöhnte Udo.

„Genau. Der kleine Racker haut öfter mal ..." Ich blickte nach unten. Kein Mops. „Oh, nicht schon wieder. Bernd!", rief ich.

Wir drehten uns alle um die eigene Achse.

„Da ist er", sagte Henrike und zeigte auf den umzäunten Wohnwagen-Traum.

Bernd stand auf der richtigen Seite des Zauns und wedelte wie besessen. Auf der anderen Seite stand die Yorkshire-Hündin und fiepte vor Anspannung.

„Da geht was", sagte Udo.

„Ja. Im Gegensatz zu uns beiden. Sorry, Henrike. Er ist nicht mein Typ. Ich bin hier, um euch zu unserer Abschiedsparty heute Abend einzuladen. Wir haben uns alle zufällig hier wiedergefunden, und morgen ist unser letzter Tag."

Udo schaute Henrike an, die immer noch verspannt wirkte.

„Hermann kauft auch Lauch ein und reserviert einen Grill für alle Essbehinderten. Egal ob vegan, basisch, koscher ..."

Mitten in der Aufzählung brach ich ab. Henrikes Mundwinkel signalisierten Ablehnung. Ich war mal wieder übers Ziel hinausgeschossen. Die Bezeichnung „Essbehinderte" stieß nur bei denen auf Zustimmung, die alles aßen. Das musste ich mir endlich mal merken.

„Na ja, ihr wisst schon. So, dass ihr euch wohlfühlt halt ..."

„Komm schon, Henrike", drängte Udo. „Gib dir einen Ruck. Ich esse auch alles mit dir, was du möchtest."

Sie seufzte. „Na gut. Warte, ich mache eine Liste fertig. Viele Zutaten haben wir sowieso dabei."

Udo zwinkerte mir zu. Das wäre geschafft. Jetzt noch den Mops einfangen. Ich ging zum Wohnwagen, wo die beiden Hunde vibrierend voreinander standen. Schockverliebt?

„Hallo?", rief ich in Richtung des gekippten Fensters, aus dem leise Schnarchgeräusche drangen.

Vorsichtig wurde die Tür geöffnet und Tupper-Mutti schaute heraus. Mit einem geblümten Handtuch trocknete sie Geschirr ab.

„Sie?“ Mutti guckte mich verdattert an.

„Ach! Dann ist das Isolde, die neulich noch im Bett geschlafen hat?“ Ich zeigte auf den Hund.

Tupper-Mutti legte den Kopf schief und nickte.

„Was hat sie denn?“

„Ich glaube, die sind spontan verknallt.“

Mutti schmiss sich kopfschüttelnd das Tuch über die Schulter, kam aus dem Wohnwagen und öffnete den kleinen Drahtriegel. Ich nahm dem Mops das Geschirr ab, der sofort zu Isolde raste. Die Hunde umkreisten sich, fiepten und gingen auf die Vorderpfoten. Beide sprangen hoch, rannten Achten und jagten einander.

„Ach, wie goldig. So habe ich sie ja noch nie erlebt“, sagte Mutti und schaute den tobenden Hunden mit gütigem Blick zu. Drinnen verstummte das Schnarchen. Grunzen und Gepolter folgten, und dann schwankte der Wagen. Vati war erwacht und erschien mit Ballonseidenhose und Unterhemd in der Tür.

„Was ist denn hier los?“, sagte er und blinzelte in die Sonne.

„Schau mal, wen wir wiedergetroffen haben.“

„Sie? Sie haben das Wohnmobil tatsächlich bis Stockholm gebracht?“

„Genau. Und zur Feier des Ankommens würden wir Sie heute Abend gerne zum Grillen einladen.“

„Sie grillen?“

„Nein, aber wir haben zwei Männer dabei, die das perfekt beherrschen.“

Vati nickte zufrieden. Sein Weltbild war wiederhergestellt. Er streckte mir die Hand entgegen.

„Das ist Christel, meine Frau. Und ich bin Gustav.“

Während wir uns mit Handschlag begrüßten, beschnüffelten sich die Hunde an jedem relevanten Zentimeter.

„Bernd ist immer fassungslos, wenn ich Menschen die Hand gebe, anstatt intensiv an ihrem Po zu riechen." Ich grinste.

Christel und Gustav starrten mich an.

„Na ja, wir sehen uns also heute Abend. Sie brauchen nichts mitzubringen. Den Einkauf erledigen wir."

Ich schnappte mir den widerstrebenden Mops und ging zurück zu unserer Parzelle. Mit jedem Schritt kühlte mein Gesicht spürbar ab. Wieso schlüpften immer diese Gedanken durch die Blut-Hirn-Schranke und sprangen aus meinem Mund?

Juli und Hermann schrieben Einkaufszettel, Hansi baute die Grillausstellung auf, und Benny schloss den iPod an eine Box an. Bernd musste ich an der Leine mitzerren. Der fiepte herzzerreißend und zog in die entgegengesetzte Richtung. Ich drehte mich um. Mutti, Vati und Isolde standen am Maschendrahtzaun und schauten uns hinterher.

Mutti beobachtete unseren Kampf ums Vorankommen eine Weile und rief: „Fräulein, Moment! Warten Sie mal."

Wann hatte das zuletzt jemand zu mir gesagt? „Fräulein" – das Wort hatte etwas so Altmodisches, Erzieherisches, dass ich stehen blieb.

„Den jungen Mann lassen Sie mal bei uns. Isolde jammert, als hätten dunkle Mächte ihren Bräutigam gehängt. Wir passen da schon auf."

Fräulein Kay, also ich, nickte und streckte Christel die Leine hin. Noch bevor diese zugreifen konnte, schoss der Torpedo-Mops zurück zu seiner Flamme.

„Sehen Sie", sagte Christel und lächelte. Gustav, der den liebestollen Mops auf Konfrontationskurs sah, öffnete das Türchen, und Bernd rannte mit fliegender Leine ins

Gehege. Der Mops stand irgendwie auf alte Damen. Daheim hatte er Bibi, die steinalte Jack-Russell-Hündin, und auf Reisen suchte er sich als Kurschatten eine Yorkshire-Greisin.

Kapitel 24

Als Hermann und Juli vom Einkaufen kamen, checkte eine Gruppe junger Männer mit zwei VW-Bussen ein. Beide Wagen kamen aus Deutschland und zogen Hänger mit Rennrädern hinter sich her. Hoffentlich störten wir die Sportler nachher nicht, wenn die früh schlafen wollten.

Hermann entlud tütenweise Fleisch, alkoholische Getränke und vier Lauchstangen.

„Meinst du, das reicht für die Basenfastenden?", erkundigte ich mich.

Er zuckte die Schultern. „Ich habe den bekloppten Einkaufszettel verloren."

Wir richteten unsere Bar auf einem Klapptisch ein, auf den Hermann ein mitternachtsblaues Satinlaken deckte.

„Das kannst du danach wegschmeißen", warnte ich ihn.

„Hoffentlich."

„Was?"

„Den passenden Seidenpyjama hat mir meine Mutter für diesen Urlaub geschenkt. Wenn schon Camping, dann edel, meinte sie. Die erste Nacht bin ich dreimal aus dem Bett gerutscht. Jetzt liege ich nackt im Schlafsack."

Ich kicherte und bestaunte die Sammlung bestehend aus Bier, Wein und Schnaps.

„Nicht alles ist gekauft. Die Schnäpse haben wir ins Land geschmuggelt", flüsterte mir Hermann zu.

Als der Grill heiß war und die ersten Schnitzel zischend auf dem Rost landeten, fanden sich die Gäste ein.

„Das junge Glück haben wir in Ruhe gelassen. Isolde hat nicht mal gemerkt, dass wir raus sind", sagte Christel vergnügt. „So habe ich sie in den ganzen zwölf Jahren nicht gesehen."

„Isolde ist zwölf?"

Ich multiplizierte das mit sieben, denn sieben Hundejahre waren ein Menschenjahr, und kam darauf, dass der Yorkshire-Terrier Mitte achtzig war. Bernd war noch keine dreißig. Fünfundfünzig Jahre Altersunterschied? Ich musste dringend mit dem Mops reden. Wo wollten die denn mal zusammen wohnen? Was sagten Bernds Freunde, wenn er so eine Oma mit nach Hause brachte? Mir wurde ein Bier gereicht. Eine Kommunikationsstrategie für besagtes Problem bekam ich nüchtern nicht zustande.

„Können so alte Damen noch Kinder bekommen?", fragte Juli.

„Oh", erwiderte Gustav und schaute zu seiner Frau.

Ich schluckte. Yorkshire-Mops-Mischlinge wollte ich mir nicht vorstellen. War das nicht auch eine zu große Belastung für eine Greisin? Was war, wenn Bernd ausgerechnet jetzt über die Omi herfiel? Gerade, als ich aufspringen wollte, meldete sich Christel zu Wort.

„Gustav, denk nach!" Sie lachte vergnügt los. „Isolde ist seit elf Jahren kastriert."

Kastriert? Machte man so was nicht mit männlichen Hunden? Wie hieß das bei Weibchen? Sascha hätte auf alle Fragen eine Antwort gewusst. Ruhig, sachlich und kompetent. Mist! Wieso musste ich nur schon wieder an ihn denken? Ich schüttelte mich. Vielleicht fielen die Gedanken ja wie faule Äpfel von mir ab.

„Henrike, ich habe den Einkaufszettel verloren", beichtete Hermann. „Mir ist dann nur noch der Lauch eingefallen."

Henrike bekam einen spitzen Mund.

„Rike, dann kriegst du heute den Lauch für dich allein. Ich esse ausnahmsweise etwas Fleisch", sagte Udo und nahm seine Frau in den Arm.

„Aber nicht dieses gepökelte Kasseler. Die Säuren kriegst du nicht mal mit Basentee und Korallenpulver aus dem Körper."

„Okay, nicht das Kasseler", stimmte Udo gutmütig zu und musterte das riesige, eingeschweißte Fleischstück.

Christel und Udo stellten gleich noch den Tupper-Brot-Max mit Buletten und die Große Tafelperle randvoll mit Nudelsalat auf den Tisch. Schlimm genug, dass ich alle Fachbegriffe der Büchsen kannte. Mein Ex-Schwieger-Monster war eine begeisterte Tupperparty-Ausrichterin, und ich war regelmäßig mit Neuigkeiten aus dem Sortiment beglückt worden. Bei meinem Auszug hatte ich alles für meine zukünftige Nachfolgerin dagelassen.

„Der Salat und die Buletten sind dank der Tuppertöpfe frisch wie am ersten Tag", pries Christel ihre Mitbringsel an und öffnete die Schalen.

Benny hatte alles verkabelt und startete seinen Musikreigen mit „Waterloo". Heute Abend würde ich jedes ABBA-Lied kennenlernen. Endlich. Bisher hatte die Musik in meinem Leben zwar keine Rolle gespielt, aber Benny würde dafür sorgen, dass sich das änderte. Hoffentlich nur für eine Nacht.

„So, die erste Rutsche kann losgehen", rief Hermann und klapperte mit der Grillzange.

Hansi sprang auf und schleppte den ersten Teller heran. Der Duft, der zu mir herüberwehte, brachte mein Esszentrum im Kopf zum Tanzen. Herrliche Grillberge warteten auf mich. Alle griffen zum Fleisch, bis auf Henrike. Die mümmelte den in Aluschale gedünsteten Lauch. Ab und an, wenn der Bulettengeruch in ihre Richtung drehte, blähten sich ihre Nüstern. Und das sah nicht aus, als wäre sie davon angeekelt. Muttis Buletten waren aber auch Prachtkerle. Ich hatte beim ersten Schnuppern sofort gesabbert und beim Aufstoßen noch stundenlang den leckeren Geschmack im Mund.

Nach der ersten Runde Grillgut-Vernichtung neigte sich auch die erste Kiste Bier dem Ende entgegen.

„Möchte jemand einen Wein?“, fragte Hansi.

„Vielleicht versuche ich doch mal einen Rosé“, meldete sich Henrike mit leiser Stimme.

Durfte der Wein ihren moralischen Verfall nicht hören, oder schämte sie sich ob der mangelnden Standhaftigkeit? Schließlich hatte sie auch Basentee mit neunundvierzig Kräutern mitgebracht. Zumindest stand diese Information auf der Packung. In einem einzigen Teebeutel drängelten sich mehr Kräuter, als ich namentlich benennen konnte.

„Kommt sofort“, bestätigte Hansi.

Er drehte sich mit dem Rücken zum Tisch. So verdeckt füllte er einen Pappbecher halb voll mit Weißwein, schnappte sich den Roten und goss den Becher damit randvoll.

„Ihr Rosé, Madame“, sagte er und hielt Henrike seine Cocktail-Kreation hin.

Die nippte und nickte. „Schmeckt besser, als ich in Erinnerung hatte.“

„Gustav, was möchtest du?“ Grinsend wandte sich Hansi Isoldes Herrchen zu.

„Was gibt denn deine Bar an Schnäpsen her?“

„Also, ich habe Himbeere, Kirsche und Birne.“

„Dann bitte eine Melange davon“, antwortete Gustav

und biss in ein handtellergroßes Stück Steak, das von der Gabel in seinen Mund zu springen schien.

Hansi und ich schauten uns an. Gustav hatte doch wohl nicht die Wahrheit hinter dem Rosé-Mix erkannt? Er zwinkerte uns zu und kaute vergnügt vor sich hin. Juli orderte Gin Tonic. Hansi mixte die beiden Zutaten großzügig zusammen und schüttete aus einer Schnapsflasche ein kleines Topping oben drauf. Ich riss Augen und Mund auf, um zu protestieren, als Hansi mir zuvorkam.

„Wusstest du eigentlich, dass Hermann und ich während des Studiums Samenspender waren?", fragte er und reichte Juli ihr eigenwilliges Mixgetränk.

Bei diesem Themenwechsel klappte mein Mund wieder zu.

„Ihr habt für Geld masturbiert?", erkundigte sich Juli mit etwas verwaschener Stimme.

Ich horchte auf. Wie klang die denn? Sie konnte doch von dem bisschen Bier nicht angetrunken sein. Hier lief irgendwas aus dem Ruder.

„Exakt", antwortete Hansi.

„Ist das dann Prostitution?" Juli trank einen großen Schluck aus ihrem Glas.

Himmel! Das konnte ja heiter werden. Misstrauisch beäugte ich mein Bier. Hatte das nicht einen seltsamen Beigeschmack? Wieso hatte Hansi darauf bestanden, dass ich ein Glas nahm? Wie viele Schnäpse hatte ich, ohne es zu wissen, schon getrunken?

„Gibt es bei Samenspendern keine Mindestgröße?", erkundigte ich mich zerstreut. Vielleicht wünschte sich nicht jede Mutter einen so klein gewachsenen Sohn wie Hansi? Konnte man Größe, Haarfarbe und andere Features in einem Katalog ankreuzen? Im Geiste überschlug ich die möglicherweise getankte Schnapszahl. Woher kam eigentlich der Begriff „Schnapszahl"? Das sollte mal jemand googeln. Ich vermutlich.

„Wie willst du denn wissen, wie lang meiner ist?", protestierte Hermann, der eine neue Ladung Fleisch auf den Tisch stellte.

„Ich sprach von der Körpergröße", sagte ich und verdrehte die Augen. „So wie bei Polizisten oder Stewardessen."

Alle lachten. Udo zeigte auf sein leeres Glas. „Eine Melange bitte noch. Dann schau ich nach unseren beiden Verliebten im Wohnwagen. Nicht, dass mir da Blagen kommen."

Blagen? Ich dachte, Isolde war ein Wallach oder wie auch immer das bei Hunden hieß. Oder meinte Gustav etwa Klagen? Diese Melange von Schnäpsen schlug wohl ein bisschen aufs innere Metapherzentrum. Mich überkam Wehmut bei dem Gedanken, wie sehr der kleine Hund das Leben der beiden Rentner prägte. Die Yorkshire-Dame war schon weit über achtzig und war ihr ganzes Leben geliebt und umsorgt worden. Bernds und mein Leben würde sich bald trennen, und dann konnte ich ihn nur noch besuchen. Wie ein Scheidungskind. Aber würde ich überhaupt zumindest etwas von dem Sorgerecht bekommen? Was wäre, wenn Klara eines Tages in eine andere Stadt zog? Setzte sie Bernd dann mit einem Butterbrot in den Zug, damit er mich besuchen konnte? Und überhaupt: Könnte ich einen anderen Hund genauso lieben wie diesen einen?

„Wenn sie irgendwann mal nicht mehr ist, würdet ihr dann eine neue Isolde haben wollen?", fragte ich.

„Wieso? Das haben wir bei Oma doch auch nicht gemacht", erwiderte Christel und kicherte.

„Ich gehe mal den Jürgen würgen", verkündete Udo und räusperte sich. Leise lachend torkelte er in Richtung seines

Wohnwagens. Ach ja, da wurden die privaten sanitären Anlagen morgen wieder mittels Pippi-Trolley entsorgt.

„Aber nicht ohne Fuß-Pils!", rief Hermann und schmiss ihm eine Flasche samt Öffner hinterher, die Udo mit einer erstaunlich eleganten Bewegung auffing. „Das kleine Bier für unterwegs."

Aus der Ecke der Radfahrer erscholl Musik von Helene Fischer. Die Gruppe grölte mit. Benny drehte unsere Musik lauter. „Thank you for the Music" verstanden die Helene-Jünger hoffentlich nicht verkehrt.

Als Benny anfing mitzusingen, stellte ich fest, dass ich weder für ein Duett noch fürs Zuhören betrunken genug war.

„Ich geh mal wohin", informierte ich den Kreis.

„Warte, ich komme gleich mit." Juli schwankte beim Aufstehen.

Gelächter schallte uns aus den Unisex-Toiletten entgegen. Die Code-Tür stand offen. Zum Glück! Ich hatte die vier Ziffern wieder vergessen. Irgendwo hatte ich mir zwar eine Notiz gemacht – aber wo?

Vor den beiden geöffneten Klos hatte sich eine Schlange gebildet – die deutschen Radfahrer –, in die wir uns einreihten. Gingen die nur in Kleingruppen aufs Klo? Hinter uns stolperte ein bleicher Typ in den Vorraum, dessen zu lange dünne Arme und Beine wie bei einem Teenager nicht zum Rest passten. Ein fusseliges Bärtchen verstärkte den Eindruck, dass hier ein paar Jahre Entwicklung fehlten. Sein Shirt wies ihn als Finisher eines Radrennens im Allgäu aus. Ich fand seine unbeholfene Erscheinung rührend. Das musste am Alkohol liegen. Das Zeug hatte bei mir den gleichen Effekt wie ein Weichzeichner bei Filmaufnahmen. Alles erschien sanfter im wohligen Alkohol-Nebel.

„Der ist so süß blass, findest du nicht?"

Juli blinzelte und fixierte den schlaksigen Kerl. „Ist ‚kränklich' das neue ‚sexy'?"

Ich kicherte. Der Teenager auch, obwohl er uns gar nicht gehört haben konnte. Er verschwand hinter einer Tür, deren aufgeklebtes Schild eindeutig auf einen Putzraum hindeutete: Eimer mit Wischmopp. Da er die Tür einen Spaltbreit offen gelassen hatte, reckten Juli und ich die Hälse, um zu schauen, was er dort trieb. Mit seinen langen Armen griff er nach einem quietschroten Eimer, der in einem Metallregal stand, und spähte hinein. Hatte er da was versteckt? Hoffentlich keine Drogen!

Die Schlange rückte vor, Juli und ich schlüpften endlich in die Kabinen. Zeitgleich kamen wir wieder raus und trafen uns an den Waschbecken. Während ich meine Hände mit Eiswasser einseifte – warmes Wasser gab es nur beim Duschen, und da auch nur gegen Bezahlung –, trat der Schlaks an das Becken zwischen Julis und meinem und kippte eine gelbliche Flüssigkeit hinein. Dann stellte er den Eimer an die Seite und wusch sich die Hände.

Ich erstarrte und glotzte ihn fassungslos an. Der hatte doch nicht etwa ...

Mit glasigen Augen schaute er vor sich in den Spiegel und bemerkte meinen Blick.

„Kein Problem, das mache ich schon den ganzen Abend so." Sprach es, machte ein Bäuerchen und stellte den Eimer ordnungsgemäß wieder ins Regal des Putzzimmers.

Juli kreischte los und stützte sich am Waschbecken ab, während ich noch mit der Informationsverarbeitung beschäftigt war. Mein Gehirn wollte auch unter Alkoholeinfluss diesen eher ungewöhnlichen Toilettengang nicht akzeptieren. Juli schlug mir auf den Rücken und japste.

„Ich will nie wieder campen", murmelte ich erschüttert. „Nie wieder!"

Dieses Erlebnis kriegte ich nur durch einen Meteoriteneinschlag überschrieben.

Als wir zu unseren Parzellen zurückkehrten, tanzten alle miteinander. Udo schwofte Mund an Mund mit seiner Henrike einen abgewandelten Apfelsinentanz. Nur dass die Orange eine Bulette war und soeben in Henrikes Mund verschwand. Die Basenfastende war wegen des ungewohnten Alkoholgenusses mächtig angeschickert und vermutlich schon total übersäuert. Die aß tanzende Buletten! Korallenpulver, Basentee und basische Achselkissen würden in den nächsten Tagen Doppelschichten schieben müssen. Gustav wirbelte Christel herum, Benny zappelte hinter seinem improvisierten DJ-Pult, Hermann stampfte klatschend mit den Füßen, und Hansi tanzte mit dem Kasseler.

Er machte was? Juli sah es im gleichen Moment wie ich und schlug sich die Hand vor den Mund. Hansi hatte die Augen geschlossen und drehte sich entrückt im Slowfox mit dem Kasselerrücken im Kreis.

„Du greifst dir Hansi, ich das Kasseler!", ordnete Juli an.

Mir erschien das eine sinnvolle Vorgehensweise, also stürmten wir los. Juli schnappte sich das eingeschweißte Stück Fleisch, und ich glitt in Hansis Arme. Der nickte, umschlang meinen Rücken und schwofte weiter. Er schien zufrieden mit der Kasseler-Frau-Verwandlung.

„Ach, Hansi, wenn du wüsstest", lallte ich in sein Ohr. „Wir alle hier haben unsere Probleme."

Eine heftige Welle Sascha-Sehnsucht überkam mich, als mich der fremde Mann enger umfasste. Schon die Berührung hatte meinem betrunkenen Gehirn gezeigt, dass es keinen anderen Mann für mich geben konnte. Jetzt nicht und auch nicht in naher Zukunft. Tränen stiegen mir in die Augen. Warum war nur alles so schwer und ich so weit weg von diesem einen Mann?

„Und ich habe nicht mal mehr ein Kasseler", murmelte Hansi.

Gleich würde ich flennen. Wenn Sascha ein reiches und kluges Ex-Model statt meiner wollte, musste ich das, objektiv betrachtet, gerade noch verstehen können. Aber wenn ich gegen einen Kasseler-Rücken verlor, kränkte mich das dann doch. Was war nur mit den Männern los? Hatte hier jeder sein persönliches Bindungsproblem mit normalen Frauen? Ein Stück Kasseler war definitiv keine sinnvolle Lösung. Das konnte man auch nur schwerlich seinen Eltern vorstellen.

Die Musik wechselte zu „Waterloo". Hansi wirbelte mich so herum, dass mein innenliegendes, durch Alkohol angeworfenes Karussell aus dem Rhythmus kam. Ich versuchte, mit den Augen einen Punkt zu fixieren, damit sich alle Drehbewegungen synchronisierten. Neben dem Holzkohlegrill sprach Juli auf das Kasseler ein. Hermann nickte fortwährend. Und ich hatte Sorge, dass dieses Gespräch für das Kasseler nicht gut ausgehen würde.

Zwischen den Wohnwagen erspähte ich einen hochgewachsenen Kerl, der das Treiben verfolgte. Wie das von außen betrachtet wohl aussah? Darüber wollte ich besser nicht nachdenken. Restfunken meines Verstandes gaben mir zu verstehen, dass wir eine ziemlich betrunkene und skurrile Truppe sein mussten. Zumindest für Fremde. Ich schmiegte meinen Kopf an Hansis Hals. Da er genauso klein war wie ich, musste ich mich dabei etwas runterbeugen, und für die anderen musste es so aussehen, als wäre ich eingeschlafen. Bei der nächsten Drehung war der Gaffer verschwunden. Der fuhr bestimmt umgehend zu dem Campingplatz unter der Autobahnbrücke und hoffte, dort weniger Irre vorzufinden. Ich kicherte.

Kapitel 25

An meinem Ohr fiepte etwas. Wie durch Sirup kämpften sich meine Gedanken zu der Geräuschquelle. War alles nur ein Traum gewesen, und ich lag zu Hause im Bett? Stand der Mops auf dem Kopfkissen und verlangte nach Futter? Ich blinzelte in die Sonne, die durch das Oberlicht fiel. Ein Nieser trötete neben meinem Kopf. Sprühregen ging auf mich nieder, gepaart mit ein paar Hammerschlägen von innen gegen meine Stirn. Das Niesen kam vom Mops, aber wer bediente den Hammer?

„Kay, bist du wach?"

Ich wischte mir den Regen aus dem Gesicht und starrte in zwei Gesichter, die zu dicht dran waren, als dass ich sie scharf stellen konnte. Ein kleiner Kopf mit unvorteilhaft angebrachten Riesenaugen und ein großer mit dramatischem Lidstrich über Rehaugen. Ich wollte nichts sagen. Der Geschmack in meinem Mund ließ mich denken, dass ich ein verwesendes, in Schnaps eingelegtes Pferd gegessen hatte, das vorher auf einem Friedhof gegrast hatte.

Ich schüttelte den Kopf.

„Ah, sehr gut. Ich drehe mit Bernd eine Runde. Gustav hat auf dem Weg zur Entsorgungsstation den Mops im ersten Morgengrauen hier rübergetragen und ihn dir ins Bett gelegt. Der ist dabei nicht mal aufgewacht."

Wham! Sofort waren die Bilder vom Kacke-Trolley da. Warum hatte ich mir nicht den Teil meines Gehirns wegsaufen können, der immer alles sofort in eklige Bilder verwandelte?

„Der Mops ist so müde wie jemand, der ein Wochenende lang ohne Schlaf im Swingerclub rumgemacht hat."

„Juli", stöhnte ich, als mein Gehirn auch diese Information in bunte Farben umsetzte.

„Bis gleich." Juli lachte und zog mit Bernd los.

Ich pulte mich aus der Daunendecke, stellte mich davor und setzte mich auf die Stufe vorm Bett. Alles ganz langsam. Als Erstes eine Ibu einwerfen und dann Zähne putzen. Danach sofort zur Toilette. Und wenn das erledigt war, konnten wir über mehr verhandeln.

Ich öffnete die Tür zum Badklo. Quer über dem Mini-Waschbecken lag ein Kasseler. Neue Bilder tanzten durch meinen Kopf. „Tanzen" war das Stichwort, das den Vorhang vor meiner Erinnerung zur Seite zog. Auf einmal fiel mir der ganze Abend wieder ein. Nur nicht mehr, wann ich ins Bett gekommen war.

Indoor-Zähneputzen fiel aus. Ich wollte das Kasseler nicht stören. Das hatte ebenfalls einen harten Abend hinter sich gebracht und offenbar nur knapp überlebt. Also schnappte ich mir meine Duschtasche, trank eine halbe Flasche Wasser zusammen mit der Ibu auf ex und trat aus dem Wohnmobil ins Freie. Herumliegende Bierflaschen, erloschene Grillgeräte, dreckige Teller und leere Schnapsflaschen empfingen mich. Camping stellte auch immer eine gewisse Art der Verwahrlosung dar. Zu Hause hätten wir das abends noch weggeräumt, hoffte ich.

Eine blonde Frau mit wippendem Pferdeschwanz wischte über die Tische beim Gemeinschaftshaus. Sie trug eines dieser roten Shirts, an denen die Mitarbeiter des Campingplatzes zu erkennen waren, und wrang den Wischlappen über einem roten Eimer aus. Über einem quietschroten Eimer!

„Lieber Gott, lass sie ganz viele rote Eimer haben", murmelte ich und schüttelte mich.

Manche Erinnerungen hätte ich gerne vergessen. Doch gerade die hielten sich leider am hartnäckigsten. Ich würde hier keine Tischplatte mehr berühren.

Mein Plan für heute war glasklar: Nach dem fünften Kaffee würde ich zum ersten Mal in den Stieg-Larsson-Büchern lesen wollen. Ab der Sekunde, in der Juli Richtung City aufbrach, würde ich es mir mit Bernd hübsch machen und nicht mehr aufstehen. Lesen, gammeln und hin und wieder mit dem Mops über den Platz schlappen.

Als ich vor den Toiletten stand, waren sämtliche Türen verrammelt. Ich starrte auf das Bedienfeld des Pin-Codes und war den Tränen nah. Mir fielen die Zahlen wieder nicht ein. Juli war mit Bernd unterwegs, die anderen schliefen oder brachten ihre Exkremente weg.

Ich ging um das Dusch- und Klohäuschen herum. Eine Tür stand offen. Gott sei Dank, ein Klo. Aber eines ohne Deckel und rundherum aus Metall. War das die Behinderten-Toilette? Durften auch Nichtbehinderte die benutzen? Egal. Ich hatte keine Zeit mehr. Also zog ich meine Hose runter und hockte mich über das Klo. Die eiskalte Metallumrandung wollte ich auf keinen Fall berühren. Endlich! Dieses dauernde Gefühl, dass einem die Blase platzte und es keine Toilette gab, würde ich lebenslang mit Camping verbinden. Jetzt war ich dankbar, dass sich das Problem erledigt hatte. Ich nestelte an meiner Hose. Der Reißverschluss klemmte. Nie war nix. Ich suchte nach der Ursache, konnte aber im Dämmerlicht nur wenig erkennen.

Klatsch! Eine Ladung eiskaltes Wasser erwischte mich

am Kopf. Ich schrie. Vor mir stand mit fassungslosem Blick und einem nun leeren Eimer Gustav.

„Was machst du denn da?"

„Ich musste so dringend", jammerte ich.

„Aber warum denn hier?"

„Die anderen Toiletten waren zu. Nur das Behindertenklo nicht."

„Behindertenklo?", echote Gustav.

„Nicht?", fragte ich und wischte mir die triefenden Haare aus der Stirn.

Gustav starrte mich an, dann seinen Eimer und dann wieder mich.

„Was ist?"

Er fasste sich an den Kopf und stellte den Eimer ab.

„Du denkst wirklich … also, jetzt mal im Ernst …" Er brach ab und japste nach Luft.

Wasser lief mir in die Augen. Ich richtete mich auf und stand pudelnass und mit offener Hose vor der Metalltoilette. Ging es noch schlimmer?

„Das ist die Grube für Schwarzwasser", sagte er und zeigte auf den leeren Plastiktrolley neben sich. „Ich wollte nur schnell mit klarem Wasser nachspülen."

Ich stöhnte. Es ging schlimmer. Mein Klo-Karma holte mich wieder und wieder ein. Gustav grölte los, als er meinen Fehler in seinem ganzen Ausmaß begriff, und hielt sich den wackelnden Bauch.

„Mädchen, Mädchen", japste er und wischte sich mit dem Handrücken über die Augen.

Ich zuckte mit den Schultern und griff tropfend nach meiner Tasche. Gustav ging gniggelnd und kopfschüttelnd in Richtung seiner Parzelle. Der würde Christel eine schöne Guten-Morgen-Geschichte erzählen können. Vor mir verließ jemand die Duschräume. Ich hechtete zum

Türgriff und bekam ihn zu fassen. Mein Kopf protestierte hämmernd, aber immerhin stand ich schon mal drinnen. Ich schmiss meine Sachen in die Ecke und näherte mich den beiden Duschkabinen. Oh nein! Ich hatte keine Duschmarken gekauft. Was brauchte man dieses Mal? Kronen? Zwei Fünfkronenstücke hatte ich noch in der Tasche. Oder campingeigene Marken? Ich fand nicht mal einen Automaten. War hier wieder alles anders? Probehalber drehte ich den einen der beiden Duschhähne auf. Es kam Wasser, und das wurde sogar warm. Duschen war also kostenlos! Yippieh! Vielleicht blieb nur ein Klo-Trauma zurück, und ich konnte das Duschproblem überwinden?

Ich schielte auf meinen ausgestreckten Arm. Da stand mit krakeliger Kuli-Schrift viermal eine Fünf. Nicht nur, dass der Code mal wieder idioteneinfach war, ich hatte ihn auch sinnvoll notiert. Aber dann hatte die Melange aus Schnäpsen und Bier alles Fachwissen hinfortgespült.

Ausnahmsweise lief die Körperpflege unfallfrei. Als ich mit geputzten Zähnen zurück zum WoMo ging, wirkte auch endlich die Tablette. Ich war beinahe wie neu und hatte Kaffeedurst. Und Sehnsucht nach Bernd. Und nach Sascha. Hoppla! Was machte mein Herz für einen Rundumschlag, nur weil das Duschen nichts gekostet hatte?

Juli stand in der Tür und streckte mir einen dampfenden Kaffee hin. Ich liebte sie umgehend genau so heiß und innig wie die Dusche.

„Und? Woran erinnerst du dich?", fragte sie. In ihren Augen schien ich aufnahmebereit.

„An das Kasseler."

Juli lachte auf. „An was noch?"

„Sollte ich mich an mehr erinnern?"

Vorsichtig ließ ich mich auf den nach hinten gedrehten

Beifahrersitz gleiten. Unterm Tisch verschlang Bernd eine Portion Futter.

„Bernd liebt eine Oma, Henrike isst Buletten, wenn sie vom selbst gedrechselten Rosé blau genug ist, Hansi tanzt mit einem Kasseler oder mit mir. Ende."

„Korrekt. Hansi war so froh, dass er mal jemanden rumwirbeln konnte, der auch Beine hat. Nach der zehnten Drehung bist du umgefallen. Wir haben dich ins Bett getragen und sind wieder raus."

„Das ging noch weiter?"

„Henrike und Udo haben sich singend in ihren Wohnwagen verzogen, Gustav und Christel waren müde, und so saßen wir nur noch zu viert am Tisch. Und dann habe ich den anderen erzählt, warum wir wirklich hier sind."

„Oha. Und?"

„Daraufhin hat Hansi erzählt, was ihre Tour soll."

„Fleisch grillen, durch die Gegend jokeln und verwahrlosen?"

„Nicht ganz. Hansi hat eine massive Krise. Seine Arbeit kotzt ihn an. Er arbeitet nur für vermögende Privatpatienten in einer hochfinanzierten Praxis. Seine Freundin wollte gerne einen reichen Zahnarzt zum Mann. Hansi ist aber wegen der Praxisschulden nie dazu gekommen, wirklich Geld zu verdienen, er hat immer nur die Kredite samt Zinsen bedient. Da hat sie ihn sitzen lassen und ist mit einem plastischen Chirurgen durchgebrannt."

„Investition in die Zukunft", murmelte ich. Kein Wunder, dass Hansi oft so still war. „Und jetzt?"

„Er wollte sich ablenken und hat beinahe jedes Wochenende Obdachlose in einem Zahnarztmobil kostenlos behandelt. Da hat es Klick gemacht. Er möchte ins Ausland. Irgendwo hin, wo Zahnärzte wirklich gebraucht werden."

„Ähnlich wie Klara damals ..."

„Genau. Hansi sprach von nichts anderem mehr, traute sich aber nicht, den letzten Schritt zu gehen. Da hat Hermann ihn sich geschnappt und ihm gesagt, dass sie jetzt eine Woche durch Schweden fahren. Nur essen, fahren und reden. Wenn sein Entschluss anschließend immer noch der gleiche ist, dann soll er alles verkaufen und loslegen."

Ich konnte mir diesen stillen und sensiblen Mann nicht in einer schimmernden Marmor-Praxis mit blitzenden Hightech-Geräten vorstellen. Als sich rausgestellt hatte, dass er Zahnarzt war, war ich schon baff gewesen. Aber dann auch noch so ein Schickimicki-Typ? Niemals.

„Nach diesem Urlaub ist Hansi entschlossen, seinen Traum von einem heilenden Beruf auf seine Weise zu leben und den Privatpatienten-Kram hinter sich zu lassen. Das bringt mich zum nächsten Punkt." Juli riss mich aus meinen Überlegungen.

Mir wurde schwindelig bei so vielen Informationen. Ich trank einen Schluck Kaffee und nickte.

„Klara und ich haben in den letzten Wochen gemailt und telefoniert."

„Was?" Ich verschluckte mich und hustete. Waren das die seltsamen Anrufe gewesen, bei denen Juli aufgelegt hatte, wenn ich in die Nähe gekommen war?

„Sie hat mit mir Kontakt aufgenommen, weil sie nicht wusste, ob sie dir das alles zumuten konnte. Es ist so viel passiert. Dein Unfall, die Firma, und am Ende ist ja ihre damalige Frage schuld daran, dass du nun ein komplett anderes Leben hast als vorher."

„Ja, aber doch auch so viel besser. Genau wie bei dir." Mein Herz wurde schwer. Klara kam noch früher zurück als gedacht, und sie wollte Bernd bei sich haben. Tränen bahnten sich ihren Weg vor meine Augäpfel. Ich blinzelte, als wäre ich unter Wasser. Dort bekam ich ja die Augen normalweise auch nicht auf. Tauchen im Bidet zählte nicht. Sascha! Der Tauchkurs! Und jetzt auch noch Bernd! Das war zu viel für mich.

Juli musterte mich. „Was ist denn nun los?"

„Klara ist auf dem Weg nach Hause und will Bernd wiederhaben", schluchzte ich.

„Was? Wer hat das erzählt?"

„Na, du!"

„Ich? Quatsch. Hör doch erst mal zu und flenn dann."

„Okay." Ich atmete tief ein und aus. Jetzt wurde es ernst.

„Ich war letzte Nacht viel zu aufgeregt und zu angetrunken, um zu schlafen. Da habe ich mit Klara gemailt. Sie kommt nur für einige Wochen nach Deutschland, um ein paar Dinge zu regeln."

„Und dann nimmt sie Bernd mit nach Afrika? Er mag doch keine Hitze! Das ist viel zu anstrengend für ihn."

„Kay, ich knebele dich gleich, wenn ich nicht zu Ende erzählen darf."

„Oh. Tschuldige."

„Sie möchte in Simbabwe ein Krankenhaus bauen. Ihre Eltern haben in ihren ersten Berufsjahren ebenfalls in humanitären Einsätzen gearbeitet. Denen fehlte aber damals das Geld für so ein Projekt – und dann war Klara unterwegs. Jetzt haben sie Geld, Zeit und eine Tochter, die für ihre Sache brennt."

„Was? Klara kommt nicht zurück, sondern ihre Eltern siedeln zu ihr um? Das ist nicht dein Ernst?"

„Doch. Und es kommt noch besser. Die Klinik soll natürlich auch einen zahnmedizinischen Bereich bekommen."

„Hansi?"

„Die beiden lernen sich kennen, wenn Klara in Deutschland ist. Hansi saß mit dem Kasseler im Arm auf einem der

Campingstühle und starrte Löcher in die Luft, als ich gerade zum Klo wollte. Also habe ich ihn gleich gefragt. Jetzt ist er komplett aus dem Häuschen und schmiedet Pläne. Der ist wie ausgewechselt."

Ich stellte meinen Becher ab. Eine Nacht vom Alkohol benebelt, und schon tanzte die Welt Tango. Mit einem Kasseler.

„Und Bernd?"

„Klara fragt, ob du ihn übernehmen würdest."

Ich schwieg und biss mir auf die Unterlippe. Übernehmen? Bernd? Wir mussten uns nicht trennen? Wie Sirup sickerte die Botschaft in mich hinein. Als der erste Tropfen auf nahrhaften Boden fiel, torpedierten Bilder wie aus Werbefilmen meine Gedanken: Bernd und ich laufen am Strand aufeinander zu, hinter uns das Wasser. Ich reiße ihn an mich, und wir drehen uns lachend und bellend im Kreis. Er wacht neben mir auf, wir tanzen in den Wald.

Jedes dieser Bilder feuerte Glückshormone auf mich ab. Tränen schossen mir aus den Augen. Ich weinte und lachte zugleich. Bernd rülpste. Ich griff unter den Tisch und schnappte mir den Mops.

„Wir bleiben zusammen, hörst du? Du musst nicht zurück."

Ich drückte den Mops so fest an mich, dass er empört aufjaulte und strampelte. Wer immer meine Gebete erhört hatte – danke! Manitu, Fips Asmussen, der liebe Gott oder Krishna. Egal! Danke euch allen. Ein Glücksgefühl durchströmte mich wie ein Stromschlag. Unter Tränen schaute ich Bernd in die Augen, dem sichtlich unbehaglich wurde bei so viel Liebe.

„Kannst du noch mehr Nachrichten verkraften?"

Vorsichtig ließ ich den Hund runter. Julis Reaktion erinnerte mich an Kündigungsgespräche, wie sie unsere ehemalige Chefin geführt hatte. Erst mal alle tollen Sachen erzählen, so, dass sich der Mitarbeiter in Sicherheit wiegte, und dann kam der Hammer. Mein Magen schrumpfte auf Erbsengröße. Das Glücksgefühl zog sich zurück und wartete auf das Gewitter.

„Was ist mit den Damen da drin?“, rief eine männliche Stimme und klopfte an die Tür.

„Komm rein“, antwortete Juli.

Das war fies. Eine Werbeunterbrechung vor der entscheidenden Wende. Ich kriegte einen Aufschub, den ich gar nicht bestellt hatte. Ich wollte die ganze böse Wahrheit von was auch immer, die Juli mir jetzt Stück für Stück entblättern würde. Hauptsache, Bernd und ich blieben zusammen. Den gesamten Rest würde ich schon gewuppt bekommen. Ich wischte mir mit den Ärmeln die Tränen aus dem Gesicht und lächelte.

Gustav und sein Bauch schoben sich ins Wohnmobil. Bernd sprang aus seinem Körbchen, als er sah, wer sich hinter Gustav die Stufe hochdrängelte. Isolde!

„Darf ich den jungen Herrn mitnehmen? Isolde geht sonst nicht aufs Klo. Die zieht an der Leine immer nur hierher.“

Bernd hatte uns einer Antwort enthoben und sprang raus. Isolde drehte auf der Stufe um, hopste hinterher und wollte mit ihrem Loverboy toben. Juli lachte.

„Bis gleich“, rief sie, als Gustav und die beiden Erdferkel über den Rasen tollten.

„Möchte Mette dich nicht sehen?“, fragte ich leise, als Juli die Tür hinter Gustav zugemacht hatte.

Vielleicht hatte die letzte Neuigkeit ja nichts mit mir zu tun? Ich schämte mich, weil ich so egoistisch gedacht hatte. Auch meine Freundin konnte schlechte Nachrichten erhalten.

„Doch. Und zwar in exakt drei Stunden."

„Aber das ist doch toll!"

„Ja, nur bin ich so aufgeregt, dass ich heute früh schon vergessen habe, mir eine Slipeinlage in den Tanga zu kleben. Ich habe ja sowieso keine Sekunde geschlafen. Ab vier Uhr habe ich geduscht und mich geschminkt."

„Du siehst super aus!"

„Ich steige in die falsche Bahn und verlaufe mich. Ich steige in die richtige Bahn und verlaufe mich trotzdem. Oder ich finde die Bahn gar nicht! Ich habe solche Angst, alles zu versauen, noch bevor ich Mette sehe."

Der geplante gemütliche Teil der Tour mit Lesen, auf Julis Rückkehr warten und Rumliegen schwappte gerade ins Grauwasser-Becken. Jetzt war Freundinnen-Zusammenhalt gefragt.

„Ich wollte den Tag nutzen, um endlich in die tollen Bücher von dir zu schauen. Aber das kann warten."

„Ganz im Gegenteil. Das kann noch viel besser werden als gedacht."

„Wieso?"

„Wir lassen Bernd bei Isolde, packen den ersten Roman der Serie ein und fahren in die City. Dann suchen wir das Café Mellqvist."

„Was für ein Café?" Ich verstand gar nichts mehr.

„Das ist der Ort, an dem Stieg Larsson große Teile dieser Trilogie geschrieben hat. Da bekommst du gleich den richtigen Einstieg."

„Aber du musst doch ganz woanders hin. Oder nicht? Trefft ihr euch in dem Café?"

„Nein, ich soll zu Mette kommen, aber ich habe auf den Plan geschaut. Ab da kann ich zu Fuß zu ihrem Atelier gehen. Der Stadtteil soll aussehen wie Prenzlauer Berg. Cooles Szeneviertel."

„Ich denke, du steigst vielleicht in die falsche Bahn. Jetzt klingst du wie eine Reiseleiterin."

„Bitte komm mit. Ich werde jede Minute hibbeliger."

„Okay. Es ist deine Tour, und ich werde alles tun, damit es dir dabei gut geht. Bernd und ich bleiben für den Rest unseres Lebens zusammen. Da kann ich auch schnell noch mal die Reisebegleitung für meine verliebte Freundin spielen."

Juli juchzte und drückte mir einen Schmatzer auf die Wange.

„Dann bitte ich mal die Eltern der Oma, dass sie den kleinen Mann ein paar Stunden betreuen. Danach schreiten wir gemeinsam ins weitere Leben!" Ganz im Gegensatz zu mir und Sascha, wie mein Gehirn ungefragt im Stillen ergänzte.

Gustav und Christel waren begeistert. Sie wollten den ganzen Tag auf der Parzelle sitzen und den Hunden beim Toben zuschauen. Das sei besser als das schwedische Fernsehprogramm, sagten sie. Christel startete sofort mit einer Bratrunde Buletten. Die hatten augenscheinlich aphrodisierende Wirkung, wenn ich an Henrike dachte. Ich ging zurück zum Wohnwagen und hörte Julis Stimme.

„Herrgott, das ist jetzt der dritte Versuch. Was ist denn schiefgelaufen? Geh endlich mal ran! Alles läuft wie geplant, nur dich kriege ich nicht."

Ich überlegte, ob ich klopfen sollte. Wieder wurde mir komisch im Magen. Aber ging mich das etwas an? Juli hatte ein Recht auf eigene Geheimnisse. Ich schlich einige Meter zurück und näherte mich dem Wohnmobil von der Frontscheibe. Drum herum herrschte immer noch Chaos. Außer Isoldes Familie und uns war noch niemand wach. Wo war der aufgedrehte Hansi? Der war vermutlich vor Erschöpfung eingeschlafen, als klar wurde, welche Wendung sein Leben nehmen würde.

„Juli, können wir los?" Ich klopfte an die Tür und wartete.

Von drinnen drang ein unterdrückter Fluch durch die papierdünnen Wände. Dann wurde die Tür aufgestoßen.

„Ich bin gleich so weit", sagte Juli und schmiss ein paar Sachen in einen Rucksack.

„Alles gut?"

„Ja, aber jetzt bin ich wirklich nervös."

„Was hat Mette denn gesagt?"

„Wie gesagt? Wir haben gemailt und vereinbart, dass ich am frühen Nachmittag zu ihr komme. Sie ist im Atelier und hat Zeit."

Hatte sie Mette nicht erreichen können?

„Ach so. Das war eben gar nicht Mette am Telefon?"

Juli hielt inne und guckte mich seltsam an. „Wieso sollte ich mit Mette gesprochen haben?"

„Ich dachte, ich hätte so etwas in der Art gehört."

„Ja, aber das war was anderes. Ich warte auf eine Lieferung, und die melden sich jetzt nicht."

Lieferung nach Stockholm? Oder ins Büro? Egal, heute war Julis Tag, und ich würde alles mitmachen, was sie wünschte, und nichts fragen.

„Willst dich nicht auch noch etwas hübsch machen?"

„Ich? Wieso? Mich kennt doch keiner."

„Möglicherweise will ich dir Mette nachher vorstellen."

„Dann ist es umso besser, dass du aussiehst wie eine Göttin, nicht ich."

„Ach komm, nur ein bisschen Mascara und Concealer."

„Na, dann leg los." Ich hielt Juli mein Gesicht hin. Sollte sie doch reinmalen, was sie wollte.

Als Juli mich ausflugsfertig gemacht hatte, verschlossen

wir das Wohnmobil. Auf dem Weg zur Bahnstation zog Juli fortwährend das Telefon aus der Tasche und wirkte fahrig. Jetzt verstand ich immerhin, warum ich mitkommen sollte. In dem Zustand stieg sie sonst wirklich in eine falsche Bahn.

Wir lösten unser Ticket an einem Automaten. Juli bestand auf der englischen Version und wollte alles allein erledigen. Der Englischkurs sollte sich am Ende doch gelohnt haben.

„Sag mal, hast du noch fünfhundert Kronen?"

Ich gab ihr mein restliches Bargeld. Seit es die europäische Gemeinschaftswährung gab, war ich noch schlechter im Umrechnen von Wechselkursen als früher. Juli drückte Tasten, Pieptöne erklangen, wieder Gedrücke. Dann wurden noch zwei weitere Scheine in den Schlitz gesogen. Es ratterte, und der Automat rotzte zwei Karten in die mit Plexiglas geschützte Metallschale.

Wir stellten uns vor die Schranken zum Bahnsteig. Nichts passierte. Eine freundliche Dame winkte uns aus einem Kassierhäuschen zu und öffnete uns einen speziellen Durchgang. Bahnsysteme verstand ich nicht mal in deutschen Städten, warum also in Stockholm?

Ich musterte die Fahrkarte und scrollte im Telefon nach einer Umrechnungstabelle für ausländische Währungen. Ich musste ja nicht alles kapieren, aber zumindest wissen, wo ich Hilfe finden konnte.

„Boah, das ist aber teuer hier", stellte ich fest, nachdem ich den Betrag in Kronen durch ungefähr zehn geteilt hatte.

„Ist ja für die Rückfahrt gleich mit", klärte Juli mich auf.

Ich schaltete mein Telefon aus, da ich vergessen hatte, es aufzuladen. Vielleicht würde ich später mit den letzten Resten des Akkus Juli retten müssen. Ich studierte das Ticket erneut und lachte schallend los.

„Was ist?"

„Du hast für uns beide Monatskarten gekauft. Für die Rückfahrt gelten sie allerdings auch. Immerhin das stimmt."

Juli wurde rot. Hoffentlich passierten ihr keine peinlichen Dialoge mit Mette.

Nach nur fünfzehn Minuten stiegen wir an der Station Mariatorget aus. Juli schaute sich um, als würden irgendwo Entführer lauern. Wir spazierten die Straße entlang. Julis Nervosität war ein Virus mit kurzer Inkubationszeit. Ich fühlte schon die gleichen Symptome und sah immer wieder auf mein Telefon. Dann kicherte ich, denn es war ja ausgeschaltet. Reine Übersprungshandlung.

Mit Google und ihrem Smartphone navigierte uns Juli in die Straße, in der sich das Café Mellqvist befand. Als wir unter dem Straßenschild standen, atmete sie aus und machte dicke Backen.

„Na, dann mal los", murmelte sie und ging im Stechschritt voraus.

„Was ist denn los? Wir haben doch noch Zeit?"

Ich spurtete hinterher und verstand nichts. Galt es, das Café in einer bestimmten Zeit zu erreichen? Wurden wir verfolgt und befanden uns nur da in Sicherheit? Vielleicht hatte ihre Eile etwas mit dem Telefonat zu tun.

„Juli, nun warte doch mal. Ich werde noch ganz kirre bei deinem Tempo."

Sie drehte sich um und nahm mich in den Arm. „Du hast ja recht. Ich bin viel zu nervös. Entschuldige."

Trotzdem marschierte sie wieder im Stechschritt drauflos. Ich rannte hinterher. Nichts fragen, alles aushalten. Mein Tagesmotto.

Das Café Mellqvist schmiegte sich unaufgeregt in eine Häuserreihe, umgeben von einer Sushi Bar und einem Laden namens „Skandinavian Songs". Kleine Läden und Restaurants reihten sich die Straße entlang wie an einer Schnur auf. Keine Menschentraube von hysterischen Fans vor dem heiligen Schreiberort. Es war einfach nur ein Café.

Da ich ja meinen Vormittag dort verbringen würde, ging ich erst mal neugierig zu dem Plattenladen. Gab es nicht eine schrille Band aus Finnland oder so, die den Eurovision Song Contest gewonnen hatte? Bestimmt gab es in Skandinavien noch mehr schräge Kapellen. Vielleicht sollte ich hier mal ein bisschen stöbern.

„Gott sei Dank." Juli, die schon weiterging, atmete hörbar aus.

„Was?"

Ich ließ das Schaufenster allein und folgte ihr. Was war denn so aufregend? Der Autor lebte leider nicht mehr und würde da also nicht auf uns warten. Falls doch, wäre ich allerdings auch aufgeregt.

Abrupt blieb Juli stehen, und ich rannte ihr in den Rücken.

„Sag mal", ich rieb mir die Nase, „hast du einen Geist gesehen?"

„So ähnlich." Sie grinste und drehte sich zu mir um.

Ich lugte über ihre Schulter und ließ mein Telefon fallen. Da saß ein großer Kerl mit Sonnenbrille und Seesack an den Außentischen des Cafés, vor sich eine Tasse Cappuccino. Er guckte in unsere Richtung, bewegte sich aber keinen Millimeter. Den würde ich auch im Elch-Kostüm erkennen. Sascha!

Ich starrte in seine Richtung. Juli bückte sich nach dem Telefon. Ich starrte weiter. Wie kam Sascha hierher? Was wollte er? Wieso saß der hier einfach rum? Diese und noch viel mehr Fragen rieselten wie ein Konfetti-Regen auf mich herab. Hatte jeder in diesem Stück eine Rolle und wusste, was zu tun war, nur mir hatte niemand gesagt, wann mein Auftritt dran war und wie mein Text lautete?

Juli stupste mich mit meinem Telefon an.

„Mach den Mund zu. Sonst landen da Fliegen drin."

„Was?"

Ich guckte wie beim Tennis von Sascha zu Juli zu Sascha. Der lehnte sich entspannt zurück und schien zu warten. Ich stand auf dem Bürgersteig, als hätte mich jemand ins falsche Jahrhundert gebeamt.

„Das wäre die letzte Sache, über die ich gerne noch mit dir gesprochen hätte."

„Und warum hast du nicht?", schrillte ich los.

Verkatert, zum Glück rudimentär geschminkt, aber in inakzeptablen Campingklamotten stand ich mitten in Stockholm vor dem Mann, von dem ich glaubte, dass er mich verlassen würde. Die Ibus waren bei ihrer Reinigung meines Kopfes nicht bis zu allen Verschaltungen durchgekommen. Die Abfallberge waren zu hoch, und es hatte nur für die nötigen Vitalfunktionen gereicht, nicht aber, um derart komplizierte zwischenmenschliche Verwicklungen zu durchdringen.

„Weil er nicht mehr erreichbar war. Sascha wollte mir sagen, wann er ankommt. Entweder gestern spät oder heute früh. Wenn er erst heute früh gelandet wäre, hätte ich dich später unter einem Vorwand angerufen und dich gebeten, in die Stadt zu kommen."

„Er war die fehlende Lieferung?"

„Na ja. Irgendwie schon."

„Und wieso hockt er da jetzt?"

„Das konnte ich nicht wissen. Ich habe ja nichts mehr von ihm gehört. Ich hatte nur gehofft, dass er da sein würde."

„Mir ist schlecht."

„Sag so was nicht!"

„Es fühlt sich aber so an."

„Dann hast du dich verfühlt. Das sind Freude und Aufregung."

Konfetti-Fragen rieselten ohne Unterbrechung auf mich herab. Mein Gehirn stellte die Zivilisationsteile ab und verfiel ins evolutionär unveränderte Stammhirn. In dem Areal standen noch exakt drei Reaktionsmuster zur Verfügung: Flucht, Angriff oder Schockstarre. In nichts unterschied ich mich mehr von einem Warzenschwein oder einem Nacktnasenwombat.

„Kay, du hast mich begleitet, obwohl du Wohnmobile, Camping und vor allem die Toilettensituation hasst. Du hattest Sorge, dass ich spielsüchtig bin, und hast dafür mit einem Schulterbruch bezahlt. Und nun wollte ich mal etwas für dich tun. Vor allem etwas, das ihr beide wider besseren Wissens nicht geregelt bekommt."

Ich stieß die angehaltene Luft aus. Meine Systeme fuhren wieder hoch. Die Muskeln lockerten sich.

„Was hast du ihm gesagt?"

„Nur, dass ich weiß, dass er dir fehlt und dass ihr eure Themen in den Griff bekommen solltet. Ihr könntet toll miteinander sein, kriegt es aber nicht hin."

„Und jetzt?"

„Gehst du da endlich hin, während ich umkehre und in eine Bahn springe. Mettes Atelier ist hier keineswegs in der Nähe."

„Aber du hast ..."

„Ja, habe ich. Doch das musste ich, um dich an diese Stelle zu bekommen und dir dann einen Schubs zu geben." Julis Stimme wurde weich und sie strich mir über den Kopf. „Nun geh schon zu ihm."

„Der sitzt da mal wieder cool rum und bewegt sich nicht", murmelte ich und versuchte, Zeit zu gewinnen.

„Sei nicht so oberflächlich. Vielleicht ist er genauso hilflos wie du? Muss ja nicht jeder mit offenem Mund in der Gegend rumstehen, als würde gerade Moby Dick vor ihm über die Straße schwimmen."

Ich klappte den Mund zu und schluckte. „Also gut."

„So will ich dich sehen. Ich gehe dann auch mal. Es gibt ja heute mehrere aufregende Vereinigungen."

Juli gab mir einen Kuss auf die Wange, winkte Sascha zu und marschierte in die Richtung, aus der wir gekommen waren.

Ich straffte die Schultern. Ein Schmerz durchzuckte mich, als wollte er Julis Ansprache untermauern. Meine Knie waren aus Pudding und wollten nicht losgehen. Da verfühlte ich mich nicht. Ich riss mich aus meiner Starre. Stell dich nicht so an, auf geht's! Er sitzt da! Nein, er steht auf! Meine Beine staksten los. Sofort ergänzte mein Gehirn die Fantasie, wie wir aufeinander zurennen und uns in wenigen Sekunden in die Arme fallen würden. Sascha blieb neben dem Tisch stehen. Vielleicht war er nicht der Mann für gängige Mädchenfantasien?

Er nahm die Sonnenbrille ab und wartete. Als würde ich auf dünnem Eis gehen, trat ich zu ihm. Vorsichtige Schritte. Immer von der Angst begleitet einzubrechen.

„Hey", sagte er leise, als ich vor ihm stand.

„Hey."

Schweigen.

„Und jetzt?“, murmelte ich.

„Ich weiß nicht. Vielleicht trinkst du einen Cappuccino mit mir?“

Er sprach zögernd, trat mit dünnen Worten auf unseren zugefrorenen See und bewegte sich zunächst dicht am Ufer entlang. Tastend. Nicht wissend, ob Näherkommen gefährlich war. Was war das für ein Gewässer unter uns? Beziehung, Trennung? Was rechtfertigte diese Reise?

„Vielleicht sollte ich das tun“, erwiderte ich und ging einen letzten, großen Schritt. Obwohl mein Herz hämmerte, wurde ich ganz ruhig. Mein Gehirn aktivierte kein Notfallprogramm. Ich mutierte nicht weiter zu einem Nacktnasenwombat, stand einfach da und musterte diesen schönen Mann, dessen Augen nicht zur Ruhe kamen und mich forschend ansahen. Saschas großer Körper strahlte Überlegenheit aus, aber die Augen verrieten ihn. Das Soldatenleben hatte ihn gut trainiert.

Ich war immer wieder drauf reingefallen und hatte seine Haltung mit Selbstbewusstsein gleichgesetzt. Das Schweigen mit Desinteresse und die ständigen Fluchten mit Ausweichmanövern. Nichts davon stimmte. Er war ebenso unsicher wie ich. Nur seine Tarnung funktionierte so viel perfekter. Ich hatte in diese Stadt, in dieses Café kommen müssen, damit mich diese Erkenntnis wie ein Faustschlag traf. Wieso war ich so blind gewesen?

Als ich mir einen Stuhl herangezogen hatte, drehte Sascha sich wortlos um. Mein Herz kam aus dem Takt. Er trat ins Mellqvist Café und stellte sich an den Tresen. „Er holt nur Kaffee, er haut nicht ab“, murmelte ich, damit die Botschaft den innenliegenden Trommelwirbel runterdrücken konnte. Meine Synapsen waren auf Empfang, und sie waren empfindlich. Cool bleiben, Kay. Hör dir an, was er zu sagen hat.

Sascha kam zurück, stellte einen Cappuccino vor mich hin, setzte sich und rührte in seiner Tasse. Dann atmete er tief ein.

„Sie heißt Coco."

Mir blieb die Luft weg. Er war tatsächlich hierher geflogen, um mir das zu sagen? Ich schaute ihn gequält an.

„Wir waren einige Jahre ein Paar. Dann ist etwas gewaltig schiefgegangen. Danach habe ich sie nie wieder sehen wollen. Vor einigen Wochen tauchte sie plötzlich wieder auf und bat um ein Gespräch."

Das konnte nur der Tag gewesen sein, an dem ich die beiden in dem Weinbistro hatte sitzen sehen. Ich nickte, damit er weitererzählte. Ich wollte den Schmerz hinter mich bringen. Vielleicht war es nur eine Nacht gewesen?

„Sie hatte erfahren, dass ich in Schwierigkeiten steckte."

In was für Schwierigkeiten steckte er? Und wieso bekam eine Coco das einfach so mit?

„Immerhin hat sie es erfahren!", rutschte es mir raus.

„Coco hatte seinerzeit den Pachtvertrag für den Hundeplatz mit unterschrieben. Als der Besitzer den Vertrag kündigen wollte, musste er sie auch anschreiben."

„Du hast mir nie erzählt, dass sie da mit drinsteht."

Sascha schwieg, griff nach seiner Tasse und trank einen Schluck. Ich musterte ihn. Wollte ich, dass er weitersprach? War nach zwei Sätzen schon wieder alles vorbei? Wenn wir jetzt nicht weiterredeten, würden wir es nie tun. Ich schloss die Augen und umklammerte meine Tasse. Durchatmen. Ich hasste mich für diesen Kloß im Hals, für die Angst vor dem, was er noch sagen würde.

Ich öffnete die Augen und trank ebenfalls einen Schluck. Mein Geschmackssinn lag brach. Alles in mir war auf seine nächsten Sätze fokussiert.

Er räusperte sich und fuhr zögernd fort: „Ich hatte es verdrängt. Es war nur eine Unterschrift, und die war lange her. Wir haben uns getroffen, und plötzlich fragte sie mich, ob wir nicht noch eine Chance hätten."

Ich schluckte trocken. Wir kamen dem Abgrund näher. War dieser bodenlos oder brach ich mir nur ein Bein?

Sascha trank seine Tasse in einem Zug leer. Er musterte den Rest Milchschaum, als würde darin in komplizierten chiffrierten Codes die Wahrheit stehen. Meine Nerven vibrierten wie die Luft bei einem Gewitter. Herrgott, rede endlich mit mir!

Mit einem Ruck stellte er die Tasse ab. Es klirrte. Ich zuckte zusammen. Immer noch konnte ich ihn nicht ansehen. Ich wollte nichts in seinem Gesicht lesen, was er mir nicht sagen konnte.

„Ich war so verblüfft, dass ich loslachen musste. Da fing sie an zu weinen. Ihr würde es leidtun, was damals passiert sei, und dieses Schreiben wäre für sie ein Zeichen, dass wir es noch mal miteinander versuchen sollten. Sie wollte mir auch finanziell unter die Arme greifen, wenn das Geschäft mit den Kläffern nicht mehr laufen würde", stieß er in einem Wortschwall hervor.

Ich schaute auf. Ganz in der Vergangenheit versunken ging Saschas Blick in die Ferne. Er schüttelte den Kopf.

„Kläffer?", fragte ich.

„Ja, so nannte sie die Hunde. Dabei hatte sie zuerst eine Weiterbildung in Tierpsychologie absolvieren und mit in die Hundeschule einsteigen wollen. Nach den Jahren als Model hatte sie genug Geld auf der hohen Kante und suchte nach einem neuen Sinn. Leider stellte sich heraus, dass sie davon schnell gelangweilt war. Ab da ging es bergab. Sie zeigte nur noch wenig Verständnis und maulte, weil ich abends immer unterwegs war."

Er sprach, als wäre ich gar nicht da. Warum hatte er mir das alles nicht schon viel früher erzählt? Was war nur so schwer daran gewesen, mir diese paar Fakten mitzuteilen? Oder kam das dicke Ende erst noch, und wir umkreisten nur die Randthemen?

„Und was ist jetzt mit dem Hundeplatz?"

Auf keinen Fall wollte ich fragen, was jetzt mit ihm und dem Model war.

„Der Vermieter hat die Kündigung zurückgezogen. Seine Bank hat ihm erklärt, dass er noch vier Jahre warten soll, damit er die Gewinne nicht versteuern muss. Das nennt sich Spekulationsfrist."

Wie praktisch für ihn. Wenn es nur an der Bank lag, dass die beiden kein Paar mehr wurden, wollte ich ihn auch nicht mehr. Gegen Superwoman würde ich nicht in drei Jahren erneut antreten.

„Und Coco?", rutschte es mir raus.

„Die war sauer. Sie dachte, wenn sie mir unter die Arme greift, wären wir wieder ein Team. Das ist aber nicht so. Nie mehr."

„Und wann hast du das herausgefunden?"

„An dem Tag, als ich dich zum ersten Mal geküsst habe."

In meinem Kopf purzelten die Ausgangsszenarien wie Kartenhäuser im Windkanal durcheinander. Nichts passte mehr zusammen. Mein Herz hatte sich während des Gesprächs auf Abschied eingestellt. Ich hatte die Tränen schon fühlen können. Er war gekommen, um mit mir auf neutralem Boden zu sprechen. Ich schluckte. Mir wurde schwindelig vor Glück und gleichzeitig vor Angst, dass ich alles völlig falsch verstanden hatte.

„Du hast nicht mit Coco ... also, ihr habt nicht ... gedingst ..."

„Nein, das schon gar nicht. Was immer ‚gedingst' ist, wir haben es nicht getan. Sie ist verletzt und enttäuscht abgerauscht. Coco wollte nicht mich zurück, sondern suchte nur Trost, weil sie sitzen gelassen worden war. Das war mir ziemlich schnell klar. Das war ihr Muster. Ich schien eine schnelle und einfache Lösung zu sein."

„Und was ist mit Nele?", fragte ich hastig.

Ich war eine eifersüchtige Idiotin, kriegte aber die Bilder nicht weg. Die Frage war einfach aus mir rausgekommen.

„Wer ist Nele?"

„Unsere neue Assistentin."

„Ach, die mit dem Biss!"

„Du weißt genau, wen ich meine."

„Was hat sie mit Coco zu tun?"

„Nichts. Aber es fühlte sich so an, als wäre da was mit euch."

„Mit eurer Mitarbeiterin?" Sascha sah mich perplex an. „Sie war geschockt von Bernds kleiner Attacke. Da habe ich sie beruhigt."

„So hast du mich noch nie beruhigt."

„Du bist auch noch nie gebissen worden."

„Ich habe mir die Schulter gebrochen und bin operiert worden!"

„Und hast mir geschrieben, dass alles kein Problem wäre. Ich sollte dich nicht mal abholen. Was habe ich falsch gemacht?"

Wo fand ich den Anfang, all das zu erklären?

„Mit mir reden! Nicht jedes Mal abhauen, wenn es bei dir ein Problem gibt!"

Einige Gespräche an den anderen Tischen waren verstummt. Ich musste lauter geworden sein, hatte es nur nicht gemerkt. Die Menschen lächelten uns mitleidig an, bevor sie sich wieder ihren eigenen Themen widmeten.

Verlegen griff ich nach der Tasse. Wussten die Leute schon mehr als ich? Konnte man von außen sehen, dass sich hier zwei Menschen gleich trennen würden, weil sie sich in jeder Situation falsch verstanden? Die Ausschläge auf meiner Gefühlsskala glichen einem chaotischen Erdbeben. Ich musste mich sammeln, um zumindest das Gefühl zu haben, dass ich es versucht hatte. Später, allein zu Hause, wollte ich nicht denken, dass ich bloß dieses oder jenes noch gesagt hätte.

„Okay, dann rede ich jetzt mit dir", erwiderte Sascha erstaunlich gefasst. „Aber das habe ich damals auch. Woher soll ich wissen, dass du nicht meinst, was du sagst?"

„Du kannst doch nicht immer so blind sein. Ich übe heimlich Tauchen im Bidet und schwimme auf Stühlen. Also sollte dir doch klar sein, dass ich Angst vor Wasser habe. Ich hasse Tauchen!"

„Aber ... aber ... Warum erzählst du mir das nicht?"

„Ich mag auch keinen Kröver Nacktarsch trinken, Currywurst ist nicht mein Lieblingsgericht, und sportlich bin ich auch nicht. Ich will mit Bernd spazieren gehen. Ich will Dinge tun, bei denen er dabei sein kann. Ich will ab jetzt mein Leben mit diesem Hund verbringen, nicht unter Wasser mit einer Flasche auf dem Buckel. Und ich möchte einen Mann, der nicht jedes Mal wegläuft, wenn ihm was komisch vorkommt."

So, das tat gut. Endlich hatte ich mal gesagt, was ich nicht mochte.

„Der nicht jedes Mal wegläuft? Hast du mich gestern doch bemerkt?", fragte Sascha.

„Was? Gestern? Wo?"

„Ich hatte einen Flieger eher genommen und bin gestern Abend schon angekommen. Ich wollte dich auf dem Campingplatz überraschen, aber dann sah ich, wie schnell du dich getröstet hast, und bin sofort wieder los. Du hast dich verhalten wie Coco."

Meine Tasse verharrte auf dem Weg zum Mund. Ich hatte mich getröstet? Warum und mit wem? Als ich ihm in die Augen schaute, sah ich Saschas verletzten Blick. Ich zuckte mit den Schultern. Seine Pupillen zogen sich zusammen.

Was war denn jetzt los? War das Eifersucht? Worum ging es hier eigentlich?

„Also stimmt das?", fragte er lauernd.

In unserem Gespräch vollzogen wir eine Rolle rückwärts. Plötzlich stand ich als die Betrügerin mit dem Rücken an der Wand. Mir ging das zu schnell. Ich spürte die Wut in mir hochsteigen und zog die Bremse.

„Sascha, was soll stimmen?" Meine Stimme klang viel zu ruhig für das Durcheinander, das in mir tobte.

„Du und der kleine, blasse Kerl."

Mir dämmerte langsam, was er meinte. Der einzige Kerl, in dessen Armen ich gelegen hatte, war Hansi gewesen. Und hatte da nicht auch ein Typ gestanden und uns beobachtet? Das musste Sascha gewesen sein. Genau dieser Mister Cool kriegte einen Eifersuchtsanfall, weil ich mit einem kleinen, netten Mann getanzt hatte? Eine warme Welle voller Erkenntnisse durchflutete mich. Seine Fassade hatte so große Risse bekommen, dass sogar ich sein Inneres vor mir sah. Mein emotionaler Aufruhr legte sich.

„Hansi – du meinst Hansi?"

„Mir ist echt egal, wie der heißt."

Sascha war tatsächlich eifersüchtig. Himmel! Damit hatte ich null gerechnet. Ich schlug mir mit der Hand an die Stirn. „Da war ich doch nur der tanzende Kasseler-Ersatz!"

Sascha klappte der Unterkiefer runter. Okay, das war für einen Außenstehenden tatsächlich schwer zu verstehen.

Vor allem für einen, der mich auf eine Stufe mit einer Ex-Freundin stellte, die ihm übel mitgespielt hatte.

„Himmel! Ich habe doch nichts mit Hansi. Der hatte den ganzen Abend einen Kasseler-Rücken als Tanzpartner, und dann haben wir getauscht. Aber das war das Intimste, was passiert ist. Am anderen Morgen ist das Kasseler bei uns im WoMo aufgewacht, nicht Hansi."

Seine Unsicherheit zu sehen, zu wissen, dass er niemals so cool gewesen war, wie ich die ganze Zeit gedacht hatte, machte mich beinahe glücklich. In mir wurde alles ganz leicht. Dieses Gespräch konnte ewig weitergehen. Ich fühlte mich in der Lage, Bäume auszureißen.

Sascha schaute mich so perplex an, dass ich losprustete. Ich lachte, bis mir die Tränen runterliefen. Das war so herrlich. Ein Knoten löste sich. Ich war frei und hätte die Welt umarmen können. Endlich hatte ich es begriffen.

Seine Mundwinkel begannen zu zucken. Er stimmte erst vorsichtig und dann immer dröhnender in mein Gelächter ein. Lachend standen wir auf und nahmen uns in die Arme.

Als er mich an sich drückte und ich ihn roch, verstummte mein Lachen, als hätte es jemand ausgeschaltet. Etwas viel Schöneres durchströmte mich. Zuversicht nannte man das wohl. Ja, wir würden es schaffen. Solange wir so zusammen lachen konnten.

Sascha löste einen Arm von mir, umfasste mein Kinn und schaute mich an. Dann lächelte er, kam näher und küsste mich. Wie konnte ein so knallharter Kerl solche Lippen haben? Warm, weich und unendlich sexy. Meine Knie verwandelten sich in Pudding. Das kannten sie ja schon.

Um uns herum erhoben sich die Gäste des Cafés und applaudierten. Ich fing an zu weinen und vergrub mein Gesicht an der Schulter dieses einen, unglaublichen Mannes.

Was in den Tagen und Wochen danach geschah ...

... Während sich Sascha und Kay im berühmten Mellqvist Café versöhnten, traf es Juli und Mette wie ein Blitz. Sie redeten den ganzen Tag, Juli auf Englisch und Mette auf Deutsch, das sie genauso heimlich gelernt hatte wie Juli ihr Englisch.

Juli verlängerte ihren Aufenthalt in Stockholm, und Sascha brachte Kay, Bernd und das Wohnmobil nach Hause. Bernd, der Saschas Auftauchen überglücklich begrüßt hatte, war kaum davon abzuhalten, die Fahrt zwischen Gas- und Bremspedal zu verbringen.

... Noch auf dem Campingplatz trennten sich Henrike und Udo von ihrem Basenfasten-Equipment, kauften einen Grill und besuchten die Sehenswürdigkeiten von Stockholm – ohne den Kongress.

... Benny verbrachte seine Tage im ABBA-Museum und fand dabei Gleichgesinnte aus vielen Ländern. Unter anderem auch ein deutsches Agnetha-Double. Mit einer Telefonnummer und einem breiten Grinsen trat er die Heimreise an.

... Hermann schleppte den schwedischen Briefkasten mit nach Hause und überreichte ihn seiner Imkerin. Wenn er schon mal eine romantische Karte geschrieben hatte, sollte sie trotz aller Scham und Zweifel auch bei der Empfängerin ankommen. Als er den Kasten endlich aufbekommen hatte, war dieser vollkommen leer. Die Karte aus Schweden hing an Sabines Kühlschrank. Sie war längst angekommen, dem fleißigen schwedischen Platzwart sei Dank.

... Als Kay, Sascha und Bernd daheim ankamen, wartete bei Herrn Ritter, Kays Nachbarn, ein riesiges Paket mit folgendem Inhalt: Pilates für Einsteiger, Pilates im Büro, Pilates für zwischendurch, Hotel-Pilates, Pilates beim Hausputz,

Pilates für Fortgeschrittene, Box-Pilates und als Zugabe Pilates-Yoga! Kay konnte das erklären. Der Kröver Nacktarsch spielte dabei eine Rolle.

... Klara kehrte für einige Wochen nach Deutschland zurück. Sie teilte sich die Wohnung mit Bernd und Kay, die sie Kay anschließend für fünf Jahre regulär vermietete, und schwärmte von ihrem Krankenhausprojekt. Hansi gab seine Praxis auf und folgte Klara und ihren Eltern nach Afrika, um gemeinsam mit ihnen ein Krankenzentrum aufzubauen.

Wie auch im ersten Teil „Ex & Mops" gibt es viele Gründe, einigen Menschen Danke zu sagen.

Danke an ...

… Herrn Karlsson, der ein würdiger, grantiger Mops-Opa geworden ist. Bis hierhin hast du ein cooles Leben gehabt. Bleib noch ein bisschen bei uns. Mir ist es egal, dass du taub und grantelig geworden bist. Du bist gut so, wie du bist.

… meine über alle Genres treuen Montagsleser: Totti, Sandra, Angela, Karin, Ina (Hanni), Wibke und Steffi E.

… Daniele samt ihrer Firma Lillestoff. Und Käse-Lotti, die wieder einen Stoff zum Buch entworfen hat, der bei Lillestoff gedruckt und verkauft wird.

… an meinen Friseur Marcel, der mir wunderschöne Anregungen für eine Friseurszene gab.

… an Bini und Ralf, die mit ihrem Auto unerschrocken hinter dem riesigen Wohnmobil mit durch Schweden tourten.

… an Britta, Pia, Gabi, meine Schwester Angela, Benjamin W. und alle anderen tollen Menschen fürs Lesen, Zuhören, Erzählen. Oder womit auch immer ich euch auf den Wecker gefallen bin.

… an das Klinik-Team, das mich an den Schultern operiert hat, ohne zu ahnen, dass es mir als Inspiration für einen Roman dienen würde. Nichts aus dem Buch ist wirklich passiert, alles ist frei erfunden. Aber wenn noch mal jemand eine kleine Dosis Propofol für mich hätte ...

… an Imre Grimm und Uwe Janssen für Feng Shui und Segway-Vergleiche.

… an Sandra Thoms, Kathrin Lange, Birgit Rentz, Kathrin Bolte und alle Kollegen vom Dryas Verlag, die sich mit mir auf den zweiten Mops-Roman eingelassen und mich unerschrocken bis zur letzten Zeile begleitet haben.

… an S., weil du dieses komische Wohnmobil mit so viel Begeisterung durch Schweden gefahren hast. Und auch noch Spaß an meinem Gezeter über Duschmarken, Badklos und andere Unwägbarkeiten hattest. Ich will aber nie wieder mit auf einen Campingplatz. Hier steht es. Schwarz auf Eierschalenfarben.

Mein vorletztes Danke geht an die unglaublichen Menschen in meiner Firma, die mich nicht nur aushalten, sondern mir durch ihr Vertrauen und ihr Können so viele Freiheiten lassen. Ihr seid die wahren Helden des Alltags. Ihr braucht mich nicht, aber ich euch.

Ein letztes Danke an die Leser, die bereits das erste Buch kannten und trotzdem Teil zwei gelesen haben, und an diejenigen, die Bernd und die Freundinnen Kay und Juli zum ersten Mal erlebt haben. Im ersten Teil war viel mehr von Hoden die Rede. Hoffentlich hat das in diesem Band niemand vermisst.